古典詩歌研究彙刊

第二一輯

龔鵬程　主編

第 18 冊

活的傳統：
新舊之間的常州詞派理論

張　耀　宗　著

國家圖書館出版品預行編目資料

活的傳統：新舊之間的常州詞派理論／張耀宗 著 — 初版 —
新北市：花木蘭文化出版社，2017〔民 106〕
目 2+234 面；17×24 公分
（古典詩歌研究彙刊 第二一輯；第 18 冊）
ISBN 978-986-404-880-9（精裝）
1. 清代詞　2. 詞論
820.91　　　　　　　　　　　　　　　106000593

ISBN-978-986-404-880-9

9 789864 048809

古典詩歌研究彙刊
第二一輯　第十八冊　　　　　ISBN：978-986-404-880-9

活的傳統：新舊之間的常州詞派理論

作　　者　張耀宗
主　　編　龔鵬程
總 編 輯　杜潔祥
副總編輯　楊嘉樂
編　　輯　許郁翎、王筑　美術編輯　陳逸婷
出　　版　花木蘭文化出版社
社　　長　高小娟
聯絡地址　235 新北市中和區中安街七二號十三樓
　　　　　電話：02-2923-1455／傳真：02-2923-1452
網　　址　http://www.huamulan.tw 信箱 hml810518@gmail.com
印　　刷　普羅文化出版廣告事業
初　　版　2017 年 3 月
全書字數　184273 字
定　　價　第二一輯共 22 冊（精裝）新台幣 33,000 元

活的傳統：
新舊之間的常州詞派理論

張耀宗　著

作者簡介

張耀宗，江蘇省高郵市人。2012 年 1 月畢業於清華大學中文系，獲文學博士學位。在《清華大學學報》《澳門理工學報》《清代文學研究集刊》《杭州師範大學學報》《徐州師範大學學報》等刊物上發表論文，其中《重建古文學的閱讀傳統》《文學與哲學是近鄰》被《人大複印資料》轉載。編著有《浦江清文存》《西南聯合大學國文選》《文房漫錄》《另一種學術史》《留學時代》等。

提　　要

　　常州詞派是五四新文化運動之後，唯一還活躍在現代學術舞臺上的古典詩學遺產。當常州詞派進入到現代的時候，它背後所強調的文學與歷史、政治以及倫理之間的關係與受西方觀念影響的去政治化的現代意識形態必然發生矛盾，而矛盾不一定發生在顯眼的地方，而隱藏在文本的內部。我們需要去尋找那些隱藏的矛盾並且解釋它們。同時，常州詞派在現代學術環境中能夠讓它的繼承者們堅持的原因，不僅在於它形成了對於詞體的新認識，而且在於它賦予了一個現代主體與歷史的關係。在現代學術對文學的政治性和歷史性進行批判的語境裏，他們從常州詞派那裏發現了它的價值。

　　我們似乎在面對傳統的時候往往喜歡直接與古人對話，或者將 20 世紀一些傳統主義者的論述當做對於傳統的弘揚和繼承，而忽略了這些人在不同的歷史和個人情境中對於傳統的建構。面對 20 世紀所留給我們的遺產，龍榆生、夏承燾、劉永濟他們的著述是二十世紀詞學最為基本的論述，我們還在常常徵引，但是就在這毫無障礙和透明的引用、轉述中，他們被知識化了，他們被簡單地同構為我們的一部份。我們去闡釋過去，也只有經由與他們的對話才能成為一種可能，我們不可能外在於他們去尋找一種方法或者路徑去毫無根基地直接和傳統對話，那有可能重新陷入到中西問題的二元思維之中。還有，我們常常以為老一輩的學者浸淫和尊重傳統的要多一點，但是我們明顯地可以感受到傳統的東西在他們那個時候其實就已經變化了，他們也已經是新派的一個部份，那麼那部份「新」怎麼起作用的。在那個古典文學發生急劇變化的時期，需要非常深入地去研討每個學者所面對的不同的問題，他和這些問題之間的關係以及他處理問題的方式。論文通過對新文化運動以來的詞學學者龍榆生、劉永濟、夏承燾、葉嘉瑩等人為個案分析，探討他們在現代學術語境中對常州詞派理論的不同態度和複雜關係。他們對於常州詞派的態度、處理的方式放大一點說是受到了兩場學術思想運動——國粹運動以及整理國故運動的極大影響，幾乎當時的以及後來的學術大家無不被自己所身處的學術運動所裹挾。雖然他們未曾是這兩場運動的直接參與者，但是他們是這兩次學術運動的話語遺產的繼承者。這最明顯地體現在兩次運動所形成的描述傳統與現代二元的一系列話語對於他們探討自己的學術問題、論證自我學術問題提供了合法性。

目次

第 1 章　導　論

1.1　活的傳統：對一種政治閱讀傳統的思考

　　清末以來中國學術思想的每一次發展，都伴隨著對中西問題與新舊問題的辯論。幾乎可以這樣說，向中西問題與新舊問題的復歸是現代學術思想發展的一個極爲重要的推手和動力。如果說每一個時代都有自己面對中西問題以及新舊問題的獨特視角，那麼我們這個時代語境中這個獨特視角是什麼？也就是說它和之前的許多對於這個問題的思考在保持連續性的同時又有什麼樣的差異性？我認爲，一個最重要的差異在於，現在已經存在了一種對於近代以來面對中西文化碰撞時不同的學術文化思路重新予以反思的可能性，也在這個意義上我們可能會超越一種保守與激進的簡單劃分，而重新將歷史本身的複雜性呈現出來。余英時先生最近發表了兩篇文章，一篇是 2003 年寫的《試論中國人文研究的再出發》，另一篇是完成於 2010 年的《「國學」與中國人文研究》。雖然這兩篇文章裏面的觀點在他以前的文章都或多或少地提及，但是比較系統的對人文研究的思考還是體現在這兩篇文章之中。余先生主要立足於「國學」的產生以及傳統學術的分類在清末民初以來的變化來談論中國人文研究的問題。他認爲：「人文研究在中國早有一個源遠流長的傳統，清

末以來中國學人雖引西學與國學相映發，並不斷地尋求兩大學術系統的會通，但到現在為止，二者仍未脫『二水分流』的狀態」〔註1〕，同時，這個傳統「雖在近百年中受過西學的不斷刷新，卻仍然未失其原有的文化身份（cultural identity）」。〔註2〕所以他認為：「西學不應再被視為『科學之律令』或普世的真理，它將作為參考比較的材料而出現在國學研究的領域之中。作為參考比較的材料，國學家對於西學則應只嫌其少，不厭其多」。〔註3〕余先生的觀點當然極為簡要，因為畢竟不是詳盡研究的專書，具體的一些看法也未必不可商権，但是所謂讀人之書，會其意，他的那些論斷背後的意蘊卻是非常豐富的。余先生提出的中國人文傳統特別是「文化身份（cultural identity）」似乎有放在具體問題和語境當中繼續討論的必要。如果說從傳統的經史子集向西方學術分科系統轉變的確是一大轉變，但是這個思考框架現在看來還比較宏大。我們可以在傳統向現代轉變的這個主題之下描述出各種變化以及對傳統、現代自身特點或者說身份（identity）的描述，但是我們需要意識到這些變化的背後隱藏的其實是我們賦予自身世界的意義方式的變化，前者是源，後者才是本。正是這個變化讓我們對過去與現在的關係進行了重組。這其中的複雜性就遠非幾個諸如學科系統轉變等框架式的描述所能應付。這隨即帶來的一個問題或者說挑戰就是，我們通過一種什麼樣的途徑才能去尋找余先生所說的「文化身份（cultural identity）」又如何去認識中學與西學的關係？我們發現對於文化主體性問題的討論是一個原點式的問題，每一次對於它的重新思考都伴隨著一種新思想新方法的出現。我在這裡提出「活的傳統」這個概念來回應我們當

〔註1〕余英時《「國學」與中國人文研究》，余英時《史學研究經驗談》，邵東方編，上海文藝出版社，2011年版，第105頁。
〔註2〕余英時《「國學」與中國人文研究》，余英時《史學研究經驗談》，邵東方編，上海文藝出版社，2011年版，第110頁。
〔註3〕余英時《「國學」與中國人文研究》，余英時《史學研究經驗談》，邵東方編，上海文藝出版社，2011年版，第110～111頁。

下對「文化身份（cultural identity）」或者說文化主體性及其相關問題的思考。

　　在中國過去的文藝、學術、政治等領域裏面，以復古爲新是一個屢見不鮮的主題，像詩詞當中對詩騷「比興」的提倡、政治思想裏面的「三代」等等。當然除了這些還有藝術上的例子，不過應該強調的是，它們一般是以物質的形式呈現出來的，例如傑西卡・羅森（Dame Jessica Rawson）就以古代中國禮器爲例闡述了「過去在中國的多重含義」這個問題。〔註4〕這些復古爲新的例子其實就是一種「活的傳統」。我沒有對這個問題的進行直接闡述，而是向歷史去尋找答案。對於晚清民國那一代學者來說，他們時時會直接面對傳統問題，那種對於傳統的關懷和熱愛本身就成爲他們學術思路背後的一個情感結構。傳統對於他們來說不僅僅是一個學術上以不同形式呈現的話題而且是在現實世界裏面要予以堅守的價值觀念。例如錢穆在晚年回憶自己學術歷程的時候說自己在上小學的時候受到體育老師錢伯圭的一番關於中西文化比較言論的刺激，一生記憶猶新：「東西文化孰得孰失，孰優孰劣，此一問題圍困住近一百年來之全中國人，余之一生亦被困在此一問題內。……從此七十四年來，腦中所疑，心中所計，全屬此一問題。余之用心，亦全在此一問題上。」〔註5〕不是說我們現在沒有必要或者不能夠像錢穆那樣去形成　個生活世界與學術世界互動的傳統觀念，而是說我們必須意識到在談論這個問題的時候應該有一個區分：是參與到一種價值觀念的宣揚上還是在學術研究的框架內來審視傳統的問題？雖然這兩者之間往往是互爲影響的。如果套用馬克思在《關於費爾巴哈的提綱》所說的，前者是立足於改造世界，後者是立足於解釋世界。我們現在如果要對「活的傳統」有一個學術

〔註4〕參看羅森《中國古代的藝術與文化》，孫心菲等譯，北京大學出版社，
　　　　2002 年版，第 419～436 頁。
〔註5〕錢穆《八十憶雙親・師友雜憶》，北京三聯書店，1998 年版，第 46
　　　　頁。

的考察，那麼像晚清民國那代類似於錢穆的學者，他們對於傳統的理解就不能自然而然地成爲我們的對於傳統的理解。我們必須要和他們形成一種對話的關係，才能將他們所說的傳統闡述清楚，而不是簡單地重複他們對傳統的闡釋即可。除此以外，傳統的涵義在不同的人那裏是非常豐富多樣的。例如蕭公權說：「一個活的傳統在長時間中，每一代的人都能身體力行其價值。因此，一個社會維持其舊傳統的能力乃是其本身活力的指標，顯示社會中之人大都能關心到眼前以外的事。」〔註6〕那麼對於蕭公權來說這個傳統就是一系列生活價值。還比如過去主流的儒家思想也在不同的語境裏面表現出新的力量。不僅在晚清康有爲、章太炎的論述裏面儒家思想不斷以新的面目出現在他們的思想語境裏，而且在現代左翼革命裏面也同樣找到它的回音，像郭沫若對中國古代社會的研究一直到「文革」的儒法鬥爭等等，那些傳統的不同層面的思想都以不同的方式參與並且構造了歷史。我們看到傳統的資源一直活躍在不同的思想與政治語境裏面，它們的不斷「復活」得益於不同的歷史變革和運動，可以說這也類似一個霍布斯鮑姆（Eric Hobsbawm）所說的「傳統的發明」（the invention of tradition）的過程。此外，我無意在這裡討論傳統包括哪些內容，我只將「傳統」當作一種問題意識提出來，將它所承擔的豐富性在歷史中重新展開，在這個過程裏面重新看清各種權力的關係。我們需要歷史性地來思考過去的複雜性，而不能簡單化地去討論哪些是傳統的，哪些是現代的。這種提問的方式本身或者思考本身就已經泯滅了對於若干重要前提思考的可能性，表現出對於生產這些看似合理的一套科學、客觀的學術話語的語境的漠然。我也不打算踏進一個關於中西對話是否具有合法性這樣的問題之中，而是將這個提問的方式本身歷史化，我將之當做一個具體的歷史、政治語境裏面的產物。這樣，我們就可以避開一些先入爲主的議題，比如中西之間是可以對話的，

〔註 6〕蕭公權《康有爲思想研究》，新星出版社 2005 年版，第 268 頁。

或者不可以對話的以及中西之間不平等關係是具有歷史必然性的等等。如果非常情緒化地說，這裡面任何一個想法都可以得到一些已有努力的支撐，但是這些無助於我們在當下再去問一遍：在我們的時代要重新思考文化主體性問題，就必需首先重新面對 20 世紀所給予我們的豐富的遺產。

如果說我們不存在擁有過一個抽象的西方和傳統，而這一切都是在具體的環境裏面形成的，那麼我們所走過來的路就值得我們重新去回顧。這樣看來，對於以個案所提出的問題爲中心的研究似乎就有其特別的意義。個案研究無疑對於我們研究 20 世紀的中國問題具有特殊的方法論意義，如果說西方已經成爲我們不可區分的一個部份，那麼我們似乎不能夠從一些理論反思上來將內在於我們的「西方」給予歷史化，也就是說如果我們除了個案研究，我們似乎沒有其它的途徑來認識到歷史的肌理，也就不能夠形成一種知識上的進步。我們現在需要超越晚清國粹運動以來直接區分中西的思路，將中西文化放在一個具體的語境和具體的問題裏面，看它們在具體的學者身上所表現出的複雜性以及它是如何運作起來的。這裡麵包含有他們「討價還價」以便堅持或者部份堅持自己認爲最爲重要的原則的過程。這個過程在不同的人身上的展現值得我們細究。我們甚至可以認爲，正是這些被宏大敘事所淹沒、所篡改的細節對話構成了歷史不可化約的部份，也構成了中西對話不斷可以運動、展開的內在動力之一。所以，論文打算通過對新文化運動以來的詞學學者龍榆生、劉永濟、夏承燾等人爲個案分析，探討他們在現代學術語境中對傳統的常州詞派理論的不同態度和複雜關係。

對於我來說，「活的傳統」就是新文化運動之後，處於新舊之間的常州詞派的比興寄託傳統。這裡面有三個層面需要進一步說明。第一個層面，對於龍榆生、劉永濟、夏承燾等人來說常州詞派的比興寄託還是一種「活的」理論，它依然是他們詞學世界裏面一個重要的支撐。第二個層面，對於當下的我們來說，它依然是「活的」。這裡就

不僅僅是因為常州詞派比興寄託已經是我們在處理一部份詞家及其作品時需要依據的學術觀點——這倒是次要的，關鍵的是，無論是龍榆生、劉永濟、夏承燾等人他們深受常州詞派的影響，但是他們沒有人說自己是常州詞派或者宣稱自己站在常州詞派的立場之上的。例如《人間詞話》現在無疑被當做是一部現代詞學的經典，無論是龍榆生、劉永濟還是胡適、胡雲翼等人都對之不敢否定，但是儘管如此，在面對象姜夔的《暗香》《疏影》的時候，龍榆生、劉永濟、唐圭璋以及沈祖棻、萬雲駿還是義無反顧地認為王國維對姜夔的評價是不對的。這個分歧絕對不是一個新舊或者所謂傳統向現代轉變這個視角可以一筆帶過的。如果我們承認這不是一個「失誤」，而是一個必須嚴肅對待的問題，那麼這裡面隱藏著的豐富的意涵就不是「小題大做」，這裡面提供給我們一次機會，讓我們去詢問是什麼讓他們如此堅持？那麼，由此提問：如果說常州詞派的比興寄託對於他們來說是「活的傳統」，那麼又怎麼理解這裡的問題呢？我想，正是這個問題的存在使得我們在兩種意義上讓常州詞派的比興寄託「復活」了。一個是，通過這我們必須重新理解「活的傳統」在他們的學術世界裡面的展現方式，也就是說我們不能將之簡單地當成一個比興寄託的僵硬的知識概念來處理。他們對傳統的堅守，其實是一種自覺或不自覺的矛盾的形式展開的。他們所展示出來的多樣的矛盾，是彌足珍貴的，正是在他們那裡歷史的各種複雜的力量聚集在了一起並且得以在文本上向我們重新展示出來，他們在這一個案裡面展現出的問題無疑豐富了對於中國現代性問題的理解。如果放棄了對於矛盾的理解，我們只能將傳統當成幾條僵硬的原則，我們也就不可能形成對於「活的傳統」這個問題的新的理解。換句話說，不經歷一種對於矛盾的揭示，「活的傳統」的問題也就不成為一個問題，因為從抽象的片段的知識意義上來說，傳統無所謂「活」也無所謂「死」，它似乎成了一個沒有時間的知識概念而已。另一個是，對於我們來說，我們通過對他們對傳統闡釋的再闡釋的方式讓傳統在我們的問題意識裡面成為「活的」。溝

口雄三以為：「歷史的時間決非是均質的，它充滿了緊張與變化，在某些時點上達到高度的濃縮，在另一些時間流程中卻是鬆弛而缺乏張力的。假如我們僅僅按照自然時間的順序敘述歷史，歷史時間的這種性質是無法呈現的。」也就是說只有當一個人將「興趣轉向時間的非均質性的時候，他就是不再是旁觀者而進入歷史。」〔註7〕這類似於子安宣邦在重讀福澤諭吉《文明論概略》時候所展示出的思路〔註8〕。不過，我想雖然有類似的思路，但是根據不同的個案所透露出的問題還是有所差別，正是透過對不同個案的選擇及其特殊性的思考，讓抽象的理論思考與具體的個案形成互動，我們才能不斷積纍起對「活的傳統」的理解。第三個層面，我認為比興寄託理論不僅指向「詩教」的傳統，正如羅鋼先生所認為的那樣：「常州詞派是經歷五四新文學運動的巨大衝擊，仍然碩果僅存的古典詩歌流派。它之所以具有如此堅韌的藝術生命力，其中一個重要的原因，就是它以比興寄託這種特殊的話語方式，始終有意識地保持著與時代的緊密的精神聯繫，成為這一段中國歷史上『三千年未有之大變局』的心靈和情感記錄。」〔註9〕比興寄託在現代中國還有一個特別的意義就是它還向我們呈現了一種關於政治性的主體的思考。它保留了一種左翼政治的革命文學之外的現實主義文學類型。這個類型看似屬於一個源遠流長的詩騷傳統，但是它背後所蘊含的那個主體卻是具有歷史性的。它要求主體必須自覺到自我與傳統、與現在的對話意識。

　　現在我們有必要先簡要回顧一下常州詞派從張惠言開始一直到晚清的發展歷史，這段歷史構成了論文討論議題的一個歷史背景和知

〔註7〕溝口雄三《關於歷史敘述的意圖與客觀性的可能》，孫歌譯，選自賀照田主編《學術思想評論》第十一輯，吉林人民出版社，2004 年版，第 324～325 頁。

〔註8〕子安宣邦《福澤諭吉〈文明論概略〉精讀》，陳瑋芬譯，清華大學出版社 2010 年版。

〔註9〕羅鋼《歷史與形而上學的歧途》，《北京師範大學學報》（哲社版）2009 年第 3 期，第 46 頁。

識來源。首先常州詞派之所以得以成立，是從對當時佔據詞壇的浙派末流的批評開始的，用譚獻的話說：「浙派爲人詬病，由其以姜、張爲止境，而又不能如白石之澀、玉田之潤。」針對浙派末流的這一弊病，當時在安徽授館的張惠言，同時他還是一位精研《易》學的學者，編輯了一本《詞選》（1797 年）。在這本詞選的序言裏面，張惠言開宗明義地提出了常州詞派得以成立的兩個重要綱領「意內言外」和「比興寄託」。他說：「敘曰：詞者，蓋出於唐之詩人，採《樂府》之音以製新律，因繫其詞，故曰『詞』。《傳》曰：『意內而言外謂之詞。』其緣情造端，興於微言，以相感動，極命風謠，里巷男女哀樂，以道賢人君子幽約怨悱不能自言之情，低徊要眇以喻其致。蓋《詩》之比、興、變風之義，騷人之歌則近之矣。然以其文小，其聲哀，放者爲之，或跌蕩靡麗，雜以昌狂俳優，然要其至者，莫不惻隱盱愉，感物而發，觸類條鬯，各有所歸，非苟爲雕琢曼辭而已。」在張惠言這裡，詞這個「小道」和中國傳統詩學的比興寄託勾連在了一起，常州詞派由此而成，後來聚訟紛紜亦由此生。張惠言《詞選》的意義用朱祖謀的話來說就是「回瀾力，標舉選家能。自是詞源疏鑿手，橫流一別見淄澠」（《望江南·題張皋文詞集》）。和中國傳統許多創作和理論流派一樣，常州詞派的形成和發展和詞選、評點這兩種表達形式分不開，例如在張惠言之後有董毅的《續詞選》對張惠言「《詞選》之刻，多有病其太嚴者」這一點做了補充和修正，此後還有周濟的《詞辨》以及《宋四家詞選》，譚獻又因學生徐珂之請對《詞辨》進行了評點，除此之外還有端木埰抄錄給王鵬運的《宋詞賞心錄》等等，這些詞選和評點構成了常州詞派的最爲基本的理論文獻和創造批評的樣本。在張惠言之後，常州詞派最爲重要的理論家是周濟。周濟的詞學觀點受到張惠言外甥董士錫的影響：「晉卿年少於余，而其詞纏綿往復，窮高極深，異乎平時所仿傚，心嚮慕不能已。」他在理論上最重要的是在張惠言比興寄託說的基礎之上提出了「有寄託」與「無寄託」以及「非寄託不入，專寄託不出」的觀點，這無疑進一步深化和加強了常州詞派的

理論基礎。也正是這個貢獻，朱祖謀有一個對他極高的評價：「金針度，詞辨止菴精。截斷眾流窮正變，一燈樂苑此長明。推演四家評。」可以說正是張惠言以及周濟兩個人的努力，使得常州詞派在理論上有了一個堅實的綱領，為後來常州詞派的發展奠定了理論基礎。

　　在周濟之後的常州詞派的詞學理論家當中我們不能不提到譚獻和陳廷焯這兩位。譚獻在評點周濟《詞辨》之後說：「予固深知周氏之意，而持論小異；大抵周氏所謂變，亦予所謂正也，而折中柔厚則同。」他的詞學觀點主要見於《復堂日記》、《復堂詞錄》、《篋中詞》以及他對周濟詞選的評點當中。應該說他更加細緻地將常州詞派的基本綱領靈活地運用到對於唐宋詞具體作品的評價之中。除此以外，譚獻一個重要的貢獻還在於他通過對本朝詞作的編選將常州詞派在理論與實踐上統一了起來。從張惠言開始通過提倡意內言外、比興寄託的方式重構了唐宋詞史的內部結構，這既構成了對當時浙派末流詞作的批評，倡導了新的寫作風氣，更重要的是同時它形成了一種以比興寄託說為根本的理論。以前的詞派在建構自己理論的時候雖然也提及風雅，也提出自己追摹的唐宋作家，例如雲間派倡《花間集》，浙派倡姜夔、張炎，但是這些都是斷裂性的或者說排他性的，詞史的內在連續性是由一種寫作否定另一種寫作而形成的，是不同派別之間的鬥爭史，但是在常州詞派的理論框架裏，詞的歷史第一次獲得了其內在意義的連續性，它倡導正變、比興之說有其深刻的內涵。如果將清代的詞史除了幾家「詞人之詞」之外的詞學大家看成唐宋詞史不同形式的複製和模仿，那麼這個問題的提出本身就已經外在於一個傳統的寫作譜系，因為它將模仿與追摹預設成為一種完全沒有創造性的行為，同時也將一個意義的關聯體的批評方式預設成為消極的壓制關係。這樣我們可以看到後來陳廷焯在《白雨齋詞話》中對本朝詞人的評點以及朱祖謀編選的《詞莂》在某種意義上都是和譚獻《篋中詞》的對話。晚清另一位重要的常州詞派理論家是陳廷焯，他和周濟以及譚獻差不多的是他一開始其實是服膺浙派的，但是後來在遇到莊中白之後詞學

觀點發生了變化，對張惠言的《詞選》極爲推崇，讚揚這本詞選是「可稱精當，識見之超，有過於竹詫十倍者，古今選本，以此爲最」。陳廷焯是這樣自述自己的變化的：「近人爲詞，習綺語者，託言溫韋；衍遊詞者，貌爲姜、史；揚湖海者，倚於蘇、辛；近今之弊，實六百餘年來之通病也。余初爲倚聲，亦蹈此習。自丙子年與希祖先生遇後，舊作一概付丙，所存不過己卯後數十闋，大旨歸於忠厚，不敢有背《風》、《騷》之旨。」完稿於 1890 年的《白雨齋詞話》是陳廷焯最爲重要的詞學理論著作，在這本詞學著作裏面陳廷焯提出了「沉鬱」這個詞學觀念，他說：「所謂沉鬱者，意在筆先，神餘言外。」這實際上是對張惠言所謂「意內言外」的繼承和發展。在這裡還需要說明的是，後來發現的《白雨齋詞話》稿本和 1894 年的《白雨齋詞話》刻本有不盡一樣的地方。例如，在《白雨齋詞話》稿本裏，他居然對朱彝尊的《靜志居琴趣》大加贊許，說這本詞集「味厚」，甚至用八則詞話的篇幅來讚揚朱彝尊的《洞仙歌》17 首。他爲自己這樣讚賞朱彝尊的豔詞聲辯：「吾於竹垞獨取其豔體，蓋論詞於兩宋之後，不容過刻，截取可也。」就在同一本詞話裏，他又說朱彝尊的詞「顯悖乎《風》《騷》」，這又是批評的態度了，這是《白雨齋詞話》裏面的一個裂痕，後來在刻本當中陳廷焯的父親陳鐵峰將他對《靜志居琴趣》的評論悉數刪去。《白雨齋詞話》的內部問題其實帶給我們一個重新審視常州詞派的機會，而文本內部的看似矛盾的東西也不是刪改就可以抹殺的。由此我們可以看出，無論是周濟、陳廷焯他們從浙派往常州詞派靠攏的背景還是周濟、譚獻、陳廷焯等對張惠言《詞選》的內在批評，其實都說明了常州詞派理論並不是一種單純的僵硬的承接關係，而是在比興寄託的框架之中不斷地辯駁中形成的。也正是因爲這樣常州詞派理論才具有了其不斷應對新問題的強大活力。這裡還可以舉常州詞派內部對清代詞人蔣春霖的評價作爲例子。朱祖謀在手批《篋中集》中說：「水雲詞，盡人能誦其雋快之句，嘉、道間名家，可稱巨擘，宜復翁仰倒賞擊，而有會於冰叔之言也。顧其氣格駁而不

純，比之蓮生差近之，正惟其才僅足爲詞耳。」「盡人能誦其雋快之句」，對此陳廷焯很有心得，他在《白雨齋詞話》中大量徵引了蔣鹿潭詞作裏的「雋快之句」。吳梅認爲譚獻將蔣鹿潭與項廷紀、納蘭容若並置很不妥當，納蘭容若和項廷紀的詞都是以聰明取勝而已，可是蔣鹿潭「盡掃葛藤，不傍門戶，獨以風雅爲宗，蓋託體更較皋文、保緒高雅矣」，在具體的寫作上更是獨步，「鹿潭不專尚比興，《木蘭花》《臺城路》，固全是賦事；即一二小詞，如《浪淘沙》《虞美人》，亦直本事，絕不寄意幃闥，是眞實力量，他人極力爲之，不能工也」。這樣看來，雖然吳梅、陳廷焯、譚獻、朱祖謀四人都認爲蔣鹿潭的詞作獨步一時，但是在具體的意見上特別是圍繞著譚獻在《篋中詞》裏對蔣春霖的評說，吳梅和朱祖謀都有不同的意見。例如，朱祖謀、陳廷焯對蔣鹿潭的詞在讚賞的同時也有各自的不滿，比如「氣格駁而不純」、「尚未升風騷之堂」。吳梅認爲蔣詞託體高雅、詞宗風雅，譚獻不應該將納蘭以及項廷紀和蔣詞相提並論。譚獻有兩則詞話，一則是他在評點周濟《詞辯》所選的東坡詞《卜算子·雁》時所提出的「作者之意」與「讀者之意」；另一則就是在《篋中詞》裏評蔣春霖時提出的「學人之詞」「才人之詞」「詞人之詞」的劃分。這兩則詞話被後來的論詞者不斷單列出來在寫作與天才、作者與讀者等新的現代性話語裏進行不同闡發而帶來了一系列的問題。這裡先暫且分析朱祖謀的觀點。朱祖謀雖然和譚獻都贊成蔣春霖的詞寫得好，但是他似乎並不贊成譚獻「詞人之詞」的提法 —— 「比之蓮生差近之，正惟其才僅足爲詞耳」。在晚清詞學理論的語境裏面，那些「詞人之詞」以及小令受到越來越多的注意，對於詞家的性情和才氣也受到越來越多的強調。在《詞荊》裏面，朱祖謀將蔣詞放在非常高的位置，認同他的詞史特徵以及才情，在寫作上能夠別開生面。蔣春霖身處亂世，詞作具有杜甫的詩史特點而依憑自己的才氣出之。朱祖謀對於蔣春霖的態度不是簡單地否定也沒有簡單地肯定，而是將他放置在一個關係裏面提出來。對蔣春霖詞的認同無論是從「詞人之詞」的才氣性靈還是從「詞

史」的角度都只能夠見其一面，如果說這些是「意內」的話那麼什麼是它的「言外」呢？朱祖謀因此提出了氣格的問題，「駁」是因為才氣橫溢，而怎麼才能夠「純」，也就是渾厚，只能靠所謂「潛氣內轉」。顯然在這裡，朱祖謀對於蔣春霖詞的渾厚還有不滿足的地方，陳廷焯將他比作張炎是有道理的。在常州詞派看來，一首詞應該既要有才豔思力，又能夠歸於蘊藉深厚，而將這兩者結合最好的只有周邦彥，所謂「集大成者也」。有人認為像納蘭性德、蔣春霖、項廷紀等人的詞是與性情、才氣相關，超越了浙派以及常州詞派的框架。這種說法從單純的寫作上將常州詞派理解成以周、辛、王、吳四家作為典範詞人的寫作流派是可以接受的。但這並不意味著單獨的性情或者能夠以詞寫史就可以成為獨立的批評概念，常州詞派顯然沒有否認這些概念的重要性，但是它們必須是放置在一系列的關係裏被討論，只有這樣寫作才有家法也才有其自身的意義，整個詞史也才能夠在互相的競爭和比對中書寫內在的連續性。這也提醒我們不能將晚清常州詞派的一些內部的變化簡單地解釋成為常浙合流。

在譚獻和陳廷焯之外，當然還有端木埰、黃蘇、馮煦等人也對常州詞派理論提出了一些看法，我無意在這裡書寫一部常州詞派理論的詳細歷史，所以他們的一些看法我在這裡就不再具體地論述。和下面這篇論文所論述的對象最為直接的背景也是常州詞派在清末民初最為輝煌的發展的無疑是通常所說的晚清詞學四大家王鵬運、鄭文焯、朱祖謀以及況周頤。關於他們的詞學觀點的大概情況，龍榆生在《清季四大詞人》以及《晚近詞風之轉變》兩篇文章已有精當的概述。從晚清到民國常州詞派理論影響巨大，這一段輝煌的歷史我想用龍榆生在《論常州詞派》開頭的話作為這段歷史的簡要總結：「言清代詞學者，必以浙、常二派為大宗。常州派繼浙派而興，倡導於武進張皋文（惠言）、翰風（琦）兄弟，發揚於荊溪周止菴（濟，字保緒）氏，而極其致於清季臨桂王半塘（鵬運，字幼霞）、歸安朱彊村（孝臧，原名祖謀，字古微）諸先生，流風餘沫，今尚未全衰歇。」龍榆生所

講的「流風餘沫，今尙未全衰歇」這十個字就是這篇論文接下來所要
闡發和引申的起點。

　　論文裏面我沒有選取站在風口浪尖上的人物和文學流派、思想派
別而是選取了相對安靜的觀察者。那時候龍楡生不過是奔波於上海遺
老之間的一位大學老師，夏承燾不過是浙江省立第九中學和之江大學
的一位普通老師，而劉永濟則在明德學校、東北大學、武漢大學之間
週旋。他們基本都是遠離一個思想風暴的中心。他們因爲諸多原因得
以觀察到不同的意見，小心地在具體的語境裏面去取，同時也逐漸發
展出他們自己的一種處理中西與新舊問題的方式，這是和他們具體的
歷史語境對話的結果。這些人似乎也有機會和可能選取更多的東西，
他們利用了由文學以及思想論戰所生產出來的概念而自身卻避開了
論戰本身。同時他們特殊的位置使得他們可以思考更加具體的問題，
就論文所研究的對象而言就是詞學，這些在直接地論戰場所裏面被簡
單化的思考，在他們這裡需要進一步細化，或許我們可以說，他們的
確是一些思想論戰的產物，因爲他們利用了思想論戰所生產出來的
話語，那些話語本身的合法性是在一個政治性的語境裏面所形成的。
但同時他們反過來又觸及到了那些論戰所提出的但未及展開的最深
的問題，在這一個意義上他們又反過來賦予了那些思想論戰以新的意
義。例如胡適站在白話文運動的立場上對於詞的看法，顯得清楚明
白，然而在龍楡生與之對話的文章中中西以非常複雜的面貌呈現出
來。龍楡生通過與胡適的對話保持了與這個時代的前沿的聯繫，雖然
他身上矛盾重重，但是無疑正是在他身上體現出的他自覺或不自覺的
越來越多的矛盾，意味著他所探索的深度。其實，如我們所熟悉的，
在他們周圍的詞家還有其它的詞家如吳梅、陳匪石、唐圭璋、詹安泰、
繆鉞還包括老一輩的朱祖謀、況周頤、張爾田等人，這些人都與他們
有不同的交集。我雖然將重點的個案分析放置在那幾位詞家身上，但
是我沒有忽略他們學術語境和現實交往世界裏面的其它重要人物。然
而，他們在與常州詞派的關係建立上具有不太一樣的情況，從他們那

裏可以看出常州詞派這一傳統資源在現代語境裏面複雜的變化過程。龍榆生是朱祖謀的學生，他的詞學觀點受到了常州詞派的影響，但是他又不可能將常州詞派的一系列的傳統論述直接表達出來。他必須建立一種新的表達，這種表達既與常州詞派保持關聯又與新文化運動影響下的詞學觀點保持對話。夏承燾沒有表明過自己是常州詞派，但是他對於姜夔等人的詞的考證實際上與常州詞派的觀點是分不開的。他是以一種迂迴的方式與常州詞派發生了關係。劉永濟對於詞學的論述是在 1940 年代特別是新中國建立之後成型的，尤其是他對於夢窗詞的討論，顯然與常州詞派的詞學觀點緊密相連，如果倒過來看，一直回溯到他在《學衡》中發表文章開始，這一線綿延，他對於常州詞派的接受和修改將是一個文學史與思想史交叉的案例。此外還有相對於龍榆生他們來說，比較年輕的一輩的葉嘉瑩，她對於常州詞派的認同是在她完成《人間詞話》的相關著述之後開始的。而像她的前輩俞平伯、繆鉞等人都具有大致相同的學術脈絡。《人間詞話》在他們那裏所起的影響以及對於常州詞派理論的認同將會給他們帶來很大的挑戰，他們是否真的可以彌合這兩者之間的矛盾，這正是我們所要詢問的問題。

　　我們似乎喜歡將 20 世紀一些傳統主義者的論述當做對於傳統的弘揚和繼承，而忽略了這些人在不同的歷史和個人情境中對於傳統的建構。面對 20 世紀所留給我們的遺產，龍榆生、夏承燾、劉永濟他們的著述是二十世紀詞學最為基本的論述，我們還在常常徵引，但是就在這毫無障礙和透明的引用、轉述中，他們被知識化了，他們被簡單地同構為我們的一部份。我們可以輕易地在學科史裏面找到對於他們的各種書寫。我們去闡釋過去，也只有經由與他們的對話才能成為一種可能，我們不可能外在於他們去尋找一種方法或者路徑去毫無根基地直接和傳統對話，那有可能重新陷入到中西問題的二元思維之中。還有，我們常常以為老一輩的學者浸淫和尊重傳統的要多一點，比如程千帆先生最喜歡談論的胡小石和龍榆生、劉永濟他們差不多就

是一輩人，但是我們明顯地可以感受到傳統的東西在他們那個時候其實就已經變化了，更不用說張中行在散文中所神化的俞平伯講授古典詩詞的例子。他們也已經是新派的一個部份，那麼那部份「新」怎麼起作用的。在那個古典文學發生急劇變化的時期，需要非常深入地去研討每個學者所面對的不同的問題，他和這些問題之間的關係以及他處理問題的方式。

　　如果說常州詞派的比興寄託能夠完全照搬到現代當然就不會存在我們所要討論的問題，然而恰恰就是在現代一個中西的語境裏面，它產生複雜的變化並且顯示出了非常大的活力。它們所具有的意義不是自然而然地獲得的或者說是一種語文學上的解釋，而是在一個歷史語境裏面不斷被闡發的過程。常州詞派雖然是詞的理論但是當它被帶入到現代的時候，它背後所強調的文學與歷史、政治以及倫理之間的關係與受西方觀念影響的去政治化的現代意識形態必然發生矛盾，而矛盾常常不一定發生在顯眼的地方，而隱藏在文本的內部。我們需要去尋找那些隱藏的矛盾並且解釋它們。同時，常州詞派在現代中國的學術環境中能夠讓他們堅持的原因，不僅在於它形成了對於詞體的新認識，而且在於它賦予了一個現代主體與歷史的關係，在現代學術對文學的政治性和歷史性進行批判的語境裏面從常州詞派裏面發現其獨特價值。這個契機也是現代中國的政治和歷史的環境所賦予的。他們對於常州詞派的態度、處理的方式放大一點說是受到了兩場學術思想運動 —— 國粹運動以及整理國故運動的極大影響，幾乎當時的以及後來的學術大家無不被自己所身處的學術運動所裹挾。雖然他們未曾是這兩場運動的直接參與者，但是他們是這兩次學術運動的話語遺產的繼承者。這最明顯地體現在兩次運動所形成的描述傳統與現代二元的一系列話語對於他們探討自己的學術問題、論證自我學術問題提供了合法性。「傳統與現代」不能再是一個直接可以用來做出區分和判別的概念，因為這個區分本身的合法性值得重新思考。劉禾在分析「中國文學」的發明作為現代民族國家文化的一個組成部份的時候

就認為：「究竟是什麼構成了中國文化？誰代表它？誰又有權威說什麼堪稱中國性，而什麼又算不上中國性？雖然這些早期的爭鬥現在已然後退到歷史遙遠的地平線，但是，當種種耳熟能詳的概念，如文化、民族國家、傳統、現代性以及東西方等繼續在文化生產的跨國模式中被喚起、重複、翻譯、流通，而在此過程中，中國的獨特性只有在她與其它地點以及其它歷史的深刻關聯中，才能顯現出來的時候，這些問題本身，仍舊頑固地同今天的我們滯留在一起。」〔註10〕如果說在中西對話的過程中的確有一股非常強勁的向傳統尋找資源的潮流，那麼這個潮流本身的複雜性以及問題意識同樣地不能再簡單地放回到一個文化保守主義的框架裏面去探討。我們需要重新去看到整個中國傳統學術的內在性究竟是什麼樣的？在新的語境裏面那些被稱作「創造性轉化」的部份是否理所應當，那些將傳統文學帶入到一個博大精深的傳統文化這個視野中的時候失落了什麼？我將在下面的各個章節的論述裏面思考和回應上述的問題。

　　我在下面將首先討論龍榆生（1902～1966）與常州詞派、新文化運動之間的複雜關係。龍榆生寫作《中國韻文史》以及編選《唐宋詞名家選》都隱含著與胡適的《詞選》展開對話的意圖。當他站在常州詞派的立場上的時候，固然可以發現胡適對於詞的三個階段——「歌者的詞」、「詩人的詞」和「詞匠的詞」——的劃分裏面有許多具體的事實不符合歷史，但是他沒有能夠直接發現胡適這個劃分背後的理路，甚至於他還對胡適這個背後的思路有一種不約而同的認同感，所以在常州詞派與胡適之間的本質性的矛盾也會以多種形式留存在龍榆生的思路裏面。龍榆生在《詞學季刊》（1933～1936）時代所發表的許多文章例如《兩宋詞風轉變論》、《南唐二主詞敘論》、《研究詞學之商榷》、《彊村本事詞》等等都具有一種隱含的對話性質。他對話的對象則是王國維以及胡適的詞學思路。那時候新文化人也非常積

〔註10〕劉禾《跨語際實踐》，北京三聯書店，2002 年版，第 364 頁。

極地宣傳蘇辛，例如在胡適的鼓勵下鄧廣銘從事辛棄疾的研究，龍榆生如何與他們去區別開來，他說：「非敢貌主蘇、辛，而相率入於叫囂儇俗一途，如世之自負爲民族張目者比也。」這裡面還有一個變化，張惠言說：「以道賢人君子幽約怨悱不能自言之情。」那麼現在「賢人君子」這個主體已經發生了變化，這涉及到一種現代「自我」的形成問題。通過新文化運動，「平民政治」作爲一種現代意識形態開始被普遍認可的時候，「民眾」成爲一個重要的合法的現代政治主體表達對於國家興亡的關切，在文學中它就要求非常清楚的新的抒情主體。民族主義與新文化運動的文學觀以及政治具有內在的統一性，所以我們可以看到張爾田在和龍榆生的討論中隨即發現了提倡蘇辛被當作一個民族主義問題提出來的時候出現了一些問題，原因就在於常州詞派的比興寄託觀念下的蘇辛與民族主義視野中的蘇辛詞存在著矛盾。

　　我還將討論到夏承燾（1900～1986）和劉永濟（1887～1966）。夏承燾在《天風閣日記》裏面所透露的一位現代學者面對傳統的常州詞派與新文學之間的矛盾的心路歷程所蘊含的理論意義。例如他與張爾田、朱祖謀的學術聯繫，還有他坦承自己愛好的作家主要是蘇辛一派以及姜夔的詞。他自己在學術上對此用力也最多。此外，他還對胡適的詞學觀念提出批評和討論等等。夏承燾一方面表現出了對於新文學的強烈興趣，另一方面在學術上他理智地知道自己應該做什麼。我們固然可以從這裡面讀出一個「過渡時代」的現代學術人的矛盾與困惑，但問題不止於此，從中我們可以看到，不是他自己所描述的矛盾，而是他的整個學術事業，他未能全察的矛盾刻畫了他自己的時代，也將自己歸於他那個時代。夏承燾《唐宋詞人年譜》中的內容最初開始是在《詞學季刊》上發表的。他的興趣似乎只是在考證上面，但是裏面有很多值得重新認識的問題，例如他對於馮延巳的考證，修正了常州詞派對於馮延巳的看法，他在《馮正中年譜》裏面提到：「前人論正中詞者，往往兼及其爲人。馮煦爲四印齋刊本《陽春集序》，

謂其俯仰身世，所懷萬端，揆之六義，比興爲多。其優生念亂，意內言外，迹之唐五季之交，猶韓致堯之於詩』張惠言詞選斥其專蔽固嫉，又敢爲大言……陳廷焯《白雨齋詞話》，雖極稱其詞忠愛纏綿，而亦鄙其爲人無足取。」他通過詳細的考證訂正了馮煦、張惠言、陳廷焯說法的不妥之處。王國維《人間詞話》中說：「馮正中堂廡特大，與中、後二主皆在《花間》範圍之外，宜《花間集》中不登其隻字也。」他通過考證，認爲王國維的判斷不確。諸如這些都是一些考證，但是對於常州詞派的一些看法提供了證據或者提出了挑戰。

詞學考證可以說是夏承燾有意的一種學術選擇，這不僅對接了晚清的詞籍考證的傳統，也在新學術裏面佔有重要的地位。因爲科學考證正是新學術的一個基本價值觀念。這相當程度上減少了他在現代學術中得到認可的阻力。但是其實考證不一定構成對於新學術的價值的根本認同，也有可能只是形似而神不似。夏承燾本人考證背後所引起的複雜問題當然是一個例子。此外，我們還可以看到錢穆《劉向歆父子年譜》《先秦諸子繫年》都是得新學術潮流之作，得到了胡適和顧頡剛的高度讚賞，其實他們背後的思路是大不相同的，類似的例子還有以考證著稱的余嘉錫等人。

雖然劉永濟曾經在上海受到過晚清詞學四大家當中的朱祖謀和況周頤的指點，但是他早年的學術興趣主要在文學史以及文學理論兩個方面，《文學論》（1922）以及《十四朝文學要略》兩本書就是他早年的主要代表作品。這兩本書都曾經在《學衡》雜誌上連載。他最初對於文學理論的理解以及對傳統文學歷史的梳理背後隱含著反對新文化運動思路當中一種中西匯通的學術理想，他自己身處那樣的氛圍之中，他的思考也可以看做是與他的歷史語境對話的結果。通過《文學論》、《十四朝文學要略》以及《文心雕龍校釋》的寫作，劉永濟完成了對於中國文學的批評範疇的梳理，這形成了他後來面對各種文類例如詞、絕句、散曲等研究的最重要的資源。他固然知道文類之間的區別以及辨體的重要性之所在，但是因爲之前他的學術使得他無法擺

脫將這些文類又重新歸到一個宏觀的「文學」當中。這裡面的對話本身就是複雜的。而「文學論」的出現使他在有意無意中捲入到一個現代意識形態的建構之中。雖然宇文所安在《過去的終結》一文裏面對於新舊之間的交替描述的過於清晰和簡單化，他輕易地相信只要認同南宋詞的就是對新文化運動的批評，這個判斷無疑簡單了，但是他有一個見解還是具有啟發意義：「一千多年來，中國學者都是基本在文學史框架中理解文學傳統的。大部頭的詩話往往按照歷史順序編排，並且本質上充斥著包含具有文學史性質的觀察和見解。有描述朝代、時期和作者特質的一般性陳述。也有理論化的文學史著作。但是正如大家知道的，在接觸歐美文學史之前，沒有現代意義上的敘述型文學史。原因之一是中國以前沒有一個統一的文化生產領域稱之為文學，只有一系列文體，每種文體都有自己獨特的歷史。」我們可以發現劉永濟在寫作中對於《文心雕龍》頻頻徵引，《文心雕龍》在晚清國粹運動以來（例如章太炎、黃侃）特別是新文化運動以來受到越來越多的關注，它被當作是中國文學理論最為博大精深的一部著作，也似乎這部書隱含著中國詩學的若干共通的話題。在這個過程中劉永濟將《文心雕龍》的一些見解引入詞學會到帶來什麼樣的影響？他讀《文心雕龍》的眼光以及現代意識形態會不會和他接受的常州詞派理論之間發生矛盾？實際上我們在他的《詞論》裏面就開始有這樣的疑問。劉永濟在武漢大學講學的時候開始較多將精力放置在詞學的研究上，他的《唐五代兩宋詞簡析》和《微睇室說詞》是他的代表之作。在 1960 年代政治氣氛非常緊張的情況下，他給武漢大學的青年教師們重點講授了吳文英的詞。吳文英是常州詞派裏面非常重要的一位南宋詞家，他站在常州詞派的比興寄託的立場上對吳文英的詞進行講解。例如《晏清都》（連理海棠）開篇便點明「託物言情」，又說「南宋詞人極喜作詠物詞，大都託物言情之筆，情在言外。後來之王沂孫尤稱能手。至其所託之情，不出作者所遇之世與其個人遭際之事，交相組織，古人所謂身世之感也。」

　　我選擇葉嘉瑩（1924～），是將她作為前面所論及到的龍榆生、夏承燾以及劉永濟等人的一個參照。和前面三位相比，葉嘉瑩似乎是比較鮮明地站在常州詞派立場之上的。然而，我認為這不僅沒有讓她超越她的前輩，反而給她帶來了許多問題。這是一個意味深長的「矛盾」。葉嘉瑩通過重釋「比興」以及還提出了兩種劃分——一個是將詞劃分了「有意的」寄託與」無意的」寄託；另一個是將詞的歷史劃分成歌辭之詞、詩化之詞和賦化之詞這三個階段——形成了她闡釋詞體審美特質的根本綱領。在這中間有許多的理論斷裂需要她去修補，然而這些修補常常是沒有說服力的和自相矛盾的。更為重要的是，如果把葉嘉瑩的理論論證當做一個「勸說」的修辭過程，我們可以發現對於這個過程的思考將構成對於我們和她共有的隱含的「前提」的反思，從而將那些「前提」問題化，這或許將給我們自己的文化主體性帶來新的反思。葉嘉瑩的困境是一位五四之後的新學者努力在中西文化不斷鬥爭的語境中去繼承傳統的困境，同時她的困境也是現代中國的許多傳統主義者所共有的。他們相信，中國文學與文化無疑是具有特殊性的但無礙於中西之間某一形式的交融。同時，也相信傳統文學作為傳統文化的遺存自然擔當了一種保持與傳統文化溝通的功能，它會通過特別地方式讓人重新感受到傳統文化的魅力，而文學最終的意義在於它是屬於文化的也是屬於人生的一個部份。在這裡文學遠離了歷史、政治與倫理，成為了文化的象徵。然而，文化的獨立性恰恰是政治所構造和賦予的。

　　雖然我已經大致描述了我所討論的對象和問題，然而以上的描述不是說沒有困難的。那些論述的對象所提出的一些細微的問題可能是我們現在學術框架裏面依然無法充分被討論的。我們似乎也可以將所討論的問題放在道德、倫理、政治等框架裏面去分析，但是不得不承認我們也很難去真正完全表明他們的意思。例如，張爾田在給張芝聯上課的時候，他對張芝聯說你要特別注意道德與智慧的關係：「道德者，人與人相互間有一原則耳。至如何達成此原則，則有開有遮，有

從有違。」這個關係在張爾田的世界裏面是一個相當重要的他結構自己學術問題的方式，但是我們要講清楚比較困難。特別是那些寫作實踐、交遊與理論立場之間微妙的關係。我們現在好像可以通過一種文學社會學的方法來描述那樣問題，但是裏面還是有很多問題我們不能在一個現代學術框架裏面處理。像在談到夏承燾的時候，我會提到張爾田。張爾田晚年在給夏承燾的信裏面說文學比學術更重要。這個究竟怎麼來將它問題化，可能不是那麼容易。還有我們在處理民國許多詞學文本的時候也會遇到類似的問題。像朱祖謀編的《詞莂》這個清詞選本，還有他編輯的《滄海遺音集》裏面諸多的詞作，這些都是民國詞學裏面極為重要的文獻。我們現在如果直接去讀懂那些文獻背後的用意可能相當困難，但是我們如何將那些文獻救活，讓它們能夠提出問題，則是一個需要許多學者不斷努力的事情。對於其中的一些問題，我們或許只能有所規避或者以其它的方式予以表達、回應。

　　昆廷・斯金納（Quentin Skinner）在《自由主義之前的自由》裏面談論到過去之於現在的意義，他說：「過去在一個當下意義就是作為一個儲藏室，儲藏著我們現在不再認同的一些價值觀念，儲藏著我們現在已經忘記提出的一些疑問。」〔註 11〕我想，我接下來要討論的問題就是去打開那個「儲藏室」並且考慮將裏面的東西如何帶回來。

1.2　學術史回顧

　　因為我在論文裏面所論述的許多對象本身就是現代詞學歷史上的重要人物，他們本身就是學術史的一個核心部份。同時，他們的研究既和兩宋詞相關又和近現代詞相關。在這裡，我為避免過於寬泛，我將圍繞論文裏面所涉及到的常州詞派、近現代詞學、《人間詞話》等問題進行一個選擇性的評述。

〔註 11〕Quentin Skinner, *Liberty before Liberalism*, Cambridge University Press, 1998, P.112.

關於常州詞派研究的第一篇專論性質的現代學術論文是龍榆生的《論常州詞派》，發表在《同聲月刊》（1941 年）第 1 卷第 10 號上。這篇文章主要從「常州詞派之由來」、「常州詞派之宗旨」、「常州詞派之拓展」這三個方面來談論常州詞派。應該說在這篇簡要精鍊的文字裏面已經隱含了後來若干常州詞派研究的雛形，之後許多通論式的常州詞派論著都在框架上乃至觀點上都沒有走出這篇文章的主要框架。在這方面的研究主要有吳宏一的《常州派詞學研究》〔註 12〕、卓清芬《清末四大家詞學及詞作研究》〔註 13〕、朱德慈《常州詞派通論》〔註 14〕、黃志浩《常州詞派研究》〔註 15〕、遲寶東《常州詞派與晚清詞風》〔註 16〕等。其中值得一提的是卓清芬的研究，這本書雖然在理論上並沒有太大的創新，但是在收集的晚清四大家的資料上非常細緻，所以即使是仍然受制於一些常見的關於晚清四大家的論述，而論述起來也非常紮實。吳宏一的碩士論文作為比較早的常州詞派的專題研究一直是經常被徵引到的文獻。他最近發表的一篇論文《從詩的比興到詞的寄託 —— 常州詞派以寄託說詞的理論來歷及其實際批評》〔註 17〕是他對常州詞派的詞學理論的最新的看法。但是我們可以從他新近寫的《溫庭筠〔菩薩蠻〕詞研究》裏面看到，他對常州詞派的核心概念的理解始終如一：「『比興指的是明喻與暗喻的手法，而變風之義和騷人之歌，指的是用比興手法所表現的作品的內涵。』我目前仍然以為二者一樣可以混用。」他又說：「事實上，常州詞派以寄託說詞的理論根源，是從變風之義和騷人之歌來的，質言之，是從風騷傳統的『比興』來的。」〔註 18〕和常州詞派相關的就是對於清代詞學的

〔註 12〕吳宏一《清代詞學四論》，臺灣聯經出版事業公司。
〔註 13〕卓清芬《清末四大家詞學及詞作研究》，臺灣大學出版中心，2003 年版。
〔註 14〕朱德慈《常州詞派通論》，中華書局，2006 年版。
〔註 15〕黃志浩《常州詞派研究》，中國社會科學出版社，2008 版。
〔註 16〕遲寶東《常州詞派與晚清詞風》，南開大學出版社，2008 年版。
〔註 17〕參看香港浸會大學《人文中國學報》第 11 期。
〔註 18〕吳宏一《溫庭筠〔菩薩蠻〕詞研究》，臺灣清華大學出版社 2009 年

研究，在這一方面孫克強的《清代詞學》〔註19〕和《清代詞學批評史論》〔註20〕以及陳水雲的《清代詞學發展史論》〔註21〕，仍然是迄今我所見到的對清代詞學理論最好的通論性質的著述。譚新紅《清詞話考述》則從版本上對清代詞學文獻進行了系統的詳盡梳理。〔註22〕

　　將常州詞派與常州今文經學結合起來講述，基本上凡是研究到常州詞派的學者都會涉及的，只是深淺不一而已。這裡面比較詳細論述這個問題的楊旭輝《清代經學與文學：以常州文人群體爲典範的研究》〔註23〕這一本書爲代表。這個學術的路向也是努力將古代文學與其背後的學術背景結合起來的一種努力。這種學術思路可以追述到劉師培、章太炎對於清代學術與文學之間關係的相關論述，例如劉師培的《清儒之得失》、《論近世文學之變遷》以及章太炎的《清儒》等都是涉及到將文學放置於學術中來看其變遷。按照這個思路研究的話，似乎可以梳理出中國文學與經學之間源遠流長的關係。因爲在五四之後不會再去認同經學的價值，所以這種研究都是在新文化運動的一套話語中對經學與文學的關係進行研究，往往這類研究受限於一種對於時代的學術風氣與文學思潮關係的描述性研究，同時還受到了「影響研究」的研究範式的限制，將經學當做文學一個必然的背景。或許說正是因爲缺少一種背後的價值追求，所以使得這樣的研究只能拘限於現象的描述上。

　　和中國古代文論裏面經常會有一些概念範疇比較讓人難懂一樣，常州詞派理論裏面的關於「比興寄託」、「清空」、「重拙大」等等概念範疇也引起了所以許多學者也都用心於此。其中程千帆先生

版，第 179，181 頁。
〔註19〕孫克強《清代詞學》，中國社會科學出版社 2004 年版。
〔註20〕孫克強《清代詞學批評史論》，上海古籍出版社 2008 年版。
〔註21〕陳水雲《清代詞學發展史論》，學苑出版社 2005 年版。
〔註22〕譚新紅《清詞話考述》，武漢大學出版社 2009 年版。
〔註23〕楊旭輝《清代經學與文學：以常州文人群體爲典範的研究》，鳳凰出版社，2006 年版。

的《〈復堂詞序〉試釋》〔註24〕和繆鉞先生的《常州詞派論家「以無厚入有間」說詮釋》（《四川大學學報》，1988 年第 2 期）這兩篇文章是關於詞學理論範疇解釋的經典文章。在整個常州詞派裏面「比興」當然是最重要的概念。實際上，「比興」也常常是被當作中國傳統詩學一個非常重要的核心範疇被提出來的。朱自清先生的《詩言志辨》應該是迄今最為詳實的對「比興」概念進行梳理和闡釋的一部名著。在這部書裏面，朱先生列出了兩個綱領，一個是「詩言志」，另一個是「詩教」。在這兩個綱領之下還有「比興」和「正變」，「這些是方法論，是那兩個綱領的細目，歸結自然都在政教。」〔註 25〕他解釋「比」這個概念的時候說：「《楚辭》的引類譬喻實際上形成了後世比』的意念。後世的比體詩可以說有四大類。詠史、遊仙、豔情、詠物。」〔註 26〕他又說：「後世多連稱比興，興往往就是譬喻或比體的比」，「興也有兩個變義」──「所謂別趣、意興、興趣，都可以說是象外之境。這種象外之境，讀者也可以觸類引申，各有所得，所得的是感覺的境界，和前一義之為氣象情理者不同。」〔註27〕黃侃在《文心雕龍札記》裏面認為：「自漢以來，詞人鮮用興義。固緣詩道下衰，亦由文詞之作，趣以喻人。苟覽者恍惚難明，則感動之功不顯。用比忘興，勢使之然也。」朱自清先生以為「最為明通」。如果這句話是在一個白話文運動的隱含背景中來認同黃侃這句話的，那麼對於黃侃來說就是一種諷刺了。在「比興」一章的最後朱自清先生對譚獻的一句話作出了詮釋：「論詩尊比興，所尊的並不全在比、興本身價值，而是在詩以言志，詩以明道的作用上了。明白

〔註24〕程千帆《〈復堂詞序〉試釋》，《申報‧文史周刊》1948 年第 27 期。
〔註25〕朱自清《詩言志辨序》，《朱自清古典文學論文集》上冊，上海古籍出版社 2009 年版，第 190 頁。
〔註26〕朱自清《詩言志辨序》，《朱自清古典文學論文集》上冊，上海古籍出版社 2009 年版，第 269 頁。
〔註27〕朱自清《詩言志辨序》，《朱自清古典文學論文集》上冊，上海古籍出版社 2009 年版，第 273 頁。

了這一點，像譚獻《篋中詞》評蔣春霖《揚州慢》詞，竟說：賦體
至此，轉高於比興。就毫不足怪了。」〔註 28〕此外，「比興」作爲中
國傳統詩學裏面最爲重要的一個概念被強調有中國自己歷代詩學文
獻的支撐，但是更加重要的是它作爲一個問題被凸顯出來則是現代
以來的事情，特別是在新儒家那裏比興這個概念受到了極大的推
崇，它成爲了重新構築中國文化體系的一塊基石。例如我們可以在
錢穆《讀〈詩經〉》以及新儒家的徐復觀、牟宗三、唐君毅那裏看到
相關的論述。回到詞學本身上來看，對於比興寄託的理解現在似乎
並沒有超過詹安泰以及沈祖棻的理解。詹安泰在《論寄託》〔註 29〕
這篇文章裏面詳盡地說明了寄託說詞的影響以及運用。他還非常自
覺地用寄託來讀詞，例如他箋注的王沂孫《花外集》，還有他在解釋
史邦卿《雙雙燕》時候說：「還相兩句畫工，紅樓兩句化工。自今日
觀之，化工較畫工高。託意甚深，時主昏庸，權奸誤國，以及人民
熱望，皆可作如此看。」〔註 30〕沈祖棻的《清代詞論家的比興說》，
在這一篇文章裏面沈祖棻則認爲：「比興只是歷史悠久的和經常被使
用的藝術表現方法之一，而決不是惟一的方法；沉鬱也只是美好的風
格之一，而決不是惟一的美好風格。……在詞史上，可以看到，有很
多的傑作是用賦體寫的，它們的風格也是多種多樣的。在這種大量存
在的事實面前，陳廷焯等的看法就無法掩蓋其片面性。」〔註 31〕沈祖
棻對於比興寄託的理解可以說一直是現代學者研究常州詞派的比興
寄託說所普遍堅持的看法和立場。

　　對於二十世紀詞學研究的興起，與 1990 年代對於學術史研究開

〔註 28〕 朱自清《詩言志辨序》，《朱自清古典文學論文集》上冊，上海古籍
　　　　出版社 2009 年版，第 283 頁。
〔註 29〕 詹安泰《論寄託》，《詞學季刊》第 3 卷第 3 號，1936 年 9 月。
〔註 30〕 邱世友《永遠懷念的追記》，《詹安泰詞學論集》，廣東人民出版社 1997
　　　　年版，第 424 頁。
〔註 31〕 沈祖棻《清代詞論家的比興說》，《宋詞賞析》，中華書局 2008 年版，
　　　　第 308～309 頁。

始成爲熱點有關，在 1990 年代出版了大量的關於學科史的概述性的著述，這個有一個 1990 年代後文化保守主義重新崛起的背景也有到了一個新世紀的臨界點也促發了各個學科重新思考整個二十世紀來本學科的得失成敗。關於 20 世紀詞學研究已經有許多詞學研究者進行過精要的梳理，像王兆鵬《20 世紀前半期詞學研究的歷程》〔註32〕，嚴迪昌、劉揚忠、鍾振振、王兆鵬《傳承、建構、展望——關於二十世紀詞學研究的對話》〔註33〕，陳水雲《20 世紀清代詞學文獻整理述略》〔註34〕，施議對《20 世紀詞學傳人漫談》〔註35〕、張宏生《二十世紀清詞研究的回顧與反思》〔註36〕等。大概是受到「傳統與現代」、現代化、「傳統的創造性轉化」等歷史理論模式的影響。這帶來的一個影響就是幾乎每一位研究二十世紀詞學的學者都承認了傳統的創造性轉化，從傳統向現代的平滑地轉變。因此對於王國維、龍榆生、夏承燾、唐圭璋先生等人的成就都落實在「傳統與現代」的結合上。例如在一本重要的關於二十世紀詞學研究的著述裏面作者就說：「現代詞學研究以西學現代文藝學爲理論基礎，以現代科學方法爲手段；而傳統詞學則基本局限於舊的思想意識，以個人感受加以理性思索爲主要手段。」〔註37〕顯然，在這小段話裏面他已經預設了傳統與現代的內容，同時也預設了傳統向現代轉變這樣一種歷史模式。在這本書裏面，他對於夏承燾、龍榆生、唐圭璋先生的研究也正是立足在這兩個預設之上的。此外，彭玉平對於二十世紀的詞學研究近來

〔註32〕王兆鵬《20 世紀前半期詞學研究的歷程》，《文學遺產》2001 年第 5 期。
〔註33〕嚴迪昌、劉揚忠、鍾振振、王兆鵬《傳承、建構、展望——關於二十世紀詞學研究的對話》，《文學遺產》1999 年第 3 期。
〔註34〕陳水雲《20 世紀清代詞學文獻整理述略》，《古典文學知識》2002 年第 5 期。
〔註35〕施議對《20 世紀詞學傳人漫談》，《文史知識》2006 年第 5 期。
〔註36〕張宏生《二十世紀清詞研究的回顧與反思》，張宏生《清詞探微》，上海古籍出版社 2008 年版，第 3～33 頁。
〔註37〕朱惠國《中國近世詞學思想研究》，上海古籍出版社 2005 年版。

有一系列的論文。例如《詞學的古典與現代》〔註38〕、《民國的詞體研究》〔註39〕、《論民國時期的清詞編纂與研究 —— 以葉恭綽爲中心》〔註40〕等。他梳理了以前詞學學科史中被人所忽略的材料，補繪了二十世紀詞學學科史的地圖。不過，他在大的歷史觀上仍然是延續一種「傳統的創作性轉化」的思路，這可以從他的概述性的論文《詞學的古典與現代》可以看出。至於資料的整理方面華東師範大學中文系古典文學教研室主編的兩冊《詞學研究論集》對 1911 年以來一直到 1970 年代的詞學研究的論文進行了周詳地整理並且附有詳盡的論文索引。

　　除了概述性的研究和資料的整理之外，還有就是對於詞學大家的研究也同步進行。雖然像張宏生所認爲的：「關於近現代詞學的研究成果尚不夠豐碩，還有待於進一步發掘」〔註41〕，但是近現代詞學還是積纍了許多成果。因爲二十世紀的詞學大家他們的弟子都是詞學研究的中堅人物，對於他們的回憶和研究也帶有相當多的個人感情色彩。龍榆生的研究比較早的是宋露霞《現代詞人龍榆生及其詞學貢獻》，此外還有張宏生、張暉寫的《論龍榆生的詞學成就及其特色》，對龍榆生的詞學歷程進行了概述。在龍榆生研究裏面，最爲重要的成果還是張暉的《龍榆生先生年譜》，這一本書詳細地收集了關於龍榆生的資料。關於夏承燾的研究文章，主要見於吳無聞編的《夏承燾教授紀念集》。對於夏承燾的研究至今也僅限於一些資料的梳理上。最近施議對在《文史知識》上發表了一系列的文章表彰他所提出的「民國四大家」也就是龍榆生、夏承燾、唐圭璋、詹安泰，已經寫出的文

〔註38〕彭玉平《詞學的古典與現代》，《中山大學學報》（哲社版）2006 年第 1 期。

〔註39〕彭玉平《民國的詞體研究》，《文學遺產》2007 年第 5 期。

〔註40〕彭玉平《論民國時期的清詞編纂與研究 —— 以葉恭綽爲中心》，《南京大學學報》（哲社版）2009 年第 2 期。

〔註41〕張宏生《理論的追求與創作的實踐》，《詞學》第 17 輯，華東師範大學出版社 2006 年版，第 27 頁。

章有關於夏承燾和唐圭璋，基本按照詞學與音樂、詞學考證、文獻整理、批評之學等角度對他們進行了詳細的梳理，不過很明顯的是在整個敘述上仍然延續的是傳統的創造性轉變的思路，對於二十世紀詞學缺少一種內在的反省。

劉永濟先生的詞學著作雖然早在 1980 年代初就已經由上海古籍出版社出版，但是一直沒有受到重視，對於他的集中探討是以 2003年召開的「劉永濟與詞學國際討論會」為契機。陳水雲在會議綜述裏面進行了詳細的梳理。對於葉嘉瑩的研究，徐志嘯在《華裔漢學家葉嘉瑩與中西詩學》〔註42〕一書裏面概述甚詳，這一本的書的特點是大體描述了葉嘉瑩的學術歷程以及主要成就，並且在觀點上是認同葉嘉瑩為中西詩學的交匯所作出的貢獻。對於葉嘉瑩的詞學見解商榷的文章不很多見，有三篇文章值得重視，高陽的《莫「碎」了「七寶樓臺」！── 為夢窗詞敬質在美國的葉嘉瑩女士》〔註 43〕、謝桃坊《略談夢窗詞與我國傳統創作方法》〔註44〕、周茜《吳文英詞的「現代化特色」獻疑》〔註45〕。在白話文運動的思路裏面研究詞學的最重要的代表是胡適和胡雲翼。關於胡適的詞學的研究，胡適的詞學研究一般是作為他的白話文運動的一個組成部份來被闡述，例如劉石《胡適的詞學研究》〔註46〕。對於胡雲翼的詞學研究最重要的研究是萬雲駿的兩篇文章。在《評胡雲翼〈宋詞選〉》一文裏面，萬雲駿指出了胡雲翼在注釋和理解宋詞上的許多錯誤。《再評胡雲翼〈宋詞選〉》除了繼續指出胡雲翼在《宋詞選》注釋和串講裏面的錯誤之外，萬雲駿還著重講了在豪放和婉約的劃分中對於婉約詞的壓抑的歷史原因。

《人間詞話》在 20 世紀中國文學理論歷史上的重要性不言而喻。它最先發表在《國粹學報》上，然後由俞平伯在 1926 年整理出

〔註42〕徐志嘯《華裔漢學家葉嘉瑩與中西詩學》，學苑出版社 2009 年版。
〔註43〕參看高陽《高陽說詩》，遼寧教育出版社 1998 年版。
〔註44〕參看謝桃坊《宋詞辨》，上海古籍出版社 1999 年版。
〔註45〕周茜《吳文英詞的「現代化特色」獻疑》，《文史哲》2006 年第 6 期。
〔註46〕參看袁行霈主編《國學研究》第 12 卷，北京大學出版社 2003 年版。

版。之前幾乎很少有學者關注到王國維的這本書，原因在於王國維在現代學術界中最重要的學術身份是一位古史研究專家。胡適在 1935年回覆任訪秋的一封信裏面就曾說他向王國維問詢關於詞的一些問題的時候，從來沒有聽到王國維提到過這本書並且一再說自己沒有看過這本書。胡適的看法基本可信。在同一封信裏面胡適否定了任訪秋所說的他和王國維在詞學觀點上相近這一個判斷，他認為王國維的觀點是「文學的」而他的看法是「歷史的」，同時對「意境」理解提出了一些他自己的看法。不過，現在仔細讀起來，王國維與胡適的觀點顯然是殊途同歸的，胡適的否定恰恰激起我們更大的興趣究竟是什麼樣的一個「幕後的無形的手」讓他們走到了一起。黃濬從《國粹學報》上直接讀過王國維《人間詞話》，他在《花隨人聖庵遮憶》裏面就記載這一事情，並且發表了對於王國維《人間詞話》的見解。例如：「靜庵所舉隔與不隔之義精，然須知不隔者，僅為畢篇之晶粹，即清眞亦不能首首皆如葉上初陽乾宿雨』也。」《人間詞話》發表之後，俞平伯、朱光潛等現代學者對這本書都大為褒獎。但是也有學者或隱或顯地表達了自己不同看法。例如和王國維同輩的張爾田就多次對王國維的文學見解表示不滿，例如《復黃晦聞書》以及《與龍榆生論詞書》〔註47〕。他在《與龍榆生論詞書》裏說：「晚近學子，其稍知詞者，輒喜稱道《人間詞話》，赤裸裸談意境，而吐棄辭藻，如此則說白話足矣。」除此之外還有唐圭璋《評〈人間詞話〉》〔註48〕、饒宗頤《〈人間詞話〉平議》也都對王國維的《人間詞話》提出了批評。不過除了這些明顯地批評之外，還有隱藏在各種文本裏面與《人間詞話》的潛在對話。他們所持有的最大的抗拒王國維《人間詞話》的資源就是常州詞派的比興寄託說。因為這是我論文本身的一個部份，例如龍榆生、夏承燾等，所以在這裡我就沒有將他們作為學術史的回顧來討

〔註47〕龍榆生編《同聲月刊》卷 1 第 8 號，南京：同聲月刊社，1941 年。
〔註48〕金陵大學文學院編《斯文》第 1 卷 21、22 期，成都：金陵大學文學院，1941 年。

論。其實我們可以發現，在整個民國學術立場非常多元的環境裏面，類似的這種「潛在對話」在民國學術環境裏面屢見不鮮，例如余嘉錫，我們只以爲他從事的是考證學，但是他的考證背後有對胡適等人的批評，對於這一點牟潤孫在《學兼漢宋的余季豫先生》裏面有詳細說明，還有蒙文通《漆雕之儒考》實際上就是針對胡適的《說儒》。羅鋼先生最近一系列的研究既開拓了《人間詞話》研究的新境界也內含了與之前的《人間詞話》研究的對話，這裡面包括了一些重要的研究專家如朱光潛、譚佛雛、葉嘉瑩等。關於新近的研究，彭玉平對《人間詞話》進行了疏證〔註49〕，還有羅鋼先生注意到《人間詞話》文本內部的斷裂包括《人間詞話》的刪稿，這些理論體系和結構中的裂縫成爲探尋王國維一些關鍵的理論核心概念的切入點。例如他對於王國維「境界說」的探源，指出了王國維的「境界說」不是源於中國傳統詩學資源，而是完全來源於德國近代美學。這些對於將《人間詞話》看成一部近代經典學術著作一部中西交融的著作提供了新的觀點，更改了近一百年來對於《人間詞話》的傳統認識。

〔註49〕彭玉平《人間詞話疏證》，中華書局 2011 年版。

第 2 章　不古與不今：圍繞胡適
　　　　　《詞選》的討論

2.1　引　子

　　胡適在白話文運動結束以後開始有意地以白話文學的眼光來重新書寫中國文學史，在 1926 年 9 月 30 日夜晚的倫敦寫成的《詞選序》的開頭，他對自己的編選工作略作交代：「《詞選》的工作起於三年之前，中間時有間斷，然此書費去的時間卻已不少。我本想還擱一兩年，等我的見解更老一點，方才出版。但今年匆匆出國，歸國之期遙遙不可預定，有些未了之事總想作一結束，使我在外國心裏舒服一點。」〔註1〕由此可知，這本詞選和他當時開始參與其中的整理國故運動是同時進行的。在這期間胡適對自己的整個編選思路可以說是自信滿滿，不過他對於一些具體的考證問題似乎還拿不准，這也是他自己一貫的「大膽假設，小心求證」的作風，所以寫信向王國維求教。從1924 年到 1925 年胡適曾經多次寫信向王國維問學，幾乎都是關於詞的話題。胡適的《詞的起源》裏面就包含了他們討論的結果。值得注意的是，胡適也將他對於詞的理解帶入了他對於白話詩的論述當中。他說：「近年因選詞之故，手寫口誦，受影響不少，故作白話詩，多

〔註 1〕胡適選注《詞選》，中華書局 2007 年版，第 1 頁。

作詞調，但於音節上也有益處，故也不勉強求擺脫。」〔註2〕在後來的《談談『胡適之體』的詩》（1936年）裏面他仍然不忘將自己的白話詩實驗和宋代的「白話詞」聯繫起來。如果這被我們當做是「傳統的創造性轉化」的例子，一個傳統的文類進入了新詩的例子，那麼胡適的白話文運動就實在是太成功了。因為他讓我們遺忘了太多的東西。然而，我們不能總是按照胡適的思路來看歷史。

雖然胡適對於詞的看法和判斷得到了當時許多人的呼應，例如鄭振鐸、胡雲翼等人在詞的觀點上都是主動向胡適靠攏，雖有小異但是關節之處大致不差。這也幾乎是新文化陣營裏面的一致觀點。雖然在《新青年》之後，他們經歷了學術與政治上的複雜變化，但是對於傳統文學的觀點上依然沒有改變。雖然他們可能不會像胡適一樣直接地提倡白話文學史觀，有時候甚至還要進行修正，但是總體上還是予以認同。例如魯迅認為值得參考的文學史就是謝?量的《中國大文學史》、鄭振鐸的《插圖本中國文學史》、陸侃如、馮沅君的《中國詩史》、王國維的《宋元戲曲史》和他自己的《中國小說史》。他又說：「歌、詩、詞、曲，我以為原是民間物，文人取為己有，越做越難懂，弄得變成僵石，他們就又去取一樣，又來慢慢的絞死它。」〔註3〕所謂的「難懂」也就是胡適所說的「用典」、「字謎」。

就胡適的這本《詞選》來說，也有人提出不滿。例如當時還在嚴州教書的青年教師夏承燾就給胡適寫信商榷《詞選》的問題。因為他此時正在做詞的考證和編年，所以基本是以考證的眼光來讀胡適這本《詞選》的。1928年他給胡適寫了一封信，這封信在胡適現存的日記和信件裏面都沒有發現回應的痕迹。我們只能在夏承燾自己的日記裏面讀到這封信。這封信分成兩個部份，一個部份是對胡適附錄在

〔註2〕《讀〈雙辛夷樓詞〉致李拔可》，《東方雜誌》1928年3月。第25卷6號。這則材料受到陳平原《經典是怎樣形成的》一文的提醒，收入陳平原《觸摸歷史與進入五四》，北京大學出版社，2005年版。

〔註3〕魯迅致姚克，《魯迅全集》第13卷，人民文學出版社，2005年版，第28頁。

《詞選》裏面的《詞的起源》一文裏面的問題提出質疑，認爲胡適所持有的「調早於詞」這個觀點不對並且提出自己的看法。更爲關鍵的是他在寫完這封信之後，第二天的日記裏面又說：「閱胡適詞選，以晚唐至東坡以前皆娟妓歌人之詞，《花間集》全爲給歌伎唱者，此語亦須斟酌。」〔註4〕這個論據如果動搖了，就涉及到胡適的一個大的判斷，他對詞的歷史分成「歌者的詞」、「詩人的詞」以及「詞匠的詞」就值得商榷了。不過夏承燾似乎並沒有覺察到這會對胡適的詞史看法形成動搖。因爲我們看到他隨後幾天的日記裏面對胡適的《白話文學史》表示了由衷的稱讚：「此書搜集甚富，頗多新見解，如謂一切新文學來源都在民間」。信的第二個部份涉及到對於具體作家的評論。他對胡適關於蘇軾、辛棄疾、姜夔、張炎等的看法都非常滿意。但是對胡適關於南宋詞家劉改之的評價不滿意。他引了晚清詞人況周頤《蕙風詞話》裏面的評論來質疑胡適：「『其激昂慷慨諸作，乃刻意撫擬幼安，如《沁園春》（斗酒彘肩）云云，則猶撫擬而失之太過者矣。』況氏謂劉之詞格本不同辛，頗有特識。」〔註5〕雖然我們還是不大能夠看出夏承燾對胡適批評的用意，但是他終究是提出了一個新的看法。除了夏承燾之外，我們看到當時還在上海的另一位年輕學者龍榆生也對胡適的這本《詞選》提出了批評。龍榆生在晚清詞學大家朱祖謀 1931 年在上海病逝之前，有過很長一段追隨朱祖謀學詞的經歷。朱祖謀在病重之時給龍榆生看了自己所寫的《鷓鴣詞‧絕筆詞》：「忠孝何曾盡一分，年來姜被減奇溫。眼中犀角非耶是，身後牛衣怨亦恩。泡露事，水雲身。枉拋心力作詞人。可哀惟有人間世，不結他生未了因。」他還將自己校對詞籍所用的雙硯交給了龍榆生。在通讀了龍榆生存世不多的詞學論文和詞選後，我發現他那些著述背後存有紛繁複雜的意蘊，所以不得不仔細辨析並且予以表彰出來。

〔註4〕《夏承燾集》第五冊，浙江教育出版社，1997 年版，第 23 頁。
〔註5〕《夏承燾集》第五冊，浙江教育出版社，1997 年版，第 22 頁。

2.2 龍楡生對胡適的批評

胡適在《南宋的白話詞》裏面說到：「詞的進化到了北宋歐陽修、柳永、秦觀、黃庭堅的『俚語詞』，差不多可說是純粹的白話韻文了。不幸這個趨勢到了南宋，也碰著一個打擊，也漸漸的退回到復古的路上去。南宋的詞人有兩大派。一派承接北宋白話詞的遺風，能免去柳永、黃庭堅一班人的淫褻習氣，能加入一種高超的意境與情感，卻仍能不失去白話詞的好處。這一派，我們可用辛棄疾、陸游、劉過、劉克莊做代表。一派專在聲調字句典故上做工夫；字面越文了，典故用得越巧妙了，但沒什麼內容，算不得有價值的文學。這一派古典主義的詞，我們可用吳文英做代表。」〔註6〕在《詞選》裏面與傳統的詞學觀點衝突最大的恐怕還不是對於唐五代詞和北宋詞的看法，而是在對南宋詞評價上面的分歧。胡適對南宋詞的否定表面上看是清代南北宋詞之爭的延續，但實際上是否定了主流的南宋詞的價值。

我們非常清楚，雖然清代的浙派和常州詞派對於姜夔、吳文英等人的看法不一致，但是絕對沒有一個傳統的詞學立場整體地否定了他們的價值。在這一篇直接針對《詞選》的批評文章裏面，對於詞學傳統非常熟悉的龍楡生沒有選取在我們看來非常便利的從南宋詞的角度去批評胡適的觀點，這或許是由於最直接的對立的立場反而不太好反駁對方的觀點抑或者有其它的原因。龍楡生針對胡適在「詩人的詞」這一段裏面疏漏了賀鑄提出了不同的看法。他的疑問是賀鑄的詞在詞的內容的擴大、開闊映像的技術等方面不僅都符合胡適的「詩人的詞」的要求而且還都符合胡適對於一首什麼樣的詞是一首好詞的判斷標準。但是胡適居然對這樣一位與周邦彥齊名的重要北宋詞作家沒有選錄一首他的作品。龍楡生最後說：「無論就豪放方面、婉約方面，感情方面、技術方面，內容方面，音律方面，乃至胡適素所主張之白話方面，在方回詞中蓋無一不擅勝場；即使為兼有東坡、美成二派之

〔註6〕胡適《南宋的白話詞》，胡適《國語文學史》，安徽教育出版社，2006
　　　年版，第129頁。

長，似亦不爲過譽。」〔註7〕他所運用的方法也是當時大家都非常認同的對於一個作品分析的科學方式，他所提出的七個方面可以說是當時的學術界裏面頗爲普通也頗爲熟悉的角度。這樣的說理方式大家都可以接受，也都會認同。龍楡生在這裡似乎沒有直接與胡適的觀點針鋒相對，不過是補充了胡適的「疏忽」而已。那麼我們能不能說胡適如果補充了賀鑄的詞，那麼是不是《詞選》就更加客觀完整了呢？答案當然是否定的。

　　龍楡生對於胡適《詞選》的一個不滿好像是在於賀鑄的詞沒有被選入，同時我們也相信即使胡適選了賀鑄的詞也不可能和龍楡生所選的詞的出發點相同。龍楡生這篇文章寫於 1933 年 3 月，在這之前和之後龍楡生還寫了許多詞學文章例如《選詞標準論》（1933 年）、《研究詞學之商榷》（1934 年）、《兩宋詞風轉變論》（1934 年）、《東坡樂府綜論》（1935 年）《清眞詞敍論》（1935 年）、《南唐二主詞敍論》（1936 年）等。如果我們將之放到這些文章當中去讀的話，我們可以從其背後慢慢發現這些平實無華的文章背後龍楡生如蜘蛛結網，絲絲相扣，織就了一張對於王國維和胡適的詞學觀點進行批評的網。同時，我們還可以發現一個頗爲有趣的現象，如果細按龍楡生學術著述的編年，他一生最爲旺盛的學術生命力也是在 1929 年到 1936 年這一時段。這背後是不是有一些重要的因緣。這個疑問我們先按下不表。我們還是從賀鑄開始去看一看那張大網是如何織就的。

　　龍楡生對於胡適將詞的歷史發展分成「歌者的詞」、「詩人的詞」以及「詞匠的詞」這三個階段非常不滿意。以前兩個階段爲例，龍楡生駁斥道：「以『要給歌者去唱的』，爲即『歌者的詞，而非『詩人的詞』，不但無以解李後主，即蘇門詞人，恐亦不能確定屬於第幾段落。』」〔註8〕所以我們看到龍楡生在舉出賀鑄三首《減字浣溪沙》

〔註 7〕龍楡生《論賀方回詞質胡適之先生》，《龍楡生詞學論文集》，上海古
　　　　籍出版社，1997 年版，第 315 頁。
〔註 8〕龍楡生《論賀方回詞質胡適之先生》，《龍楡生詞學論文集》，上海古

的時候說：「謂之『歌者的詞』可，謂之『詩人的詞』亦無不可。」
〔註9〕龍榆生所理解的「詩人的詞」和胡適所說的「詩人的詞」是
不一樣的。我們一方面看到龍榆生所用的分析概念例如內容、技術、
感情、音律等都是當時很正式的對於一部作品的客觀分析所必須具
備的方法，用胡適提出的「詩人的詞」的標準來質問胡適爲什麼都
符合標準的賀鑄沒有入選，另一方面其實他在這個過程中帶進了自
己對於「詩人的詞」的理解。胡適所說的「詩人的詞」是指：「這些
作者都是有天才的詩人；他們不管能不能歌，也不管協律不協律；
他們只是用詞體作新詩。這種『詩人的詞』，起於荊公、東坡，至稼
軒而大成。這個時代的詞也有他的特徵。第一，詞的題目不能少了，
因爲內容太複雜。第二，詞人的個性出來了：東坡自是東坡，稼軒
自是稼軒，希眞自是希眞，不能隨便混亂了。」〔註10〕在這裡我們
可以看到，胡適所理解的「詩人的詞」主要注重的是內容的擴大、
詞不一定符合音律而且化用詩句和典故等。而龍榆生所理解的「詩
人之詞」和胡適不同，以他所舉出的賀鑄的《芳心苦》（楊柳回塘）
爲例：「《芳心苦》亦別有興寄，此等作品欲不謂爲『詩人的詞』可
乎？」胡適所說的詩人之詞只注重的是內容，而龍榆生這裡認爲《芳
心苦》這首詞「別有興寄」這恰恰是這首詞可以被稱做「詩人的詞」
的原因。這樣看來，龍榆生姑且站在胡適對於詞的歷史發展的三段
論的立場之上將賀鑄放在「詩人的詞」這一段，但是胡適的三段論
在龍榆生自己那裏其實已經是失效的，那麼在龍榆生那裏賀鑄究竟
屬於哪一段呢？爲了更好地理解這個問題，我們此時不得不順著這
個絲頭去尋找其它的連接點。

　　我們知道龍榆生其實是不贊同胡適對於兩宋詞史的三段論的分

籍出版社，1997年版，第305頁。
〔註9〕龍榆生《論賀方回質胡適之先生》，《龍榆生詞學論文集》，上海古
　　　　籍出版社，1997年版，第313頁。
〔註10〕胡適選注《詞選》，中華書局，2007年版，第5～6頁。

法的，在一年之後的另一篇文章《兩宋詞風轉變論》裏面，龍榆生全面地回答了這個問題。胡適的三段論背後隱藏著他對於文學史的一個基本論斷，也就是在民間與文人之間的此消彼長。胡適在編選《詞選》的《自序》裏面寫道：「文學史上有一個逃不掉的公式。文學的新方式都是出於民間的。久而久之，文人學士受了民間文學的影響，採用這種新體裁來做他們的文藝作品。文人的參加自有他的好處：淺薄的內容變豐富了，幼稚的技術變高明了，平凡的意境變高超了。但文人把這種新體裁學到手之後，劣等的文人便來模仿；模仿的結果，往往學得了形式上的技術，而丟掉了創作的精神。天才墮落而爲匠手，創作墮落而爲機械。生氣剝喪完了，只剩下一點小技巧，一堆爛書袋，一套爛調子！於是這種文學方式的命運便完結了，文學的生命又須另向民間去尋新方向發展了。」〔註11〕

　　胡適的這個觀點現在讀來看似簡單和膚淺，但是和他那本《中國哲學史大綱》裏所提出的「截斷眾流」和「平等的眼光」一樣影響深遠。〔註12〕他的《中國哲學史大綱》一出版，立即受到兩極化的評論，這個基於白話文學史觀的「文學史公式」也同樣如此。龍榆生在自己對於兩宋詞風轉變的描述裏面會不會對胡適直接提出批評呢？龍榆生在這篇極爲重要的文章裏面沒有直接提到胡適也沒有直接提到王國維。我們從這篇文章的《引論》部份可以看出他直接針對的是「豪放與婉約」以及「北宋與南宋」這兩個明清詞學歷史上的兩對範疇。龍榆生在文章裏面寫道：「兩宋詞風之轉變，各有其時代關係，『物窮則變』，階段顯然。既非『婉約』、『豪放』二派之所能並包，亦不能

〔註11〕胡適選注《詞選》，中華書局，2007 年版，第 6 頁。
〔註12〕例如一直到 1947 年顧頡剛對《中國哲學史大綱》依然極爲襃獎：「《中國哲學史大綱》上卷……覺其澈骨聰明，依然追攀不上。想不到古代哲學材料，二千年來未能建一系統者，乃貫穿於一二十七、八歲之青年，非天才乎！」，轉引自余英時《未盡的才情》，臺灣聯經出版公司，第 35 頁。

執南北以自限」〔註13〕，又說：「兩宋詞風轉變之由，各有其時代與環境關係，南北宋亦自因時因地，而異其作風。」〔註14〕這樣說來顯然不僅僅是在批評明清的詞學範疇，而且更重要的是意有所指。我們知道王國維對於南宋詞的貶低，雖然有其深厚的西學背景，但是在當時學者的認知裏面基本都是將之放置在傳統的南北宋之爭的視野裏面來處理的。而胡適對於南宋詞的貶低未嘗不可放置在這樣的背景裏面來闡述。當時對胡適等人所提倡的科學考證方法的批評和這個有類似之處，那種方法是被放置在清代漢宋之爭這樣一個傳統學術內部既有論爭的背景裏面來考慮的。在胡適對於兩宋詞史的描述裏面就作家而言他要表彰的是像蘇軾、周邦彥、辛棄疾等那樣的天才式的作家，那些天才的作家不僅不爲時代所囿而且還能開闢新的疆域，是那些天才推動了宋詞歷史的發展，在文學史上佔據最高地位的只有天才作家。詞一旦要給歌者去唱，作者的個性就不能夠充分表現，所以在胡適看來馮延巳、晏殊父子、歐陽修、柳永等人的詞依然是「歌者的詞」，而蘇軾開始的「詩人的詞」脫離了與音樂的關係卻開闢了用新的詩體來作「新體詩」的新的風氣。但是龍榆生所要追問的是恰恰就是讓天才論述以及「文學史公式」得以成立的前提是否成立？如果前提都值得推敲，那麼胡適所持有的觀點當然就非常值得懷疑了。例如：蘇軾的詞和音樂是不是沒有了關係？龍榆生在《東坡樂府綜論》（1935年）裏面就回應到：「一若東坡詞專以不諧音節爲高。吾人試一檢集中諸詞，則爲歌妓作者正多，又以何法證明彼不希望『在紅氍毹上嫋嫋婷婷地去歌唱』耶？」〔註15〕而被胡適一筆帶過的詞到南宋轉到「音律

〔註13〕龍榆生《兩宋詞風轉變論》，《龍榆生詞學論文集》，上海古籍出版社，1997年版，第232頁。
〔註14〕龍榆生《兩宋詞風轉變論》，《龍榆生詞學論文集》，上海古籍出版社，1997年版，第253頁。
〔註15〕龍榆生《東坡樂府綜論》，《龍榆生詞學論文集》，上海古籍出版社，1997年版，第259頁。

的專門技巧」的路子上又是怎麼回事？龍榆生認爲這不是出於偶然的，南宋偏安之後文人才士依附於名門世冑「於是對於音律之研索、文字之推敲，乃各殫精竭慮，以相角勝。其影響於詞風者甚巨，而關繫於世運者尤深。」〔註16〕同時，龍榆生認爲，詞與音樂之間的關繫緊密，不單單是「歌者的詞」或者「詞匠的詞」的特點，而是整個兩宋詞的共同特點。而所謂作者個性在「歌者的詞」或者「詞匠的詞」這兩個階段被壓抑了也站不住腳，以柳永詞爲例：「其《樂章集》中，雖『大概非羈旅窮愁之詞，則閨門淫媟之語』（《藝苑雌黃》）。然前者『爲我』，後者『依他』，所抒寫之情境與作用不同，正不容相提並論。」也就是說《樂章集》裏面的詞有「爲我」和「依他」之分，而前者正是體現出作者個性的詞。這和胡適所認爲的詞只要便歌則作者的個性就會受到壓抑的判斷顯然不同。胡適將蘇軾之前的詞都劃入到「歌者的詞」也就是平民文學的範圍。但是在龍榆生看來，不是只有蘇軾的詞才能叫詩人的詞，他說：「所謂『詩人句法』，即《陽春》以下逮《珠玉》、《六一》諸家，所以異於閭巷俚歌。」〔註17〕這些令詞主要應用在士大夫之間，「足爲詩人『析酲解慍』，而未必爲俚俗所共賞」，所以只能提供給家伎演唱。這些詞作不是沒有作者自己的個性，而是表達得委婉幽微，所以龍榆生贊同況周頤對於晏幾道《阮郎歸》（天邊金掌露成霜）的解讀，認爲晏幾道這首詞用意「沉著厚重」。其實龍榆生對整個晚唐五代的詞都沒有強調平民文學這一特點，他說：「西蜀、南唐，爲五代歌詞繁殖之地。變『胡夷里巷之曲』而爲士大夫之詞，其風大扇於溫庭筠，而韋莊、馮延巳已繼成兩大系，分據吳、蜀詞壇。」〔註18〕也就是說從一開始，龍榆生就強調「士大夫之詞」這

〔註16〕龍榆生《兩宋詞風轉變論》，《龍榆生詞學論文集》，上海古籍出版社，1997 年版，第 249 頁。
〔註17〕龍榆生《兩宋詞風轉變論》，《龍榆生詞學論文集》，上海古籍出版社，1997 年版，第 235 頁。
〔註18〕龍榆生《兩宋詞風轉變論》，《龍榆生詞學論文集》，上海古籍出版社，

一特點。也就是龍楡生強調的不是詞作給不給歌伎歌唱，而是從溫庭筠開始詞就已經由民間文學成了士大夫的文學。詞家的身份都是士大夫，而不是胡適所說的「天才」，既然是士大夫那麼就包含有倫理的意義，而這是「天才」或者「作者」所不能包括的。

從以上的例子可以看出，胡適的判斷在龍楡生看來包含了太多的破綻。胡適將兩宋詞史描述成天才爲中心的歷史，也是平民化進化發展到文人化以至走向僵化的歷史，而在龍楡生看來兩宋詞風的轉變，既不是天才的創造也不能說有南北宋的高下之分，都是應時而變。那些天才的作家都是在時代和環境裏面寫作的，都無不受到時代和環境的制約。既然龍楡生將兩宋詞都看著是時代的產物，所以那些被褒獎的詞人就不再是一無依傍的天才。同時他強調兩宋詞與音樂之間都有密不可分的關係，所謂「詞風之轉變，恒隨樂曲爲推移」。〔註 19〕這樣，王國維以天才來衡量南北宋詞的高下優劣的標準也同樣不能成立了。〔註 20〕胡適所依賴的能夠將兩宋詞史變成他的文學史公式一個例證的依據，就是詞作從平民化到文人化的轉變，這也是胡適所描述的兩宋詞史的內在運動的一個動力裝置。龍楡生否定了胡適這個動力裝置的合理性，認爲兩宋詞風的變化不是因爲單一的與樂曲關係的變化造成的，而是和更廣泛意義上的時代、環境的變化相關聯。龍楡生的兩宋詞的歷史成了不同詞家的大合唱。「文學史的公式」當然也就失效了。那麼龍楡生的任務是不是到此就結束了呢？因爲他已經比較圓滿地解決了在他當時最具挑戰性的詞史觀的批評和修正，也實現了他自己一貫所追求的研治詞學的學術理想：「吾人之所考求，亦當於其所以演變推遷之故，與夫各作者之利病得失，加以深切注意；抱定歷史家態度，以衡量各名家之作品，顯

1997 年版，第 233 頁。

〔註 19〕龍楡生《兩宋詞風轉變論》，《龍楡生詞學論文集》，上海古籍出版社，1997 年版，第 244 頁。

〔註 20〕這一點得益於羅鋼的分析，參見羅鋼《王國維的「古雅說」與中西詩學傳統》，《南京大學學報》（哲社版）2008 年第 3 期，第 78 頁。

示其本來面目，而不容強古人以就我範圍，抉取精華，而無所歧視⋯⋯
一言以蔽之：『還他一個本來面目』。」〔註21〕不過我們再回過頭去思考
一下胡適的對於兩宋詞史的新敘述似乎也不是那麼簡單。胡適的文學
史的公式這個動力裝置的設置不僅生產出了一個新的兩宋詞史的敘述
模式，而且生產了一種新的歷史觀。這個裝置也生產了一首什麼樣的
詞是一首好的詞的判斷標準，它首先將一首詞變成了歷史進化序列裏
面的一個部份，這是一個新的問題。這樣也就生產出了一種新的閱讀
政治，閱讀一首詞的主體不再是一個傳統的知識分子而是一個現代國
民。正如龍榆生自己說的：「自胡適之先生《詞選》出，而中等學校學
生，始稍注意於詞；學校中之教授詞學者，亦幾全奉此書爲圭臬。其
權威之大，殆駕乎任何詞選之上。」〔註22〕胡適的《詞選》的閱讀對
象是中等學校的學生，不是舊文人而是現代教育制度裏面的中學生。
我們先暫且擱置最後一個問題，看前一個問題。

　　儘管胡適的歷史敘述有許多破綻，然而我們知道龍榆生的詞史敘
述裏面他所說的樂曲已經不再具備一種批評的功能，不可能像胡適說
的詞與樂曲的關係背後還有一個文學史公式，認爲蘇軾之前的詞人都
與歌唱有關係所以是平民文學的一部份，當然也就不能以白話文歷史
觀的標準來衡量那些詞家的成就，解讀他們的詞作。正如傅斯年針對
學衡派批評白話文所說的：「文學改革的趨勢多集中在白話問題，誠
然，這是初步中最基本的問題，然而白話終不過是個寄託物。⋯⋯當
時有個《學衡》雜誌，專攻擊白話文，我有一次對朋友說他們眞把這
事看得淺了，他們接受了白話文主義，還可以固守他的古典主義呢！」
〔註23〕也就是說如果龍榆生不能抓住胡適背後的思路而是以爲胡適
眞的在追求一種客觀的詞史寫作，那麼龍榆生對胡適的批評的力量就

〔註21〕龍榆生《選詞標準論》，《龍榆生詞學論文集》，上海古籍出版社，1997
　　　　年版，第 85 頁。
〔註22〕龍榆生《論賀方回詞質胡適之先生》，《龍榆生詞學論文集》，上海古
　　　　籍出版社，1997 年版，第 304 頁。
〔註23〕傅斯年《陳獨秀案》，《獨立評論》1932 年 10 月 30 日第 24 號。

不夠了。如果龍榆生所說的時代和環境只是一種對文學的歷史語境的客觀描述，是一種純粹的客觀語境，那麼他批評胡適還有一個沒有解決的問題，他如何賦予那些詞家和詞作以意義。值得注意的是，龍榆生注意到了這個問題。他說：「今觀胡氏《詞選》所選錄姜、史、吳、張諸家之作，率取其習見之調，或較淺白近滑易者；集中得意諸闋，反被遺棄。」〔註24〕比如胡適在《詞選》裏面對於姜夔有這樣一段評價：「他的詞長於音調的諧婉，但往往因音節而犧牲內容，有些詞讀起來很可聽，而其實沒有什麼意義。如他的《暗香》、《疏影》二曲，張炎稱為『前無古人，後無來者；自立新意，眞爲絕唱』（《詞源》）。但這兩首詞只是用了幾個梅花的古典，毫無新意可取，《疏影》一首更劣下，故我們不採取。」〔註25〕在這裡胡適直接說姜夔的《暗香》和《疏影》這兩首詞別無可取之處，也就是說他讀不懂這兩首詞的好處。而龍榆生卻說「集中得意諸闋，反被遺棄」。

如果說上面龍榆生關於詞史的觀點構成了對胡適的歷史觀的一個明顯的批評，這些批評是他編織的一張網中的網線，單有網線還不夠成威力，只有撐緊網線之間的線頭才是最重要的。要想恢復被胡適所忽略的詞家其實並不是非常困難的事情，關鍵在於究竟是以什麼樣的方式將那些作家重新帶回到我們的視野裏面。如果龍榆生僅僅是簡單地按照時代和環境來論證所有宋代詞家都值得研究和尊重，那麼他迴避不了類似於傅斯年對《學衡》那樣的批評。也就是簡單的時代與環境並不能構成一種直接的價值判斷。我們可以抓住這個龍榆生沒有明言的分歧繼續看看最為關鍵的鏈接那些網線的線頭。按照龍榆生的意思，他還有自己所認為的姜夔、吳文英、張炎等人的得意之作的候選。他認為胡適用白話文的眼光讀吳文英當然是讀不懂了。那麼用什麼眼光才能讀懂吳文英呢？龍榆生沒有說。所以最為重要的眞正的問

〔註24〕龍榆生《論賀方回詞質胡適之先生》，《龍榆生詞學論文集》，上海古籍出版社，1997年版，第306頁。

〔註25〕胡適編選《詞選》，中華書局，第265頁。

題在這裡。只要龍楡生可以解決這個問題，他對胡適的批評將是非常值得期待的。不過我們可以從其它地方再找找線索。龍楡生在 1954 年的時候曾經寫了一封信給張東蓀，他對王國維和胡適的詞學觀念仍然持否定態度，以至於張東蓀在回信裏面說：「王胡雖有偏見，然亦有絕精到處。似不可一筆抹殺。想公亦謂然。又王對先兄之言恐專指時流利用一點，至於根本主張恐仍未必盡棄，蓋其亦有至理，正不必完全棄之也。」〔註 26〕其中「王對先兄之言」，應該是張東蓀的筆誤。此話原意應是指張爾田對王國維《人間詞話》的批評，龍楡生曾經也在《研究詞學之商榷》裏面引用過張爾田的說法：「未爲精審，晚年亦頗自悔少作。」張東蓀認爲他的哥哥張爾田未必完全不同意王國維的觀點。張東蓀的意見我們先不必理會，關鍵是從 1933 年到 1954 年之間相隔將近 20 年的時間，是什麼讓龍楡生那麼堅定自己的立場對王國維和胡適的詞學觀點一直持有批評態度？或許有人會聯想到龍楡生是朱祖謀的學生，那麼龍楡生的知識會不會是從朱祖謀那裏來的？但是龍楡生從來沒有說自己是站在老師的立場上來批評王國維和胡適的。況且我們知道朱祖謀對於張惠言的《詞選》是極爲欣賞的，張惠言一個最爲重要的觀點就是用「詩之比興」對溫庭筠的《菩薩蠻》進行了重新的解讀。而龍楡生對此是非常反對的：「張氏欲尊詞體，託之『詩之比興』，乃於溫詞加以穿鑿附會之說，其誰信之？此又別有思存，不僅忽略『客觀』之事實而已，批評家之態度，豈宜如是哉？」〔註 27〕那麼龍楡生的立場究竟是什麼呢？

　　以胡適和龍楡生都極爲推崇的蘇辛詞爲例。對於蘇軾，龍楡生的《東坡樂府綜論》看似一篇對於蘇軾詞的按照時代和編年平鋪直敘的介紹，實際上其中包含了許多判斷，這些判斷是直接對過去不同的詞學批評對話中樹立起來的，所以非常具有力量。他對張炎、王士禎、

〔註 26〕張東蓀《致龍楡生信》，《博覽群書》2002 年第 9 期，第 59 頁。
〔註 27〕龍楡生《研究詞學之商榷》，《龍楡生詞學論文集》，上海古籍出版社，1997 年版，第 98～99 頁。

賀裳在理解蘇軾時總是受限在蘇軾與柳永的比較的視野裏不滿意。他的意思是如果總是限制在蘇軾與柳永比較的思路裏面，實際上反而容易將蘇軾詞看得單一化了。因為這樣比較的結果無非是說，蘇軾也有柳永那種婉約風格的詞，未必比柳永的差。但是究竟什麼是蘇軾最重要的特點呢？龍榆生引用了晚清詞學四大家之一的王鵬運的判斷：「坡詞雖時有清麗舒徐，有時橫放傑出，而其全部風格，當以近代詞家王鵬運拈出『清雄』二字，最為恰當。世恒以『豪放』目東坡，固猶未足以概其全。」〔註28〕所謂「清雄」就是馮煦所說的「剛亦不吐，柔以不茹」，夏敬觀所說的「東坡詞如春花散空，不著迹象，使柳伎歌之，正如天風海濤之曲，中多幽咽怨斷之音，此其上乘也。」〔註29〕，這是晚清詞學對於蘇軾詞的新的理解，這種理解和常州詞派對於詞體的新認識是分不開的。〔註30〕有了這個支點，龍榆生就很自然地可以判斷蘇軾的詞哪些好哪些不好。他說：「讀東坡詞，自當以四十至五十間諸作品為軌則矣」〔註31〕，又說：「吾恒謂東坡詩詞，至黃州後，乃登峰造極，皆生活環境促之使然也。」〔註32〕白話文運動之後蘇辛詞受到了很高的推崇，我們可以從葉聖陶在 1927 年為商務印書館編輯的一本「學生國學叢書」《蘇辛詞》所寫的「緒言」就可

〔註28〕龍榆生《東坡樂府綜論》，《龍榆生詞學論文集》，上海古籍出版社，1997 年版，第 258 頁。
〔註29〕《映庵手批東坡詞》，參看龍榆生《唐宋詞名家詞選》，上海古籍 1980 年版，第 127 頁。
〔註30〕雖然譚獻、馮煦、陳廷焯等人都對劉熙載的《詞概》比較讚賞，例如馮煦對劉熙載對於蘇軾詞的評論也極為推崇，但是我們需要注意他的認同是基於自己的理論立場而不是將劉熙載的看法當做「材料」使用。這一點我們還可以從他對於「詞品說」的批評中可以看出他們之間的根本分歧。關於蘇軾在晚清詞學中的呈現還可以參看羅鋼《「詞之言長」——王國維與常州詞派之二》，《清華大學學報》（哲社版）2010 年第 1 期，第 68 頁。
〔註31〕龍榆生《東坡樂府綜論》，《龍榆生詞學論文集》，上海古籍出版社，1997 年版，第 262 頁。
〔註32〕龍榆生《東坡樂府綜論》，《龍榆生詞學論文集》，上海古籍出版社，1997 年版，第 260 頁。

以明白當時佔據主流的對於蘇軾詞的解讀方式。〔註33〕

再看他對辛棄疾的理解，劉熙載認為辛棄疾：「任古書中理語、瘦語，一經運用，便得風流。」龍榆生認為劉熙載對辛棄疾的理解還不全面，辛棄疾的好處在於：「把內容擴充得異常廣泛」。但是龍榆生又補充說到：「結合他的生平史實，參以所謂『詩人比興』之義，才能找出他那代表作品中的思想本質來，從而明白它的眞價所在。」〔註34〕我們知道，內容擴充得廣泛和擅長化用典故，這也是胡適對辛棄疾詞推崇的看法。胡適說：「他的才氣縱橫，見解超脫，情感濃摯，無論做長調還是小令，都是他的人格的湧現。」〔註35〕不過，龍榆生的講法不一樣，他認為需要結合生平史實並且參以比興之義才能讀懂辛棄疾的詞。胡適講辛棄疾的詞是他「人格的湧現」，那些用典阻礙了他的感情和才氣的發揮。但是龍榆生不講一個抽象的人格，而是強調放在具體的生平裏面去看。例如他在解讀辛棄疾《菩薩蠻》《書江西造口西壁》這首詞的時候說，這首詞證明了辛棄疾一心想恢復中原，鎮壓茶商軍是情非得已。但是這樣的悲涼情感，「用千回百折的筆調都表現了出來」。〔註36〕龍榆生的意思是我們不能直接地得到這首詞的內容，只能參考 1175 年辛棄疾的行實和詩人比興之義，才能明白。他從「青山遮不住，畢竟東流去」裏面讀出了「青山」與「當權的奸佞」之間的關聯，而「畢竟東流去」寫的是南宋的「頹局」。這些內在於詞內的意蘊是胡適無法讀出的。還有龍榆生對他所認為的辛棄疾「最傑出的代表作」《摸魚兒》（更能消、幾番風雨）進行解釋的時候，他考訂了這首詞的「情事」。很明顯，在龍榆生這裡，辛棄疾詞的內容就不是胡適所講的那麼簡單和泛化，而

〔註33〕參看葉紹鈞選注《蘇辛詞》，商務印書館，1927 年版，第 1〜11 頁。
〔註34〕龍榆生《試談辛棄疾詞》，《龍榆生詞學論文集》，上海古籍出版社，1997 年版，第 359〜360 頁。
〔註35〕胡適選注《詞選》，中華書局，2007 年版，第 193 頁。
〔註36〕龍榆生《試談辛棄疾詞》，《龍榆生詞學論文集》，上海古籍出版社，1997 年版，第 361〜362 頁。

是非常具體的。更爲重要的是，這些「情事」是無法直接獲得的，而必須穿過字詞的表面意思結合「詩人比興之義」才能明白。用「詩人比興之義」的方法來讀辛棄疾的詞，也不是龍榆生一人。晚清學者沈曾植就曾經對辛棄疾的詞做了一些簡單的批註，例如：

《蘭陵王》己未八月二十日

己未爲慶之五年，是時（韓）侂冑方嚴僞學禁，趙患簡辛於貶所。萇宏血碧，儒墨相爭，託意甚微，非偶然涉筆也。

《賀新郎》別茂嘉十二弟

龍洲詞有關辛稼軒弟赴桂林官沁園春詞有：「三齊盜起，兩河民散，勢傾似土，國泛如杯。猛士雲飛，狂胡灰滅，機會之來人共知。何爲者？望桂林西去，一馳是馳。」云云，又云：「入幕來南，籌邊如北，翻覆手高來去棋。」似即贈茂嘉者。詞語可與此章相發，第彼顯此隱耳。

《滿江紅》中秋高遠

此寄中原義故之詞

《摸魚兒》淳熙己亥自湖北漕移湖南

《鶴林玉露》謂此詞怨望，德壽見之，頗不悅。然其實乃有望史越王耳。第合朱子上孝宗封事觀之，則所寄諷亦不淺。〔註37〕

沈曾植對辛棄疾詞的箋注是「詩人比興之義」的方法。這份箋注正是龍榆生所整理的。龍榆生在附記裏面寫道：「彊村老人嘗稱：先生所自爲《曼陀羅龕詞》的是稼軒法乳。……外患侵淩，浸成南渡之局，

〔註37〕沈曾植《稼軒長短句小箋》，《詞學季刊》卷 1 第 2 號。龍榆生晚年將沈曾植的原本交付給浙江圖書館收藏，並且寫了一段說明文字。參見《龍榆生詞學論文集》，上海古籍出版社，1997 年版，第 508～509 頁。

斜陽煙柳，感喟無端。思馮豪傑之詞，以作懦夫之氣，則稼軒詞集，亟需提倡。讀先生此箋，不禁憂心悄悄矣。」〔註38〕龍榆生對沈曾植的讀法不僅認同而且在精神上產生了深深的共鳴。龍榆生認爲《摸魚兒》是辛棄疾最傑出的代表作，實際也就是說只有像這樣能夠體現出「詩之比興」的詞才是好詞。

　　龍榆生一生對蘇辛一脈的詞都非常喜愛。對於明末清初的王夫之所寫的詞，他認爲：「他並不像其它迂儒鄙薄塡詞爲小道，而是寓以《風》、《騷》微旨，援引『興』、『觀』、『群』、『怨』的傳統詩教，用來寄託其宏偉思想和愛國熱忱，委曲以達其幽約怨悱不能顯說之情的。」〔註39〕龍榆生在這裡將「鄙薄塡詞爲小道」的人稱爲「迂儒」，我們非常清楚在整理國故之後的語境裏面，都是將作爲民間文學的或者按照西方的「文學」的觀念來看的詞用詩教來理解的人會有可能被人稱作迂腐的人。他現在這樣使用就頗爲有趣，也可以見出他 1963年寫這樣的文章時語境的變化，讓他有勇氣來對抗之前的那個胡適影響下的詞學研究。在分析王夫之 1689 年所寫的六首《漁家傲》的時候說：「這裡面包含著許多人和事，不是一般感慨興亡的詞所能比擬；而作者不愧不怍的老薑性氣，卻仍然活躍於字裏行間。」〔註40〕這裡面最爲關鍵的是前半句話，在這裡他將以比興表達出「人和事」的詞與「一般感慨興亡的詞」區分了開來，並且認爲前者比較高明。他還說王夫之的詠物詞：「船山緬懷故國、夢想恢復的深悲大願，卻用搖曳駘蕩的筆調，百折千回，曲曲傳出，也是詠物詞中的上乘，應當深入體味的。」〔註41〕在王夫之的《瀟湘怨》詞集裏面收錄的《瀟湘小

〔註38〕沈曾植《稼軒長短句小箋》，《詞學季刊》卷 1 第 2 號。
〔註39〕龍榆生《讀王船山詞記》，《龍榆生詞學論文集》，上海古籍出版社，1997 年版，第 406 頁。
〔註40〕龍榆生《讀王船山詞記》，《龍榆生詞學論文集》，上海古籍出版社，1997 年版，第 416～417 頁。
〔註41〕龍榆生《讀王船山詞記》，《龍榆生詞學論文集》，上海古籍出版社，1997 年版，第 417 頁。

八景》這組詞，他說：「他的作意，絕非刻意於自然景物的摹寫，而是託興於湘靈的怨瑟，以寄其浩渺無涯的沉恨深悲。」〔註42〕還有《瀟湘大八景》裏面的《平沙落雁》、《遠浦歸帆》、《瀟湘夜雨》、《山市晴嵐》、《江天暮雪》諸闋，龍榆生讀出了這些詞作都是在寫王夫之自己所經歷的明朝永曆年間的政治風波，「雖一時難於確指，而一片忠誠悱惻、纏綿悱惻的哀音杜響，使人讀之極爲感動。」〔註43〕我們可以看出龍榆生始終褒獎的是那些具有比興寄託的詞，認爲那些詞才是詞作之中的上乘，而那些所謂的詞的「內容」不是浮露在表面的，而是必須用「比興」的方法去讀才能理解到。

　　從上面的分析我們可以看出，雖然同樣對蘇辛詞高度讚賞，但是龍榆生和胡適的立場是截然不一樣的。那麼我們再來看一看，對於他們都同樣佩服的周邦彥，他們之間是不是還是不同？胡適依然以天才稱呼周邦彥，在他的眼裏周邦彥詞的好處在於他對於詞的音樂精通，所以音樂非常美妙，他擅於寫兒女私情，但是用詞雅致不像柳永那樣有時候用俚語，還有就是他非常擅於化用唐人詩句。〔註44〕我們大概可以看出和蘇辛詞的思路差不多，胡適關注的無非是用詞、用典等方面。龍榆生則認爲周邦彥能夠在柳永和秦觀之外獨樹一幟的原因，在於周邦彥「用筆之拗怒奇恣」。而這個雖然和他的天才學力有關係，但是也和周邦彥當時主持大晟府擬製新的音樂有關係。龍榆生一直所強調的是作家本人始終處於一個歷史的關係裏面。和蘇辛詞一樣，周邦彥的詞隨著自己的閱歷而不斷變化風格，那麼什麼是最好的呢？龍榆生認爲：「周詞之風格，畢竟當於高健幽咽，層深渾成處，參取消息。」〔註45〕也就是周邦彥重入京師的那一段時期所寫的《六醜》、《蘭

〔註42〕龍榆生《讀王船山詞記》，《龍榆生詞學論文集》，上海古籍出版社，1997年版，第418頁。
〔註43〕龍榆生《讀王船山詞記》，《龍榆生詞學論文集》，上海古籍出版社，1997年版，第420～421頁。
〔註44〕胡適選注《詞選》，中華書局，2007年版，第137頁。
〔註45〕龍榆生《清眞詞敘論》，《龍榆生詞學論文集》，上海古籍出版社，1997

陵王》這一類詞。但是龍楡生也和胡適同樣認爲周邦彥影響最大的是在聲律和文字兩個方面。

　　和我們在分析蘇辛詞的時候一樣，雖然他們都承認蘇辛詞擴大了詞的「內容」，但是龍楡生的「內容」和胡適的「內容」的意義有很大差別。除了上面所提及的之外，這裡還可舉一個例子。對於姜夔、吳文英、張炎這一派詞人的詞胡適說他們「不重內容」，龍楡生當然是認爲有內容，並且認爲胡適是沒有認眞讀他們的詞集所帶來的錯誤判斷。胡適具有很深的材料癖好，不可能不細讀材料，胡適說的是那些詞裏面就根本沒有什麼內容。〔註 46〕龍楡生雖然也認爲在字句和結構方面承認周邦彥的詞有很高的成就，但是龍楡生著重於對周邦彥的「筆力」的分析上。前面所說的周邦彥詞的高處其實說的就是筆力的問題。在這一方面他非常認同吳梅的「沉鬱頓挫」的判斷，並且非常清楚地知道吳梅的這個判斷來源於晚清詞學家陳廷焯的《白雨齋詞話》。他對陳廷焯對周邦彥《浪淘沙慢》以及《解語花・元宵》兩首詞的筆力變化的分析尤爲贊同。同時，認爲這就是清眞詞「雖寫兒女柔情及羈旅行役之感，而能大筆振迅，幽咽而不流於纖靡，富豔而不失之狂蕩」的原因所在。不過，在這裡龍楡生似乎有欲言又止之處。如果說僅僅是因爲筆力的變化，那麼怎麼又和「沉鬱頓挫」相聯繫上呢？解鈴還須繫鈴人，對此我們還是需要從陳廷焯那裏得到答案。陳廷焯認爲：「作詞之法，首貴沉鬱，沉則不浮，鬱則不薄。顧沉鬱未易強求，不根柢於《風》、《騷》，烏能沉鬱？十三國變風、二十五篇《楚辭》，忠厚之至，亦沉鬱之至，詞之源也。」〔註 47〕讀完陳廷焯的話，我們就非常清楚了吳梅對《瑞龍吟》的分析恐怕也不是龍楡生一句「近人吳梅對於此闋，有極詳盡之說明，

年版，第 323 頁。
〔註 46〕龍楡生《研究詞學之商榷》，《龍楡生詞學論文集》，上海古籍出版社，1997 年版，第 99 頁。
〔註 47〕陳廷焯《白雨齋詞話》，上海古籍出版社，2009 年版，第 6 頁。

足驗清眞詞技術上之精進」所能概括。爲什麼龍楡生不直接說周邦彥的詞就是根源於《風》、《騷》而只是說他的技術和用筆如何好呢？難道是龍楡生不知道陳廷焯和吳梅這些分析背後的眞正用意？恐怕未必。因爲我們明明在龍楡生 1942 年寫的一篇關於陳海綃的文章裏面讀到：「詞爲倚聲之學，貴出色當行，故不得不於詞內求之。詞亦《詩》三百、《離騷》廿五之遺，故所重尤在內美，不沒惻隱之義，故又不得不於詞外求之。」〔註 48〕這些話和陳廷焯對於「詞之源」的解釋不就是如出一轍嗎？那麼龍楡生爲什麼欲言又止呢？

在解決這個問題之前，我們先回答我們在這篇文章開頭所說的那個問題，龍楡生暗地裏編織了一張網來對胡適的詞學觀點進行批評。我們無論從他們對蘇辛詞還是清眞詞的分析裏面可以看出，雖然網線不同但是他們之間得以牢牢相連的線頭是一樣的，這就是龍楡生一再作爲他判斷一首詞的好壞的標準也就是「詩之比興」，也就是張惠言《詞選序》裏面所說的：「《詩》之比興，變風之義，騷人之歌」。有了這個線頭這個最根本的東西，所以他才能夠與胡適的詞學見解形成潛在的對話。不過，我們需要注意龍楡生在這裡面留下了許多斷裂的空洞，也就是那些自相矛盾的地方，但是就像蜘蛛織網一樣，裏面會有許多斷開的絲頭有許多沒有連接好的地方，但是整張網的威力已經足以捕捉到它所想要的獵物。

現在我們需要去理解這張網上的斷裂的空洞以及自相矛盾的地方？理解這些問題的意義在於，我們不是一直在說龍楡生是暗地裏在編織這張網嗎，他爲什麼要暗地裏編織？那些自相矛盾的地方怎麼理解，這些矛盾和斷裂的地方是不是意味著龍楡生的「線頭」本身就有問題，那張網本身就是一張破網？我們或許可以反問一句，如果「線頭」眞的是威力無窮，那麼龍楡生爲什麼不直接講出來和胡適對峙呢？所以，一直到這裡我們才遇到了我們需要解決的最爲困難的問

〔註 48〕龍楡生《陳海綃先生之詞學》，《龍楡生詞學論文集》，上海古籍出版社，1997 年版，第 483 頁。

題。我們需要來解答這一系列的「爲什麼」。上面我們已經提到了一個斷裂，其實還不止這些。如果還記得的話，在上面我們提到龍楡生對張惠言解讀溫庭筠《菩薩蠻》非常不滿，認爲從溫庭筠的個人品行來看絕對不會有那樣的詞。他還認爲張惠言的詩之比興的方法根本不能讓別人相信。但是我們在上面也提到了龍楡生在分析辛棄疾詞的時候就明確地用到了「詩之比興」這個詞。還有在龍楡生自己 1957 年完成的一本遺稿《唐五代詞選注》裏面他說：「清人張惠言把溫氏保留在《花間集》中的十四首《菩薩蠻》，都說是『感士不遇』的一套完整組織，不免有些牽強附會。但也不能說它完全沒有別的寄託；這只好讓各人自己去體會了。」〔註49〕好像在這裡他又承認了張惠言的說法還是有點道理的。不過還是沒有說服力，什麼是「這只好讓各人自己去體會了」？怎麼在這裡他反而寬於己而嚴於人呢？這當然不是龍楡生一人這樣，他同時的詹安泰發表在《詞學季刊》上的名文《論寄託》裏面的問題和龍楡生一模一樣。他先說：「夫不使人從考明本事中以求寄託，則望文生義，模糊影響之談，將見層出不窮，穿鑿附會，又奚足怪！」但是在文末說到王沂孫的詠物詞的時候則說：「《天香》《詠龍涎香》、《慶宮春》《詠榴花》、《水龍吟》《詠海棠》、《詠白蓮》、《詠落葉》，《齊天樂》《詠蟬》第一首，《一萼紅》《詠紅梅》，《花犯》《詠苔梅》、《掃花遊》《賦秋聲》、《賦綠蔭》，《眉嫵》《賦新月》等，情緣何起，哀感無窮，皆應有所寄託。雖其事迹頗難考見，讀者不可不作如是觀也。」〔註50〕

　　龍楡生在批評張惠言的見解的時候，還有一個比較關鍵的理由，就是溫庭筠在史書上已經多次記載說這個人「士行雜塵，不修邊幅」，這樣一個人怎麼能寫出具有《離騷》中那樣高潔的士人情懷的詞呢？不過對於五代詞人馮延巳，龍楡生卻換了標準。馮延巳的人品爲時人所非議，按照龍楡生的邏輯推理馮延巳應該不會寫出忠義纏綿的詞

〔註49〕龍楡生《唐五代詞選》，上海古籍出版社，2006 年版，第 41 頁
〔註50〕詹安泰《論寄託》，《詞學季刊》第 3 卷第 3 號，1936 年 9 月。

來，但是在他自己 1935 年寫的《鵲踏枝》小序裏面說：「半塘老人謂馮正中《鵲踏枝》十四闋鬱伊怡恍，義兼比興，次和十闋，載在《鶩翁集》中。予轉徙嶺南，抑塞誰語，因憶不匱室贈詩，有『君如靜女姝，十年貞不字』之句，感音而作，更和八章。以無益遣無涯，不自知其言之掩抑零亂也。」他不僅認同了王鵬運對馮延巳《鵲踏枝》的分析而且還認真地按照這樣的意思來仿作。龍榆生自己在談到周邦彥詞的時候也出現了類似的問題。劉熙載在《詞概》裏面說：「論詞莫先於品。美成詞富豔精工，只是當不得一個『貞』字，是以士大夫不願學之，學之則不知終日意縈何所。」龍榆生對劉熙載《詞概》裏面的「詞品說」持批評態度，他說：「詞以抒情為主，苟其言皆出於性情之正，即偏『軟媚』，何不貞之有？」〔註 51〕他也承認不能只看表面的用詞來推斷它的作者以及這首詞的倫理內涵。其實他之前的馮煦、吳梅等人也都不贊同將詞與人品相聯繫。馮煦說：「詞為文章末技，固不以人品分陞降。」〔註 52〕吳梅說：「世謂永叔詞多淫豔語，顧如范文正《御街行》、韓魏公《點絳唇》亦何足累其人品哉！總之宋初之詞未脫盡花間舊腔亦如初唐之詩不免六朝豔冶之習也。」〔註 53〕原因在於，無論是馮煦、吳梅還是龍榆生都受到常州詞派理論的影響，常州詞派理論一個重要的支點就是認為「將身世之感打併入豔情」，這正是詩騷以來的比興傳統的體現。如果按照詞品與人品相等來說，常州詞派理論不僅站不住，而且周邦彥的詞當然也就應該受到像劉熙載那樣的批評了。在這裡我們也可以看出，儘管楊慎以及劉熙載在論詞或者論詩的時候都持有儒家的觀念，但是他們與常州詞派的觀點還是有差異的。在常州詞派來說那種儒家的觀念不是外在的，而

〔註 51〕龍榆生《清真詞敘論》，《龍榆生詞學論文集》，上海古籍出版社，1997年版，第 322 頁。

〔註 52〕《介存齋詞話　復堂詞話　蒿庵詞話》，顧學頡校點，人民文學出版社，1959 年版，第 62 頁。

〔註 53〕吳梅《中國文學史（從唐迄清）》，《早期北大講義三種》，陳平原輯，北京大學出版社，2005 年版，第 477 頁。

是通過比興寄託的方式內在於文字背後的。所以，雖然譚獻、陳廷焯、
馮煦等這些晚清的常州詞派的重要理論家對劉熙載的《詞概》大有褒
獎，然而在這裡我們可以看出促使他們能夠互相認同的背後的渠道恐
怕未必如劉熙載自己的原意。龍榆生自己對清眞詞爲什麼受到這麼高
的推崇的背後的原因顯然非常清楚：「自常州詞派出，而清眞詞始大
顯於清代。」〔註 54〕也正是在這裡，我們還是那個疑問，爲什麼在龍
榆生這裡溫庭筠就不能按照常州詞派的比興寄託來解釋呢？如果他
眞的認爲張惠言對溫庭筠的解釋完全是應該否定的，那麼他也就不會
在 1957 年的那份遺稿裏面表現的那麼曖昧。

　　如果想要這些矛盾得到一個合理的解釋，也不是沒有辦法。實
際上龍榆生自己已經說出來了：「作者不必然，而要在讀者『諷誦抽
繹，歸諸中正』，此常州詞派之微旨，亦即其所以歷百年而不敝者。」
〔註 55〕只要龍榆生明確地站在了這個立場之上他就解決了這個矛
盾。那麼又是什麼阻止他直接明瞭地說出自己的立場而只能暗地裏
或者不經意地將自己的立場流露出來。是他懼怕胡適嗎？還是他遇
到了什麼不能明言的苦衷才會這樣？龍榆生的這些斷裂將會把我們
帶進歷史的深處 —— 一段從晚清開始就已經變動的中國學術史。雖
然我們似乎非常清楚地描述這中間的變遷，但是那些裂痕將會告訴
我們更多的事情。

2.3　文學史與復古主義

2.3.1　從中西到新舊

　　龍榆生在批評胡適《詞選》的時候說：「吾對於近世治中國文學

〔註 54〕龍榆生《清眞詞敘論》，《龍榆生詞學論文集》，上海古籍出版社，1997
　　　　年版，第 322 頁。

〔註 55〕龍榆生《選詞標準論》，《龍榆生詞學論文集》，上海古籍出版社，1997
　　　　年版，第 83 頁。

史者，惟胡氏爲素所服膺，而茲選關繫於詞學者尤大；輒就鄙見所
及，妄肆批評……」〔註 56〕換句話說，龍楡生對胡適的中國文學史
研究很佩服，這半句話未必全眞但是也未必全假。這句話有意思的
地方在於，爲什麼龍楡生對胡適中國文學史的研究表示佩服對於詞
史反倒不佩服了？難道詞不屬於文學？龍楡生這個看似簡單的分
裂，我們必須回到歷史的語境中才能明白它的內涵。

　　文學史是隨著西方的分科而進入到中國的，正如有學者所說的：
「中國以前沒有一個統一的文化生產領域稱之爲『文學』，只有一系
列文體，每種文體都有自己的獨特歷史。」〔註 57〕文學史裏面究竟應
該寫什麼，這裡面就涉及到文學是什麼的問題。在晚清對「文學」的
熱烈討論與純文學概念緊密相關。西方的純文學的概念在晚清學術界
豎立起了一個絕大的權威同時也挑起了豐富的對話，似乎以前沉睡的
材料在這個西方純文學概念的刺激之下全部都活躍起來。這正如後來
梁啓超所說：「吾儕受外來學術之影響，採彼都治學方法以理吾故物。
於是乎昔人絕未注意之資料，映吾眼而忽瑩；昔人認爲不可理之系
統，經吾手而忽整；乃至昔人不甚瞭解之語句，旋吾腦而忽暢。質言
之，吾儕所恃之利器，實洋貨也。坐是之故，吾儕每喜以歐美現代名
物訓釋古書，甚或以歐美現代思想衡量古人。」〔註 58〕例如章太炎與
劉師培關於文筆之爭的討論就是在西方純文學的刺激之下所作出的
回應。〔註 59〕

　　關於這個問題的討論，從晚清開始就已經資料浩繁，這裡僅略
舉幾個例子，以窺見其大致的思路。王國維在《論哲學家與美術家

〔註 56〕龍楡生《論賀方回詞質胡適之先生》，《龍楡生詞學論文集》，上海古
　　　籍出版社，1997 年版，第 306 頁。
〔註 57〕宇文所安《史中有史（上）》，《讀書》，2008 年第 5 期，第 23 頁。
〔註 58〕梁啓超《先秦政治思想史》，天津古籍出版社，2003 年版，第 17 頁。
〔註 59〕參見木山英雄「文學復古」與「文學革命」，收入木山英雄《文學復古
　　　與文學革命》，北京大學出版社，2004 年版。王風《劉師培文學觀的學
　　　術資源與論爭背景》，收入陳平原主編《中國文學研究現代化進程二編》，
　　　北京大學出版社，2002 年版。

之天職》（1905 年）裏面說：「戲曲小說之純文學亦往往以懲勸為旨，甚有純粹美術上之目的者，也非惟不知貴，且加貶焉。」〔註 60〕黃人在《普通百科新大辭典》裏面「文學」一條說：「茲列歐美各國文學界說於後，以供參考。以廣義言，則能以言語表出思想感情者，皆為文學。然注重在動讀者之感情，必當使尋常皆可會解，是名純文學。……惟各國國民之性情思想，各因習慣，其言語之形式亦異。故各國文學，各有特色。以外形分，則有散文、韻文之別。而抒情詩、敘事詩、劇詩等（以上皆於我國風騷及傳奇小說為近），於希臘時代，雖亦隨外形為區別，而今則全從性質上分類。要之我國文學，注重在體格辭藻，故所謂高文者，往往不易猝解，若稍通俗隨時，則不甚許以文學之價值，故文學之影響於社會者甚少，此則與歐美各國相異之點也。以源流研究文學者曰文學史。或以種族，或以國俗，或以時代，種類甚多，頗有益於文學。而我國則僅有文論、文評、及文苑傳而已。」〔註 61〕由此可見西方純文學的概念一個非常關鍵的作用就是將中國傳統文學分成了像抒情的與政治的，功利的與非功利的這樣的兩個種類。西方純文學的概念也引起了文學史寫作者的類比興趣，促使他們在中國的固有文類裏面尋找和西方相對應的文類。一方面從形式上來說，詩歌和駢文當然受到特別的青睞。例如，1917 年劉師培在北大講授中古文學史，開宗明義：「儷文律詩為諸夏所獨有，今與外域文學競長，惟資斯體。」另一方面，如果將純文學當做是一種文學觀念的話，它就和某一種文類沒有特別的關係。所以我們可以看到，不僅是詩歌而且小說、戲劇都可以是純文學。王國維說：「美術中以詩歌、戲曲、小說為其頂點，以其目的在描寫人生故。」〔註 62〕什麼是王國維所認為的「美術」呢？

〔註 60〕王國維《論哲學家與美術家之天職》，傅傑編《王國維論學集》，雲南人民出版社，2008 年版，第 356 頁。

〔註 61〕轉引自陳平原《晚清辭書視野中的「文學」》，《北京大學學報》（哲社版）2007 年第 2 期，第 69 頁。

〔註 62〕王國維《〈紅樓夢〉評論》，《王國維文學論著三種》，商務印書館，

他說：「物之能使吾人超然於利害之外者，必其物之於吾人無利害之關係而後可，易言以明之，必其物非實物而後可。然則非美術何足以當之乎？」〔註63〕

　　西方純文學概念重新塑造了中國文學，也成爲對中國文學進行批評的一個標準。什麼可以進入文學史什麼不能進入文學史，這個門檻的設定就和寫作者如何回應西方純文學刺激下的「文學觀」有關。也正是這個原因，每位對文學史寫作抱有濃厚興趣的寫作者都會在開頭先要亮出自己的文學觀。文學史的地圖就和這個變動相關。但是關於文學史的討論從新文化運動開始發生了微妙的轉變，那些曾經由西方純文學帶來的刺激被整合進一些新的問題裏面。經過新文化運動，相較晚清時候，文學史的概念發生了一個重要的變化。以前只有問是什麼可以進入文學史，現在首先要問的是什麼是文學史。

　　我們可以從朱希祖的變化可以感知到當時風氣變化之一斑。朱希祖說：「《中國文學史要略》乃余於民國五年爲北京大學校所編之講義。與余今日之主張，已大不相同，蓋此編所講，乃廣義之文學，今則主張狹義之文學矣。以爲文學必須獨立，與哲學、史學及其它科學，可以並立，所謂純文學也。此編所講，徂述廣義文學之沿革興廢也，今則以爲文學史必須述文學中之思想及藝術之變遷。其它不同之點尚多，頗難縷陳，且其中疏誤漏略可議必多。則此書直可以廢矣。」〔註64〕從朱希祖的變動我們可以看出新文化運動之後除了「純文學」的概念繼續發揮了重要作用之外還有就是由「徂述廣義文學之沿革興廢也」到「今則以爲文學史必須述文學中之思想及藝術之變遷」。「沿革興廢」和「思想及藝術之變遷」有何不同？傅

2004 年版，第 6 頁。

〔註63〕 王國維《〈紅樓夢〉評論》，《王國維文學論著三種》，商務印書館，2004 年版，第 4 頁。

〔註64〕 朱希祖《中國文學史要略敘》，《早期北大講義三種》，陳平原輯，北京大學出版社，2005 年版，第 241 頁。

斯年在評論王國維的《宋元戲曲史》時說道：「研治中國文學，而不解外國文學，撰述中國文學史，而未讀外國文學史，將永無得真之一日。以舊法著中國文學史，爲文人列傳可也，爲類書可也，爲雜抄可也，爲辛文房『《唐才子傳》體』可也，或變黃全二君『學案體』以爲『文案體』可也，或竟成《世說新語》可也；欲爲近代科學的文學史，不可也。文學史有其職司，更具特殊之體制；若不能盡此職司，而從此體制，必爲無意義之作。王君此作，固不可謂盡美無缺，然體裁總不差也。」〔註65〕傅斯年提出了一個新的問題 —— 如何寫作「近代科學的文學史」。在傅斯年的設計裏面一種新的科學的文學史是以「外國文學史」作爲標準的。他對王國維的《宋元戲曲史》大爲褒獎，是因爲王國維能夠在「自然」的觀念之下發現了中國以前的「非主流」的文學的價值，「宋金元明之新文學，一爲白話小說，一爲戲曲。當時不以爲文章正宗，後人不以爲文學宏業」，王國維卻慧眼獨到地看到了作爲宋金元明新文學代表之一的元曲的價值所在。而胡適、傅斯年等人所積極提倡的白話文運動就是要發現過去被正統文學所壓抑的那些真正有生命力的文學。爲了達到這個目的，就必須去用新的觀念去將那些被壓抑的有生命力的文學表彰出來。王國維帶給傅斯年的「震驚」一直延宕到他留學歐洲歸來：「十餘年前所讀書，當時爲之神往者。此回自歐洲歸，道經新加坡，於書肆更買此冊，仍覺是一本最好之書，興會爲之飛也。民國十五年十月□□（案：英文字不清楚）舟中。」〔註66〕那麼能不能說王國維和胡適他們的白話文學史觀相同呢？我們先以劉師培和王國維爲例回到新文化運動之前看一看。當劉師培用西方的「美術」來凸顯中國的駢文價值並且認爲駢文可以和外國的文學相競爭的時候，他

〔註65〕傅斯年《王國維著〈宋元戲曲史〉》，《新潮》第 1 卷第 1 期。

〔註66〕這是傅斯年藏書《宋元戲曲史》上的批註，轉引自王汎森《王國維與傅斯年》，賀照田主編《學術思想評論》，遼寧大學出版社，1998年版，第 474 頁。

其實是認為在這個共同的文學觀念下中外是可以相競爭而且駢文也豐富了對於「文學」或者「美術」的內涵的。

可是，王國維在讚賞《紅樓夢》的時候，雖然同樣借助於西方的美術的概念但是他不是在於對哪一類文體的重新發現，他注重的是「描寫人生之苦痛與其解脫之道」這樣的作品，所以作為戲曲的《桃花扇》可以和作為小說的《紅樓夢》相提並論。〔註67〕這一類作品在中國文學裏面是不多見的天才式的作品，中國文學的特點在王國維看來：「吾國人之精神，世間的也，樂天的也，故代表其精神之戲曲、小說，無往而不著此樂天之色彩：始於悲者終於歡，始於離者終於合，始於困者終於亨。」〔註68〕《紅樓夢》恰恰是中國文學的一個例外。所以可以看出來，劉師培借助於「美術」的概念肯定了中國傳統既有的一個文類的地位，作家和作品是屬於文類的一個部份，而王國維則借助於新的觀念要表彰的是作家和作品，文類並不重要，所以在他那裏重要的是他所認同的美學觀念以及那些他所認為的體現出那些觀念的作家和作品。我們在這裡看不到，無論是劉師培還是王國維他們有寫作一部類似於胡適的文學史興趣：「文學史談何容易！要能見其大，要能見其小。小的是一個個人的技術，大的是歷史上的大運動和大傾向。大運動是有意的，如穆修、尹洙、石介、歐陽修們的古文運動，是對楊億派的一種有意的革命。大傾向是無意的，是自然的，當從民間文學白話文學裏去觀察。若不懂得這些大傾向，則林紓的時代和姚鼐的時代、和歐陽修的時代，直可謂無甚分別；陳三立的

〔註67〕羅鋼在分析《人間詞話》的時候也說道：「為什麼王國維要不厭其煩地分別從先秦《詩經》、東晉陶淵明、五代馮延巳和北宋歐陽修這些不同歷史時代的作家作品中為其搜求例證。因為只有通過這種方式，他才能證明這種『憂世傷生』是一種『通古今而觀之』的形而上學的生活本質。」參見羅鋼《歷史與形而上學的歧途》，《北京師範大學學報》，2009 年第 3 期，第 49 頁。

〔註68〕王國維《〈紅樓夢〉評論》，《王國維文學論著三種》，商務印書館，2004 年版，第 13 頁。

時代和黃山谷的時代也無甚分別。」〔註69〕

　　白話文學史觀所要提倡的是「平民文學」以及文學進化論，這裡面有一個很強的歷史目的論。劉師培未嘗沒有注意到「文學之進化」，他在 1907 年的時候認爲古代詩歌一開始都是詠事、徵世，只有到「老莊告退，山水方滋」之後才開始有了非功利的「流連光景」以及追求「神韻」的特點。這些在劉師培看來正是「文學之進化隨民智而變遷」。〔註70〕他通過斯賓塞的觀點來觀察中國文學的發展趨勢：「上古之書，印刷未明，竹帛繁重，故力求簡質，崇用文言。降及東周，文字漸繁；至於六朝，文與筆分；宋代以下，文詞益淺，而儒家語錄以興；元代以來，復盛興詞曲：此皆語言文字合一之漸也。故小說之體，即由是而興，而《水滸傳》、《三國演義》諸書，已開俗語入文之漸。陋儒不察，以此爲文字之日下也。然天演之例，莫不由簡趨繁，何獨於文學而不然？」〔註71〕但是到正式登場講授文學史的時候，劉師培的思路依然是傳統的：「文學史者所以考歷代文學之變遷。古代之書，莫備於晉之摯虞，虞之所作，一曰《文章志》，一曰《文章流別》。志者，以人爲綱也；流別者，以文體爲綱者也。今摯氏之書久亡，而文學史又無完善課本，似宜倣摯氏之例，編撰《文章志》、《文章流別》二書，以爲全國文學史課本，兼爲通史文學傳之資」。〔註72〕再來看王國維，雖然王國維在《宋元戲曲史》的開頭就說：「凡一代有一代之文學，楚之騷，漢之賦，六代之駢語，唐之詩，宋之詞，元之曲，皆所謂一代之文學，而後世莫能繼焉者也。」王國維背後的理由是元曲體現出了「自然」。王國維這裡的自

〔註69〕胡適致顧頡剛，《小說月報》14 卷 4 號，1923 年 4 月。

〔註70〕劉師培《古今畫學變遷論》，《國粹學報》，1907 年 3 月第 1 號。

〔註71〕劉師培《論文雜記》，陳引弛編校《劉師培中古文學論集》，中國社會科學出版社 1997 年版，第 226 頁。

〔註72〕劉師培《搜集文章材料方法》，陳引弛編校《劉師培中古文學論集》，中國社會科學出版社 1997 年版，第 105 頁。

然是「西方有機論和生命主義的『自然』」〔註73〕但是王國維也只是在闡釋宋元戲曲史的時候運用了具有歷史主義的「自然」概念，或者說他的這些闡釋的運用都是在一個文類的內部使用，並沒有擴展到文類之間的歷史變化關係的描述上。同時，更為關鍵的是，王國維沒有關注這些文類之間的遞變關係，認為文學史當中存在著一個歷史的目的論，一個無所不在無所不包的「文學史的公式」。

不過，單獨地看他的《宋元戲曲史》的確是書寫了一個新的「近代科學的文學史」當中的一段，也就是傅斯年所說的「宋金元明之新文學」。在很多人看來，王國維的觀點和胡適不過一步之遙，胡適只是將之往前推了一步，變成了整個文學史的基本準則。換句話說後人看王國維著述的時候都無不帶著新的文學史的眼光來閱讀，所以發現了許多類似之處。浦江清認為王國維極端傾向於「白話」：「先生之於文學有真不真之論，而胡氏有活文學死文學之論。先生有文學蛻變之說，而胡氏有白話文學史觀。……先生論詞，取五季北宋而棄南宋，今胡氏之詞選，多選五季北宋之作。……故凡先生所言，胡氏莫不應之、實行之。一切之論，發之自先生，而衍之自胡氏。」〔註74〕任訪秋也說：「王先生為遜清之遺老，而胡先生為新文化運動之先導，但就彼二人對文學之見地上言之，竟有出人意外之如許相同之處，不能說不是一件極堪耐人尋味的事。」〔註75〕胡適自己的文學觀點和王國維類比併不十分認同，他在回覆任訪秋的信中說：「我的看法是歷史的，他的看法是藝術的，我們分時期的不同在此。」胡適所謂的「歷史」倒不是歷史的本身，如果是歷史的本身的話，那麼南宋詞就應該作為歷史的一部份存在。他的「歷史」背後其實

〔註73〕羅鋼《王國維與泡爾生》，《清華大學學報》(哲社版)，2005 年第 5 期，第 27 頁。
〔註74〕浦江清《王靜安先生之文學批評》，《大公報・文學副刊》第 23 期，1928 年 6 月 11 日。
〔註75〕任訪秋《王國維〈人間詞話〉與胡適〈詞選〉》，參見姚柯夫編《〈人間詞話〉及評論彙編》，書目文獻出版社，1983 年版，第 73 頁。

是就是「進化論」的思想，正是在這樣的思想指引之下，他才可能對南宋詞的價值一概否認。胡適的否認是在一個歷史與藝術相分離的現代學科視野裏面所作出的。這實際上還是認同了他們之間思路的類似，只不過是學科路徑不一樣而已。經歷過白話文運動的那些學者們讀到王國維的著述的時候又驚訝又惋惜，驚訝的是一位「封建遺老」居然有那麼新穎的學術見解，例如 1923 年 12 月 16 日胡適在日記裏面就寫了他記錄下了他的驚訝：「靜庵先生問我，小說《薛家將》寫薛丁山弑父，樊梨花也弑父，有沒有特別的意義？我竟不曾想過這個問題。希臘古代悲劇中常有這一類的事情。」〔註 76〕惋惜的是當然是他的矛盾，其實浦江清已經看到了他的矛盾，他看到王國維明明在許多方面與胡適的白話文運動的觀點都極為相似，但是王國維卻沒有再進一步開啓一場白話文運動。

　　浦江清打開這個矛盾的時候又彌合上了這個矛盾，因為他根本沒有將之當作一個矛盾來處理，他說：「提出歷史、美學、倫理三點，以見先生文學批評之大，並詳述先生『古雅』之說，以見世之謚先生以文學革命家者之未窺先生學說之全。」〔註 77〕在浦江清看來，王國維的文學批評簡直就是包羅萬象，新舊無所不包了。不過，還是有人不會放過王國維的矛盾的。王國維的矛盾似乎成了一個新文化運動自我歷史敘述裏面重要的鏈條，王國維是一個過渡的人物，他身上必然新舊矛盾非常明顯。他的矛盾正好證實了「新學術」的必然勝利。郭沫若在他的《中國古代社會研究》裏面的一段話就頗具有代表性：「王國維一生的學業結晶，在他的《觀堂集林》和最近所出的名目實遠不及《觀堂集林》四字冠冕的《海寧王忠愨公遺書》。那遺書的外觀雖然穿的是一件舊式的花衣補褂，然而所包含的卻多是近代的科學

〔註 76〕曹伯言整理《胡適日記全編》第 4 卷，安徽教育出版社，2001 年版，第 131 頁。
〔註 77〕浦江清《王靜安先生之文學批評》，《大公報文學副刊》第 23 期，1928 年 6 月 11 日。

內容。這兒正是一個矛盾。這個矛盾正是使王國維不能不跳水而死的
一個原因。王國維研究學問的方法是近代式的，思想感情是封建式
的。兩個時代在他身上激起了一個劇烈的階級鬥爭，結果是封建社會
把他的身體奪去了。然而他遺留給我們的是他知識的產品，那好像一
座崔巍的樓閣，在幾千年來的舊學的城壘上燦然放出了一段異樣的光
輝。」〔註78〕如果不把郭沫若的「封建式的」理解成我們已經過於熟
悉的批判性的話語，那麼經過一番解釋，郭沫若的話還是道出了一些
對王國維「矛盾」解釋的真知灼見。只是我們必須理解王國維是在什
麼意義上曲折地表現出他的矛盾之處，只有如此我們才能明白他的矛
盾不是一個抽象的所謂清帝國到民國之間社會制度斷裂的象徵。因為
我們至今和王國維依然共享著許多東西，所以理解他的「矛盾」才能
更好地理解我們自己的矛盾，理解那些歷史起點處的許多被隱藏了的
前提，我們建構起了矛盾或者同一性都是在不知不覺地讓我們自己忘
記某些讓我們「不愉快」的東西。如果將王國維的矛盾都歸結為一種
政治制度的矛盾，那麼按照這個邏輯民國之後隨著帝國的結束，他的
矛盾本應該結束了，這樣我們可以將他當中我們所看到的進步的合理
的部份剝離出來。我們看到了這樣的一個「詭計」，對王國維的矛盾
的闡釋不是為了對他進行批評，而是為了我們可以正大光明地去將他
的研究也就是郭沫若所說的「近代的科學內容」變成我們的新傳統。
這樣王國維的矛盾被明顯地放置在我們的面前，但是我們可以不必計
較，因為我們都是民國之後的研究者了。

　　當浦江清和任訪秋看到了王國維和胡適白話文學史觀之間的類
似之處的時候，王國維自己倒是不會認同他們的看法。1922 年王國
維曾經對胡適的《水滸傳》以及《紅樓夢》的研究表示欣賞，但是
又對他提倡的白話文運動持否定態度。〔註79〕王國維的矛盾很容易

〔註78〕郭沫若《中國古代社會研究》，河北教育出版社，2000 年版，第 6～
　　　　7 頁。
〔註79〕王國維致顧頡剛，《文獻》1983 年第 4 期，第 206 頁。

如我們上面所說的，會在一種抽象的「封建遺老」的政治思想批判的思路裏面被一筆帶過。在我們看來胡適對《水滸傳》和《紅樓夢》的推崇本身就內在於他的白話文學歷史觀裏面，王國維將之割裂開來不是矛盾嗎？王國維對胡適的考證表示非常欣賞，在王國維這裡不僅是一個簡單的方法上的認同而是有其背後的原因。在《〈紅樓夢〉評論》裏面王國維按照叔本華的美學理論認爲：「《紅樓夢》中所有種種人物、種種之境遇，必本之於作者之經驗。」〔註 80〕這句話單獨列出來覺得理所當然，但是在王國維這裡卻是經過一番仔細的論證，只有理解了這句話與叔本華美學理論的緊密聯繫，我們才能理解王國維隨即所說的這句看起來奇怪之談：「《紅樓夢》自足爲我國美術上之唯一大著述，則其作者之姓名與其著書之年月，固當爲唯一考證之題目。」〔註 81〕其中的兩個「唯一」，不是簡單的情緒之言，都是言無虛發，背後的理據眞是脈絡井井！在這裡我們知道王國維的思路並非是白話文運動的思路，我們必須解釋明白這之間的貌同心異之處，才能看到王國維眞正矛盾的地方。在白話文運動之後王國維對《紅樓夢》、宋元戲曲的評價可以分散到新的文學史的各個部份裏面去，所以在談到宋詞的時候我們會引用到《人間詞話》，在談到明清小說我們會引用《〈紅樓夢〉評論》，談到元曲我們會引用《宋元戲曲史》等等，而這些文本在王國維那裏的內在性和問題意識卻消失了。王國維的矛盾和斷裂僅僅被描述成了新文化運動視野裏面的矛盾，所以他的問題成了諸如作爲白話文運動的「同路人」的王國維和反對白話文運動的王國維這樣的矛盾。

　　白話文運動是通過對過去的傳統文章之學和詩學的否定來肯定小說、戲曲等文類的，而王國維則是在「學術」的立場上走到對小說、

〔註 80〕王國維《〈紅樓夢〉評論》，《王國維文學論著三種》，商務印書館，2004 年版，第 28 頁。
〔註 81〕王國維《〈紅樓夢〉評論》，《王國維文學論著三種》，商務印書館，2004 年版，第 29 頁。

戲劇等的重新評定上的。

　　王國維對「學術」有他自己獨到的認識。他在《新學語之輸入》裏認爲中國人與西方人不同之處在於：「我國人之特質，實際的也，通俗的也；西洋人之特質，思辨的也，科學的也，長於抽象而精於分類，對世界一切有形無形之事物，無往而不用綜括（Generalization）及分析（Specification）之二法，故言語之多，自然之理也。吾國人之所長，寧在於實踐之方面，而於理論之方面，則以具體的知識爲滿足，至分類之事，則除迫於實際之需要外，殆不欲窮究之也。」〔註 82〕但是王國維沒有認爲這種中國人與西方人之間的不同是一種平等的關係，相反他認爲中國人缺乏一種抽象能力，造成了中國學術的不發達，也就是「我國學術尚未達自覺（Selfconsciousness）之地位也」。所以「學術」在王國維裏面也有了非常獨特的涵義，他說：「乏抽象之力者，則用其實而不知其名，其實亦遂漠然無所依，而不能爲吾人研究之對象。」〔註 83〕在另一篇給羅振玉的《國學叢刊》所寫的《序言》裏面，他說：「學有三大類：曰科學也，史學也，文學也。凡記述事物，而求其原因，定其理法者，謂之科學；求事物變遷之迹，而明其因果者，謂之史學；至出入二者間，而兼有玩物適情之效者，謂之文學。然各科學，有各科學之沿革。而史學又有史學之科學。如劉知幾《史通》之類。若夫文學，則有文學之學如《文心雕龍》之類焉，有文學之史如各史文苑傳焉。而科學、史學之傑作，亦即文學之傑作。故三者非斠然有疆界，而學術之蕃變，書籍之浩瀚，得以此三者括之焉。」〔註 84〕在這裡王國維認爲學術

〔註 82〕王國維《新學語之輸入》，傅傑編《王國維論學集》，雲南人民出版社，2008 年版，第 467 頁。
〔註 83〕王國維《新學語之輸入》，傅傑編《王國維論學集》，雲南人民出版社，2008 年版，第 468 頁。
〔註 84〕王國維《〈國學叢刊〉序》，傅傑編《王國維論學集》，雲南人民出版社，2008 年版，第 488 頁。

的內容就是科學、史學和文學可以完全涵括。因此，他認爲在學術上區分中西、新舊和「有用」、「無用」都是錯誤的。他在文章的末尾說：「夫天下之事物，非由全不足以知曲，非致曲不足以知全，雖一物之解釋，一事之決斷，非深知宇宙人生之眞相者，不能爲也。而欲知宇宙人生者，雖宇宙人生之一現象，歷史上之一事實，亦未始無所貢獻。」〔註85〕西方的知識在王國維看來是在「學術」的範疇裏面，不存在中西之辨。他不會去思考產生那一套知識與產生它們的社會政治運動之間的互動關係。不過在辛亥革命這場社會政治變動之後，王國維自覺到了自己的政治主體以及所要擔當的政治倫理責任。

在 1917 年寫作《殷周制度論》的時候，他在給羅振玉的信裏寫道：「此文於考據之中，寓經世之意，可幾亭林先生。」〔註86〕但是這並不意味著他對自己對於學術的理解有了全面的反思，認爲學術應該具有中西之辨。即使在《殷周制度論》裏面他對自己的政治主體的表達也是從抽象的「政治與文化之變革」入手，他的方法和顧炎武也絕不一樣，用余英時先生的話來講就是：「其中並未引用任何西方學說，但全文以『政治與文化之變革』爲基本概念，而統整無數具體的歷史發現於其下，層次分明。如果不是由於對西學已探驪得珠，他根本不可能發展出如此新穎的歷史構想。」〔註87〕對於這種方法，王國維的好友陳寅恪可謂有充分的理解。他在《王觀堂先生挽詞並序》裏面的一段長言可以當做王國維這篇文章思路的說明：「吾中國文化之定義，具於白虎通三綱六紀之說，其意義爲抽象理想最高之境，猶希

〔註85〕王國維《〈國學叢刊〉序》，傅傑編《王國維論學集》，雲南人民出版社，2008 年版，490 頁。
〔註86〕袁英光，劉寅生編《王國維全集書信》，中華書局，1984 年版，第221 頁。
〔註87〕余英時《「國學」與中國人文研究》，參見何俊編《余英時學術思想文選》，上海古籍出版社，2010 年版，第 440 頁。

臘柏拉圖所謂 Idea 者。……夫綱紀本理抽象之物，然不能不有所依託，以為具體表現之用。其所依託以表現者，實為有形之社會制度，而經濟制度尤其最要者。故所依託者不變易，則依託者亦得因以保存。」〔註 88〕他的背後雖然還有「經世之意」，但是表達的方式是全新的了。他所表達出的主體不是一個歷史性的主體而是抽象的觀念性的主體。錢穆在《國史大綱》裏面或隱或顯地對王國維的判斷提出了批評。和王國維將封建制度當做一種抽象的道德觀念不同的是，錢穆雖然也不否定封建制度與宗法制度的關係，但是他強調的是必須首先要將封建制度放置在西周初年的政治語境裏面才能讀懂，所以他認為觀察西周封建制度必須要將政治、軍事、宗法制度這三個方面結合起來才能理解封建制度。〔註 89〕我們可以看出來正是這種對於不斷變化的歷史語境的強調，使得錢穆不斷有力量去相信中國文化本身的活力，而不會像王國維或者陳寅恪那樣悲觀地認為政治社會制度消亡，那麼那一套依託其上的文化觀念也失去了效用。〔註 90〕如果我們不能理解這種變化，也就不能理解這種現象：如果說王國維自覺到了自我的政治性和倫理性，那麼 1920 年代他對胡適的誇讚就非常有趣了。這裡的意思不是說王國維應該站在「封建遺老」的道德立場上對小說這樣的「小道」予以批評，才算是具有了和他的此時的主體的同一性。我們所要提問的是如果他不是抽象地理解了中國文化的道德內涵，那麼他應該對胡適的《紅樓夢》考證予以批評才是。因為正如他自己所明白的他寫的《殷周制度論》的背後是寄寓了「經世之意」，

〔註 88〕陳寅恪《王觀堂先生挽詞並序》，《陳寅恪集‧詩集》，北京三聯書店，2009 年版，第 12 頁。
〔註 89〕錢穆《國史大綱》（上冊），商務印書館，1996 年版，第 38～47 頁。
〔註 90〕錢穆與王國維、陳寅恪對於中國傳統文化的態度當然都是充滿敬意的，但是他們之間的學術差異亦不容忽視。如果將陳寅恪的《王觀堂先生挽詞並序》與錢穆的《中國今日所需要之新史學與新史學家》對照閱讀，他們之間的差異就很明顯了。錢穆文章參見《思想與時代》，1943 年 1 月第 18 期。

是對辛亥之後的文化危機的回應。那麼他也應該理解《紅樓夢》背後所可能隱含的政治意涵，即使沒有充分的理據來確證，至少在學術上他似乎更應該對所謂的「索隱派」更加親切才是。

由此可見，王國維用抽象觀念來闡釋具體問題的方法是一以貫之的。他從來沒有拒絕這種方法論的絕對普遍性。所以我們看到他在 1920 年代依然會和胡適談論小說《薛家將》的悲劇性，向顧頡剛誇讚胡適的小說考證，這些背後的理據都是來自於叔本華理論。王國維絲毫沒有覺得不妥。但是他在白話文的問題上止步了。這當然可以解釋成王國維的「封建士大夫」的主體身份。然而，如果這樣抽象地去解釋的話也就是像郭沫若那樣認為的「王國維研究學問的方法是近代式的，思想感情是封建式的」，這裡面恰恰隱藏了新文化運動所形成的對立──傳統士大夫的立場與平民主義立場之間的對立。這個對立的彼消此長成為新文化運動之後很多知識分子思想變化的內在動力，像周作人就說自己的身上有「紳士鬼」和「流氓鬼」這樣兩個「鬼」。新文化運動之後談到小說、戲曲必然就是和一種平民政治緊密聯繫在一起的。

對於王國維來說他不是通過對平民文學的提倡來提升小說、戲曲等文類的價值，在他的世界裏面不存在一個區分的問題意識，認為只要提升小說、戲曲的地位就是在提倡平民文學，就是在認同這背後的一系列新的政治、倫理價值。他從來沒有在自己的立場裏面分離出一個平民政治的立場。西方的知識在胡適和王國維那裏都同樣的重要，但是王國維是在自己的對於「學術」的理解裏面處理這個問題的。而在新文化運動的發起者看來，西方的知識之所以可以成為我們的一部份並不是知識上的，而是意味著一種實踐並且必然和一種社會政治變革緊密相聯。它們具有的能動性將引領我們去想像一種新的生活，做一個「新人」。〔註 91〕這裡之所以提出這種內在的差異問題是因為中

────────

〔註91〕有關「新人」問題的討論，可以參見王汎森《從新民到新人──近代思想中的「自我」與「政治」》，王汎森主編《中國近代思想史的

西在王國維的學術世界裏面依然是一個必須要回應的問題，只是他所採取的立場是強調學無中西。王國維的著述在新文化運動之後受到了極大的關注，無論是新文化運動陣營裏面的胡適、傅斯年、俞平伯等，還是對新文化運動持有一定批評態度的吳宓、浦江清等人都無不對王國維推崇備至。這涉及到新文化運動產生的一個影響深遠的作用。新文化運動使得新舊的區分成爲思想運動的一個基本動力。雖然新舊的具體的內涵在不同的語境裏面會有不同的界定，但是基本上區分新舊的一個分野就是對待儒家的政治和道德倫理的態度。原本被它所籠罩和壓抑的政治、道德、學術、文學等等都要被新的政治、新的文學等所取代，雖然對於「新」可能有不同的取徑但是將儒家的政治倫理從「新」的設想當中剔除出去則是相同的。新舊的區分也就壓過了中西的區分。

雖然在新文化運動之後，中西之爭似乎又成爲重要的話題。不過正如同時代的一位觀察者所分析的：「當新文化進行方銳之際，對於本國舊有文化思想道德，每不免爲頗當之抨擊，篤舊者已不能無反感。歐戰以後，彼中自訟其短者，時亦稱道東方以寄慨。由是而東、西文化之爭論遂起。」這位觀察者隨即通過對梁啓超和梁漱溟的分析發現：「於西方化之科學、民治，則根本皆無所反對。所謂東西方文化者，亦不能有嚴正之區分。」同時《學衡》派也不過是「以西洋思想矯正西洋思想」。〔註92〕周作人也有類似的看法：「現在有許多文人，如俞平伯先生，其所作的文章雖用白話，但乍看來其形式很乎常，其態度也和舊時文人差不多，然在根柢上，他和舊時的文人卻絕不相同。他已受過了西洋思想的陶冶，受過了科學的洗禮，所以他對於生死，對於父子，夫婦等問題的意見，都異於從前很多。在民國以前人們，甚至於現在的戴季陶、張繼等人，他們的思想和見地都不和我們

轉型時期》，臺灣聯經出版公司，2005 年版。

〔註92〕這些是錢穆 1928 年任教於蘇州中學時候的觀察，參見錢穆《國學概論》，商務印書館，第 341、345、349 頁。

相同，按張、戴的思想講，他們還都是庚子以前的人物，現在的青年，都懂得了進化論，習過了生物學，受過了科學的訓練。所以儘管寫些關於花木，山水，吃酒一類的東西，題目和從前相似，而內容則前後絕不相同了。」〔註 93〕我們可以看出當西方的思想成爲我們共同的一個思想前提的時候，如何再來區分中西這的確是一個值得不斷思考的問題。

　　上面我們提到王國維雖然在學術上否認了區分中西的合理性，但是在他那里中西的確是一個非常重要的問題。他非常清楚自己在這個中西源頭的地方修改了什麼，隱藏了什麼。〔註 94〕但是在新文化運動之後，隨著中西問題成爲新舊問題的一個部份的時候，王國維那種源頭的問題意識和內在緊張就消失了。也正因此，對於王國維的矛盾的描述都是新舊的矛盾而不是中西的矛盾。只有此時王國維才能成爲了新學術裏面備受推崇的新經典。正如我們上面所說的，其實新文化運動之後中西之辨仍然是非常重要的話題，在不同的政治語境裏面仍然不斷地被作爲一個中心問題。以文學爲例，1933 年朱自清和浦江清說：「今日治中國學問皆用外國模型，此事無所謂優劣，惟如講中國文學史，必須用中國間架，不然古人苦心俱抹殺矣。即如比興一端，無論合乎眞實與否，其影響實大，許多詩人之作，皆著眼政治，此以西方間架論之，即當抹殺矣。」〔註 95〕話雖如此，實現起來卻頗爲不易。浦江清時時在提醒當時的研究者：「中國文學史的研究，在這過渡的時代裏，不免依違於中西、新舊幾個不同的標準，而各人有各人的見解和看法。」〔註 96〕然而他自己無論是在寫作《王靜安先生

〔註 93〕周作人《中國新文學的源流》，鍾叔河主編《周作人散文全集》第 6
　　　　卷，廣西師範大學出版社，第 102 頁。
〔註 94〕可以參考羅鋼關於《人間詞話》的一系列研究，他特別注意從文本
　　　　的裂縫中去重新結構出王國維的問題意識。尤其可以參考《「七寶樓
　　　　臺，拆碎不成片段」——王國維「有我之境、無我之境」說探源》，
　　　　《中國現代文學叢刊》，2006 年第 1 期。
〔註 95〕朱自清《朱自清全集》第九卷，江蘇教育出版社，1997 年版，第 213 頁。
〔註 96〕浦江清《論小說》，《當代評論》1944 年第 4 卷。

之文學批評》還是後來具體的文本分析《詞的講解》中，浦江清都不拒絕中西文學在理論上的相同之處，或者說不拒絕用西方的文藝理論的概念來解讀和翻譯中國文學批評的概念。例如他認爲：「中國人的詞多半可以落在純詩的範圍裏」，在分析溫庭筠的《菩薩蠻》第二首的時候認爲：「有今人所謂印象派或唯美派的傾向，給人以朦朧的美。」〔註97〕

　　新文化運動對文學史以及「文學」的理解開始和更加廣泛的社會思想運動聯繫在一起。雖然新文化運動強調的是平民的文學強調的是白話文學，而西方的純文學的觀念無疑仍然帶有一種精英文化的思想意識，但這種緊張卻能夠在新文化運動之後形成一種互補的關係。在文學上能夠形成對白話文運動形成一定批評的，不會是「舊文學」裏面的觀念，而是一種西方的純文學觀念。這是因爲在對文學要擺脫舊文學特別是儒家倫理的束縛上，西方純文學和白話文運動所隱含的這個批評對象是一致的。同時天才、文學與情感、文學與人生這些觀念開始對中國文學史進行新的闡釋。例如梁啓超在《中國韻文裏頭所表現的情感》（1922年）裏面說：「惟自覺用表情法分類以研究舊文學，確是饒有興味。前人雖間或論及，但未嘗爲有系統的研究。」〔註98〕在寫到李商隱的時候，梁啓超說：「近來提倡白話詩的人不消說是極端反對他了。平心而論，這固然不能算詩的正宗，但就『唯美的』眼光看來，自有他的價值如義山集中近體的《錦瑟》、《碧城》、《聖女祠》等篇，古體的《燕臺》、《河內》等篇，我敢說他能和中國文字同共運命。……這些詩，他講的什麼事，我理會不著，扳開一句句的叫我解釋，我連文義也解不出來。但我覺得他美，讀起來令我精神上得一種新鮮的愉快。須知美是多方面的，

〔註97〕浦江清《詞的講解》，《浦江清文錄》，人民文學出版社，1956年版，第126、141頁。
〔註98〕夏曉虹編《大家國學・梁啓超卷》，天津人民出版社，2008年版，第87頁。

美是含有神秘性的。」〔註99〕從梁啟超對白話文運動的「補充」裏面，我們看到他以「唯美的」眼光肯定了被白話文眼光所忽略掉的部份。但是這個修正恰恰又掩蓋了他們共有的前提。我們不得不說晚清以來的文學史討論在這裡向前拐了一個大彎，在新文化運動之前，至少舊文學的寫作還沒有失去它的合法性但是在新文化運動之後舊文學寫作的合法性已經岌岌可危了。在這之前雖然小說、戲曲隨著西方純文學觀念的激蕩地位提升，但是儒家的文學觀念還是能夠得到大多數人的認同。可是新文化運動之後，儒家的文學觀的合法性已經蕩然無存了。新文化運動之後的文學史即使有爭論也是在掃除了他們共同的「敵人」——儒家文學觀念之後開始的。同時，儒學與中國傳統文學之間的關係變得越來越抽象，他們越來越變成一個對象化的外在的論述。

　　將新文化運動的若干價值觀轉化進學術領域的是 1920 年代初漸趨熱烈的整理國故運動。雖然整理國故運動作為一個學術運動來看，和新文化運動一樣無論在地域上還是在持續的時間都很有限並不是一個遍佈南北的全國性運動，但是它所引起的討論和提供的一套新的話語可以說在中國傳統的文史領域引起了爆炸式的效果而且影響深遠。對於這場學術運動的來龍去脈已經有許多學者予以了詳細討論〔註100〕。這裡我只想強調這場運動當中所形成的一些「新學術」的規範。作為一個時代的思想話題，所引起的各種各樣的議論借助於現代報刊的傳播文本的豐富性可以想像。這些規範在實際的議論中意義也不斷變化，我不太想以一種關鍵詞的方式來整理出一些規範在不同思想文本裏面的涵義，而是想強調是新文化運動這一方規定了討論的規則。況且這些思想的爭論與研究實踐之間是不斷互動的，只有結合

〔註99〕夏曉虹編《大家國學·梁啟超卷》，天津人民出版社，2008 年版，第
　　　　138 頁。
〔註100〕就我目前的閱讀範圍所見，對這場學術運動的過程研究最為詳細的
　　　　是臺灣東海大學陳以愛的博士論文《整理國故運動的興起、發展與
　　　　流衍》（未刊稿），臺灣政治大學歷史系研究部，2002 年。

研究實踐才能說明問題。所以我這裡僅僅從傅斯年發表在《新潮》上的《中國學術思想界之基本謬誤》（1918 年）、毛之水《國故與科學的精神》（1919 年）、胡適發表在《新青年》雜誌上的《新思潮的意義》（1919 年）、顧頡剛的《中國近來學術思想界的變遷觀》（1919 年）一直到胡適的《〈國學季刊〉發刊宣言》（1923 年）等文本中來概括一個關鍵的方面就是新舊學術的區分。舊學術一般被認為是沒有條理、沒有系統、不科學的、主觀的等，相應的新學術應該是條理的、有系統的、科學的、客觀的等，這兩者背後對應的是舊學者和新學者。當這些原則、詞語等被一些學者用來整理、改造自己的學術領域的時候，所引起的各種反應才更為有趣。換句話說，或許只有在每一個具體的學科範圍之內再來重新觀察那些宏大的思想討論才是有意義的。這就要求我們不能夠大而化之地處理那些史料，因為發言者之間都在使用具有權威的語言例如新舊、科學與迷信、主觀與客觀等這些區分，但是其背後的問題意識則是我們應該仔細分辨的。如果我們僅僅受限於那些表面的分野和討論，我們似乎可以得到一些大致的印象和問題討論的輪廓，但是終究可能是「買櫝還珠」，不能對問題有探本之見。這對於思想論爭極為頻繁的現代學術中的史料處理更加需要小心。這裡面涉及的範圍領域非常廣泛，我只能圍繞這篇論文的題旨將之限定在詞學及其周邊的問題上。

在新文化運動之後，談論中西問題是在新舊區分的前提之下被討論，所以就文學來說需要排除的是舊的文學，它的寫作者的身份從一位士大夫的身份變成了一位現代意義上的作者，舊的文學批評是主觀的隨意的，新的文學批評應該是客觀的理性的。這些又影響到了對於文學史的看法，舊的文學史是文苑傳，新的文學史應該是注重時代、分期，需要將文學歷史看做一個「有機體」，用傅斯年的話來說就是：「文學史或者可和生物史有同樣的大節目可觀。」〔註

〔註 101〕 傅斯年《中國古代文學史講義》，上海世紀出版集團，2008 年版，第 9 頁。

101〕這些觀念成爲新文化運動之後文學研究的主流態度。文學成爲研究的對象它作爲現代學術的一個部份而出現。這帶來的影響有：第一，傳統的文學被對象化了，因爲經過了白話文運動，它的寫作的合法性受到了挑戰。朱自清就曾經在日記裏面寫道：「振鐸談以五四起家之人不應反動，所指蓋此間背誦、擬作、詩詞習作等事。又謂論文當以現代爲標準，如馬致遠夙推大曲手，遠出關漢卿之上，然自今言之，馬作多歎貧嗟卑，關作較客觀，當多讀關作也。」〔註102〕即使仍有新的寫作者但是所處於的環境所面臨的挑戰和以前已經大大不相同了。第二，也正因爲文學研究成爲一個現代學科的時候，新學術的力量就在於通過塑造自己的對手的方式來將自己的基本理念傳播出去，那些尋求新舊調和的知識分子往往也是在新學術所設定好的原則之下來盡最大可能將自己的觀點表達出來，也就是說他們心目中的對於問題的理解不管是符合還是不符合新學術，都必須要通過新學術的價值將他們的意思「翻譯」出來。第三，經過了新文化運動以及 1920 年代的整理國故運動，新學術界的表達方式已經發生了巨大的改變，人們想要區分新舊或者還可以，但是要區分中西就不那麼容易了。正如馮友蘭回憶自己所寫的《秦漢歷史哲學》一文時所說：「這篇文章，是我於 1933 年～1934 年在歐洲的所見所聞的理論的結論，標誌著我的思想上的轉變，認識到所謂東西之分，不過是古今之異。」〔註103〕

　　通過至少這三方面的變化，人們似乎逐漸遺忘了文學研究作爲現代學術一部份本身所具有的政治性 —— 對於過去的文學的研究和新文化運動之後的「新人」想像是同構的。我們可以看到越來越包容性的論述，胡適的白話文學史裏面所遺漏的作者被帶回來了，正如我們上面所提到的梁啓超所寫的李商隱。胡適的白話文學史似乎是形成了一些空格，他的批評者似乎只要將那些空格塡補上就可

〔註102〕　《朱自清全集》第 9 卷，江蘇教育出版社，1997 年版，第 298 頁。
〔註103〕　馮友蘭《三松堂自序》，人民出版社，1998 年版，第 229 頁。

以了。胡適的白話文學史觀固然單一，但是往往我們也有可能將反對或者批評胡適的一方給單一化。他們在什麼樣的立場上對胡適形成批評的，這不同的通道以及其所提出的問題才是我們所關心的。也正是在這裡龍榆生對胡適批評其實顯得非常的獨特。

2.3.2 回歸的意義：南宋詞及其它

哈佛大學宇文所安在《過去的終結》一文中說：「清朝詞家和詞選當中，有關價值的論爭是很激烈的。……既然對詞人的品評如此靈活多變，『五四』一代學者自然可以如他們的前輩一樣對南宋詞進行自己的價值判斷。但是，問題在於他們的判斷並非基於詞學傳統內部的辯論，而是基於對整個文學史的價值觀」，又說：「當胡雲翼的詞選首次出版的時候，一個對詞感興趣的讀者可以很容易地在書店裏面找到清朝的選本，甚至同時代人編選的符合清朝讀者欣賞口味的選本。……詞的例子是特別有趣的，因為清朝的詞選和 20 世紀初葉代表了與『五四』批評家口味迥異的選本至今仍然可以買到，所以，如果只看參考書目，我們會覺得這裡存在著對『五四』正統的挑戰。」〔註 104〕宇文所安在這裡描述了新文化運動之後詞這一文類的生命力。和很多學者的判斷相類似，他對新文化運動的批評是非常準確的，他對傳統詞學的力量在新文化運動之後的表徵也有敏銳的把握，但是不能認為南宋詞的存在就是戰勝了新文化運動。我們應該回到歷史的語境當中去問南宋詞又重新帶回到被胡適所遮蔽的歷史中來的立場是什麼？宇文所安認為：「由於一批優秀的詞學學者，代表了一個從清朝以來多多少少沒有被中斷的傳統。在他們任教的學校裏，在他們的學生當中，對南宋詞的介紹對於一個『前現代』讀者不會是完全陌生的。」〔註 105〕宇文所安沒有注意到一個非常重要的問題，是

〔註 104〕 宇文所安《過去的終結》，《他山的石頭記》，田曉菲譯，江蘇人民出版社 2006 年，第 275～276 頁。

〔註 105〕 宇文所安《過去的終結》，《他山的石頭記》，田曉菲譯，江蘇人民出版社 2006 年版，第 276 頁。

不是南宋詞在那些「優秀的詞學學者」那裏承繼下來的仍然延續著過
去的閱讀方式？那些改變的閱讀方式能不能被理解成是一個傳統內
部的不同美學價值的爭執？他們在那個傳統與新文化運動之間是如
何調和的？如果僅僅認爲南宋詞的存在就認爲傳統的價值就自然而
然地存在，那麼是不是又造成了新的幻象？

　　因爲有了白話文運動的影響，所以南宋詞的歷史地位受到了極大
的動搖。也正是因爲有了白話文運動，對南宋詞肯定的立場也不可能
借助於過去詞學傳統內部的資源。胡適的觀點在整理國故運動中受到
了嚴既澄的批評，但是嚴既澄也沒有說所有的南宋詞作家都值得在宋
詞歷史中佔有重要的位置。〔註106〕嚴既澄認爲：「文學的作品，須是
抒情的作品，須是能喚起讀者的同情和快感的作品。」〔註107〕這和
胡適他們的文學觀點並沒有衝突。在《駐夢詞自序》裏嚴既澄說：「向
者浙中詞人某公嘗爲吾友言，吾詞亦自佳，獨惜了無寄託，不耐尋味
耳。是殆年齡所限歟？不知常州諸子所謂主風騷，託比興之言，余向
目爲魔道。溫飛卿之好爲側豔，本傳未嘗諱言。而張皋文之儔，必語
語箋其遙旨，綺羅薌澤，借爲朝野君臣；荊棘斜陽，繹以小人亡國。
自謂能探奧窔，實皆比附陳言。夫作家之處境萬殊，其所作又安得咸
趨一軌，偶然寄意，固不必無。即興成文，尤爲數見，又豈必人人工
部，語語靈均，而後能垂諸久遠耶。」〔註108〕嚴既澄將常州詞派看
成是「魔道」，這讓我們看到在整理國故之後，傳統文學批評的資源
再也沒有了絕對的權威即便是在像嚴既澄這樣一位對古典詩詞有非
常濃厚興趣的寫作者這裡也是如此。那些資源成爲了可以按照自己
的意思來批評的材料和研究的對象。嚴既澄對常州詞派的批評和他
對於文學的認知有關係。在他看來，文學是抒情的，判斷它的價值的

〔註106〕　關於這個問題的討論可以參看陳以愛博士論文《整理國故運動的興
　　　　　起、發展與流衍》（未刊稿），第60～61頁。
〔註107〕　嚴既澄《韻文及詩歌之整理》，轉引自陳以愛《整理國故運動的興
　　　　　起、發展與流衍》（未刊稿），第60頁。
〔註108〕　嚴既澄《駐夢詞自序》，《詞學季刊》1933年第1卷第3期。

標準在於能不能喚起「讀者的同情和快感」。而常州詞派將詞進行政治化的解讀當然就引起嚴既澄的不滿。除了嚴既澄以外，在劉經庵的《中國純文學史》裏面，被胡適所遺漏的許多作家例如賀鑄、姜夔、吳文英、王沂孫等都重新出現，但是評價和胡適如出一轍。薛礪若的《宋詞通論》也是將兩宋詞家都羅列進來，沒有明顯的白話文學史觀，但是落實到具體的作家的時候，我們發現他對象姜夔、吳文英的看法或者說肯定不過還是從字面的用詞用句的風格上來肯定的。所以從這個角度看他還是覺得吳文英的詞「有詞意晦澀，不相連貫處」，但是他又認同吳梅的「運意深遠，用筆幽邃」的評論。如果單從修辭來看，真不知他是否懂得了吳梅這句話的意思。進一步說，如果他懂得了吳梅的意思，那麼他就不會在評論姜夔《暗香》、《疏影》詞的時候說：「二詞在詞壇上則爲極負盛名之作，甚至還有許多人說它都係影射時事，因而妄加臆說的。我想白石有知，亦當爲之俯首一笑。他這種流弊，影響於後期及明清詞人至巨。」〔註 109〕這些例子都對胡適的南宋詞的觀點提出了一些看起來不同的觀點，然而實際上我們可以看出來並沒有在根本上對胡適的觀點產生動搖。特別是在對待姜夔、吳文英、王沂孫等作家的立場上基本還是延續了胡適的思路，唯一的差別就是部份地認同了那些詞在風格上和修辭上的價值。不過，那些認同也是極爲模糊的，究竟看法怎樣也未言明，其實這些看法正和將詞以西方純文學的觀點來解釋的觀點相類似。

我們從第二章節的分析可以看到龍榆生的觀點和他們都不一樣。龍榆生對胡適的批評主要是在蘇辛詞上和他正面相對，而在關鍵的南宋詞上他往往閃爍其詞。我們知道龍榆生雖然也會對胡適的一些看法予以認同，例如在《中國韻文史》裏面他對胡適的觀點多有徵引，在討論到唐代詩人張籍的時候，他說張籍的詩有「反對資本主義者」，「有討論婦女問題者」，「有反抗統治階級者」。這些無疑都是很新穎

〔註109〕 薛礪若《宋詞通論》，江蘇文藝出版社，2008 年版，第 243 頁。

的看法。〔註 110〕不過，在詞學上他很少引用胡適的觀點。龍榆生將
詞學和中國文學史分開，有他自己的思路。在《我對韻文之見解》裏
面他說：「我與文學，非有甚深之造詣，好之而已，所有文學無不好，
徒以精力所限，專攻乃在有韻之文。」〔註 111〕他又說：「詩歌、詞曲，
幸因比附西洋之純文藝，得列上庠，爲必修之科」。〔註 112〕也就是說
龍榆生站在詞這樣一個文類的立場上看到了一個新的「文學」概念所
不能包括的地方。當王國維成爲新文學史的資源時候，當胡適不斷提
問新舊文學問題的時候，他沒有像俞平伯那樣輕易地站在了王國維的
立場上去認同中西文學觀點融合的合理性，更沒有站在胡適的白話文
學史觀的立場上像陸侃如、胡雲翼等人那樣將詞史書寫進白話文學史
的一個部份。龍榆生也沒有站在西方純文學的立場上去修補胡適的白
話文立場，因爲如果修補必然會讓他走向王國維的立場，一旦站在了
王國維的「純文學」的立場之上，他是否要認同王國維和胡適經常使
用的對詞人的「天才」這樣的評價？是否就要認同他們對諸如姜夔、
王沂孫、吳文英等南宋詞人的評價？顯然龍榆生對這些有非常大的保
留。例如對於李璟的《攤破浣溪沙》（菡萏香消翠葉殘）一首龍榆生
對王國維的解釋並不滿意，他說：「其詞之哀婉，正見傷心人別有懷
抱，南唐詞格之高以此；固不僅如王國維所稱：『大有眾芳蕪穢，美
人遲暮之感』而已也。」〔註 113〕對於王國維大力表彰李煜的天才，
龍榆生則說：「後主詞之高不可攀，由多方面之涵濡與刺激，迫而自
然出此，非專恃天才或學力者之所爲也。」〔註 114〕此時，龍榆生遇

〔註 110〕　龍榆生《中國韻文史》，上海古籍出版社，2002 年版，第 38 頁。
〔註 111〕　龍榆生《我對韻文之見解》，鄭振鐸、傅東華編《我與文學：文學
　　　　　一週年紀念刊》，生活書店，1934 年版，第 240 頁。
〔註 112〕　龍榆生《晚近詞風之轉變》，《龍榆生詞學論文集》，上海古籍出版
　　　　　社，1997 年版，第 385 頁。
〔註 113〕　龍榆生《中國韻文史》，上海古籍出版社，2002 年版，第 83 頁。
〔註 114〕　龍榆生《南唐二主詞敘論》，上海古籍出版社，1997 年版，第 208
　　　　　頁。

到的不僅是新舊的問題而且還有中西的問題。我們知道新舊問題還好處理，一旦涉及到中西問題，龍榆生無疑其實給自己設置了一個非常大的難題。龍榆生必須要追問究竟什麼是傳統，究竟什麼是詞學的傳統。他的詞學立場其實是在常州詞派理論的，但是我們上面說了他似乎又不像是常州詞派的立場。常州詞派理論是一種儒家的復古主義的理論。常州詞派理論的開創者張惠言的《詞選》可以說在新文化運動之後已經聲名狼藉。在新學術界裏面不會再有人去認同說《詞選》裏面對溫庭筠的解讀是正確的，龍榆生對溫庭筠的立場也很鮮明，原因就在於認同了張惠言對溫庭筠的解釋無疑就最直接地公開認同了儒家的比興寄託說，認同了詞這個在新文學看來的抒情文學居然還有儒家道德倫理的涵義。這完全意味著站在了舊文學的立場上和新文化運動以來的整個歷史對抗。我在這裡舉一個陳寅恪的例子。余英時先生在談論王國維的好友陳寅恪與儒學實踐之間的關係的時候，有一個非常敏銳的觀察，他發現陳寅恪「既未自稱儒家，也沒有企圖建立現代的儒學新系統」，「從未正式參加過任何倡導儒學的運動」以及「從未以儒學史的專家自居」。〔註115〕陳寅恪不敢明說或者不直接參與到儒學運動裏面，以至於余英時先生說他「在反覆研讀他（陳寅恪）的《寒柳堂記夢未定稿》的殘稿，才恍然明白他晚年最後一部書為什麼是寫他的家世和自敘。」〔註116〕這當然有余先生所說的重視知行合一不願意張揚的一面，不過從另一面來講也可見在五四新文化運動之後對儒家的批判運動所形成的巨大的壓力，就連陳寅恪這樣的知名學者都不願意明言自己的價值立場。

我們需要注意到龍榆生差不多是 20 世紀 20 年代末到 30 年代初這個時段開始進入現代學術中來的，對於他來說那時候關於新舊學術

〔註115〕 余英時《陳寅恪與儒學實踐》，余英時《現代危機與思想人物》，北京三聯書店，2005 年版，第 420 頁。
〔註116〕 余英時《陳寅恪與儒學實踐》，余英時《現代危機與思想人物》，北京三聯書店，2005 年版，第 421 頁。

的激烈討論已經成爲往事，什麼是現代學術界的主流？什麼是現代學術界的遊戲規則？都已經比較清晰了。像龍榆生這樣的年輕老師不管他是否願意，他都必須在這樣一個既有的語境裏面來表達自己的觀點。所以即使他對詞學有非常深刻的理解但是他也無法像張爾田那樣的老派的舊文人對胡適採取鮮明的反對立場。在面對張惠言對溫庭筠的解讀這個問題上，他自己曾經說：「其誰信之」，這與其說是他對張惠言的批評，不如說是他自己的一次反問。他問自己的立場如何要讓別人相信。這就不是一個自己認同的問題而是要得到別人的認同，別的新學者的認同。而那時候的龍榆生是一位上海暨南大學的青年教師，他不可能在經歷過五四的學生面前去說溫庭筠的詞可以解讀成是有「離騷初服之意」。

　　就這一點來說，他和胡適所面對的是同一個閱讀群體，這個群體不再是清帝國之下的士人而是民國的新學生，他們是未來的國民，通過文學教育來陶冶情操，塑造一位新國民。他們所遇到的是類似於周一良這樣的讀者：「我最早知道胡適之先生，是十六、七歲時讀了他的《中國哲學史大綱》上卷。我家居天津，長期在私塾裏攻讀《四書》、《五經》。那時上海有一家用郵遞方式出借五四以來新書籍的圖書館，我從那裏借到此書。讀了以後，感到既平易，又清新，似乎賦予了自己熟悉的那些古書以新的意義和生命。後來一位表兄來自上海，送我一本當時新出版的胡先生選的《詞選》。這本紫紅色硬封面的小書，啓發了我對長短句的愛好，以後長久留在手邊。」〔註 117〕同時龍榆生自己也不願意將自己塑造成一個和舊文人關係過於密切的保守形象：「我是抱定一生一世，要做學生的，只要人家有些特長，不管他是新舊人物，我總是虛心去求教，我總是服膺不釋的。單就我的本行 —— 勉強說是中國純文藝吧 —— 來講，詩壇老輩如陳散原、鄭蘇戡、陳石遺諸先生，詞壇老輩如朱彊村先生，國學大師章太炎先

〔註117〕　周一良《追憶胡適之先生》，《郊叟曝言》，新世界出版社，2001 年版，第 1 頁。

生，新文學家如魯迅先生等，我都曾領教過，除了魯迅先生比較生
疏一點，其餘都對我獎誘不遺餘力，尤其是彊村先生，更是沒齒難
忘。」〔註118〕從這段話裏面我們可以瞭解，雖然他所獲益最多的還
是舊文人，但是我們可以強烈地感受到他積極地將自己塑造成對新
舊都沒有偏見的學者。有了上面的背景，我們就能夠理解龍榆生矛
盾的部份原因，他為什麼不能認同張惠言對溫庭筠的解讀，他必須
放棄這個能夠指示他背後詞學立場的至關重要的標記。這樣，我們
可以回過頭來去考慮究竟為什麼龍榆生沒有非常直接地對胡適的南
宋詞的立場提出詳盡的批評，因為無論像姜夔還是吳文英、王沂孫
等人的詞，這些人都是晚清頗受注重而龍榆生無疑極為熟悉的詞
家。如果直接批評胡適，龍榆生必然會直接地面對常州詞派所提倡
的比興寄託。而可想而知，在一個整理國故運動之後成長起來的現
代學術界怎麼能夠相信比興寄託來解讀一首詞的合法性。那麼，龍
榆生是不是就此放棄了自己的立場？如果沒有，他又如何表達自己
的立場呢？因為在他的語境裏面沒有提供給他任何將比興寄託當作
一個論據可以使用的環境，除非他的對象是那些老輩詞人。

　　我們看到在面對南宋詞裏面所謂典雅派詞人的時候，龍榆生的
回應都比較模糊。例如在提到吳文英的時候，他說：「以讀白話詞之
目光論夢窗，其無當於理必矣。……乃胡氏僅錄其《玉樓春》、《醉桃
源》二闋，則『詞匠』之真實本領，亦被湮沒無餘。」〔註119〕在《中
國韻文史》裏面他在評論到姜夔詞的時候說：「至《暗香》、《疏影》
二闋，最為世所稱道；而多用故實，反令人莫測其旨意所在；此吾國
文人之慣技，亦過崇典雅者之通病也。」〔註120〕姜夔的《暗香》和

〔註118〕　龍榆生《記吳瞿安先生》，《風雨談》1943 年 5 月第 2 期。
〔註119〕　龍榆生《研究詞學之商榷》，《龍榆生詞學論文集》，上海古籍出版
　　　　　社，1997 年版，第 100 頁。
〔註120〕　龍榆生《中國韻文史》，上海古籍出版社第 103 頁。龍榆生在 1960
　　　　　年代給上海音樂學院學生上課講授詞學的時候，他對這兩首詞背後
　　　　　的寄託其實非常地清楚，是政治和歷史環境帶來的變化讓他可以把

《疏影》儘管在南宋就被張炎所推崇，但是眞正被凸顯爲姜夔的代表之作則還是常州詞派之後的事情，正是因爲用比興寄託之法來閱讀這兩首詞才覺得不爲表面的典故所拘囿，能夠領會這兩首詞背後的「寄情遙遠，所謂怨深文綺，彌得風人溫厚之旨」（鄭文焯語）。吳文英則更是如此，正是在常州詞派的比興寄託理論之下，吳文英的所謂「七寶樓臺，眩人眼目，拆碎下來，不成片段」（張炎語）才得到重新的認識。周濟、譚獻、朱祖謀、鄭文焯、況周頤、陳廷焯等都對吳文英的詞推崇備至，能夠看到吳文英詞在所謂餖飣、獺祭等不足之處以外更有價值的地方。常州詞派理論在此時可以說和王國維、胡適沒有任何的交叉點，在一個新的學術圈子裏面這不能不引起龍榆生的警惕。龍榆生從來沒有在公開場合講姜夔、吳文英以及王沂孫的詞究竟有多好。但是他通過其它的路徑表達了自己的立場。

　　龍榆生在對胡適的《詞選》提出批評的同時，他自己也在編輯一本詞選，這就是 1934 年由上海開明書店出版的《唐宋名家詞選》。龍榆生對於這本詞選的選目來源雖然是受到了朱祖謀和鄭文焯的影響，但是也說明他自己是認可他們的觀點的。在這本詞選裏面，我們只要看一看選目就會明顯地發現，在這裡龍榆生一共選了吳文英的詞 38 首，是所有詞家裏面選詞最多的詞人。龍榆生在幾乎每一首吳文英的詞後面都附有陳洵的《海綃說詞》，他仕 1942 年寫的《陳海綃先生之詞學》裏面特意提醒讀者閱讀這份講稿的方法：「特恐後之未窺微旨者，見翁專主夢窗，遂不思『惟其國色，所以爲美，若不觀其倩盼之質，而徒眩其珠翠』，且不復於詞外求詞，則難免轉滋流弊。」〔註 121〕龍榆生要讀者不僅注意陳洵對吳文英詞的結構篇章的分析還要注意到吳文英詞背後的「內容」。這樣我們就可以讀懂龍榆生爲什

這些講述出來。參見龍榆生《詞學十講》，北京出版社，2005 年版，第 167～168 頁。

〔註 121〕　龍榆生《陳海綃先生之詞學》，《龍榆生詞學論文集》，上海古籍出版社，1997 年版，第 483 頁。

麼對胡適說南宋詞不重視內容不滿。他當時舉了吳文英的《八聲甘州・靈巖陪庾幕府諸公遊》作爲例子說：「盡有蒼涼、哀感纏綿而不能自己者。」他認爲胡適用白話詞的眼光當然讀不懂了。這些話說得有點莫名其妙。那麼這首詞裏面有什麼「內容」呢？我們只要對照他在《唐宋詞名家選》裏面所引的陳海綃對這首詞的解讀就會一望而知：「今更爲推演之，蓋惜夫差之受欺越王也。長頸之毒，蠡知之而王不知，則王醉而蠡醒矣。女眞之猾，甚於句踐。北狩之辱，奇於甬東。五國城之崩，酷於卑猶位。遺民之憑弔，異於鴟夷之逍遙。而遊良嶽幸樊樓者，乃荒於吳宮之沉湎。北宋已矣，南渡宴安，又將岌岌，五湖倦客，今復何人。一倩字有眾人皆醉意，不知當時庾幕諸公，何以對此。」〔註 122〕原來龍榆生所說的蒼涼以及哀感纏綿這些情感的內容是對當時的政局的憂心忡忡。這就是這首詞背後所隱含的「寄託」。胡適似乎也不拒絕對詞的「託意」的說法：「凡詠物的詞或詩，固然『最爭託意』，但託意不是用典，也不是做迷。如陸游詠梅云：『零落成泥碾作塵，只有香如故』；詠杜鵑云：『故山猶自不堪聽，況半世飄然羈旅！』這是託意，這是詠物詞的正規。至如姜夔、吳文英、王沂孫的詠物詞，以至朱彝尊的《茶煙閣體物集》等等，都只是做謎，都只是做八股，不是託意。」〔註 123〕但是，胡適並不理解這個「託意」的政治性，也就是他其實根本讀不懂那些南宋詠物詞背後的政治內容，特別是那些陳廷焯所推崇像姜夔《暗香》《疏影》那樣的不可專指不可強附的詞。

如果順著這個思路看下來，我們就會發現原來龍榆生一再強調的對於一首詞一定要注意寫作者的時代和環境，對於詞的歷史的看法也要注意時代和環境，這些是具有深意的。他說：「前輩治學，每多忽略時代環境關係，所下評論，率爲抽象之辭，無具體之剖析，

〔註 122〕 龍榆生《唐宋名家詞選》，上海開明書店，1934 年版，第 265～266 頁。
〔註 123〕 胡適選注《詞選》，中華書局，2007 年版，第 318 頁。

往往令人迷離惝恍，莫知所歸。此中國批評學者之通病，補苴罅漏，此後起者之責也。今欲於諸家詞話之外，別立『批評之學』，必須抱定客觀態度，詳考作家之身世關係，與一時風尚之所趨，以推求其作風轉變之由，與其利病得失之所在。不容偏執『我見』，以掩前人之眞面目，而迷誤來者。」〔註124〕類似的話幾乎在龍榆生的許多文章裏面多次重複。這些粗粗看上去只不過是對 1920 年代以來新學術的若干基本準則的重複而已，但是結合上面的說法來看龍榆生是不是用這樣的方法隱藏或者說「翻譯」了比興寄託呢？將自己的觀點「翻譯」成一個大家都熟悉的話語，所謂「明修棧道，暗度陳倉」的方法在晚清以來的思想文本裏面屢見不鮮，但是需要仔細耙梳才能明白。例如我們從章太炎對《訄書》（重訂本）裏的《中國通史略例》一文修改的手稿中看到這樣一些有趣的改動。他將這篇文章中的「進化」改成「文化」，「社會興廢」改爲「民生利病」，「所謂史之進化者」改爲「及以後更前者」，「必以古經說爲客體，新思想爲主觀」改爲「必以經說爲材料，思慧爲工宰」，「心理社會」改爲「學術禮俗」等〔註125〕。如果我們單單看修訂稿還不能一下發現章太炎這篇文章原來背後的思想來源完全是西方的進化論思想的翻版。「時代」一詞的在晚清中國學術裏面的地位和西方進化論思想是緊密聯繫在一起的。正如王汎森所分析的：「進化論使得本世紀初葉幾乎所有的學問都必須按照『歷史發展』的脈絡加以安排。從晚清到民國，它始終都是一個占支配地位的方法論。它跨越各種領域，對史學、文學等都產生絕大的影響。」〔註126〕另外這還和新文化運動之後直

〔註124〕　龍榆生《研究詞學之商榷》，《龍榆生詞學論文集》，上海古籍出版社 1997 年版，第 97 頁。

〔註125〕　章太炎《訄書》（重訂本），《章太炎全集》（第 3 卷），上海人民出版社，1984 年版，第 333 頁。

〔註126〕　王汎森《民國的新史學及其批評者》，羅志田主編《20 世紀的中國：學術與社會》（史學卷），山東人民出版社，2001 年版，第 90 頁。

接提倡的科學的方法相關。具體到文學上來看，在新文化運動之後，對於過去的文學歷史的書寫有兩個話題引起了學者廣泛的興趣。一個是關於文學史的分期問題。我們只要翻開五四之後的任何一本文學史著述都會發現在開始部份對於這一問題的討論。另一個是關於某一文類的起源問題。

在 1920 年代我們可以看到許多人都非常樂意去做諸如「五言詩的起源」、「樂府詩的起源」這樣的題目。這些正是因為有了將歷史和文類看成了生命的有機體的新觀念，有了科學客觀的新觀念，所以這些題目才盛行起來。龍榆生當然不可避免地要介入到這個潮流裏面。但是他沒有接受一種文學的進化論，因為我們明顯在他的《中國韻文史》裏面看到他對清詞歷史的由衷稱讚。除此之外他還編選了《近三百年名家詞選》和寫了像《晚近詞風之轉變》以及《清季四大詞人》這樣的專論。但是我們看到他受到了科學實證主義的影響，沒有這樣的影響他不可能在《研究詞學的商榷》一文裏面對現代的詞學研究有那樣一個大的規劃。因此他對於溫庭筠，無論是在新文化運動對儒家文化的批判思潮裏還是實證主義的意義上都不能夠接受張惠言的看法。他也因此在這個意義上阻止了對於儒家詩學裏面的復古主義的積極性的認同。復古主義不僅僅是一種對詞的重新理解同時也將對兩宋詞史的闡釋內在於了自己當下的歷史視野之中。當常州詞派理論將詞追攀到詩騷的時候，常州詞派之外的很多人只理解到了尊體的策略這一層面，而沒有看到另外更為重要的一面。也就是說通過這種詞與詩騷的關係的重構，他們不僅重釋了什麼是詞，而且讓那些本來可能是一種今文經學上的僵化的挪用變得具有能動性。讓這個復古理論變得不斷具有能動性的原因在於，它在詞裏面重新建構了寫作者的主體身份，這個主體身份的核心就是儒家的士人精神，有了這個對寫作者的政治性和倫理性的強調，陳廷焯所說的：「交情之冷淡，身世之飄零，皆可於一草一木發之；而發之又須若隱若現，欲露不露。

反覆纏綿，終不許一語道破，匪獨體格之高，亦見性情之厚。」〔註127〕這樣的判斷才會有可能被理解。用張爾田的話來說就是：「大抵中國人無純美之觀念。中國人美之觀念，無不與善之觀念相連。此是受中國文化洗禮使然。」〔註128〕如果張爾田的話過於抽象的話，那麼放在這裡就會有一個具體的認知。在這裡，我們會再一次發現爲什麼龍榆生在詞的觀點上不能認同胡適，他通過詞這個具體的文類而發現了抽象的「文學」概念所帶來的問題。他自己或許受限於現代學術領域裏面的諸多法則，而不時有所妥協。但是，毫無疑問的是，龍榆生是觸摸到了這兩者之間某種界限的一位現代學者，他懂得「純美」與常州詞派理論之間的根本性的矛盾，在這裡他不能有絲毫的妥協。

也正是受到科學實證主義的影響，他不能直接將兩宋的詞史描述成常州詞派那樣的復古主義的思路，因爲常州詞派的復古主義裏面一開始就將溫庭筠的詞當做一個巔峰，所謂「古今之極軌也」。這樣溫庭筠就成了詞的好壞判斷的一個價值標準。這對於熟悉和認同比興寄託傳統的人來說是容易理解的，但是龍榆生面對的是新文化運動之後的「新人」。他必須按照時代環境以及樂曲變化的思路來描述兩宋詞史的客觀發展。這樣我們就會理解龍榆生對於詞的歷史裏面的一個斷裂會如此看重，他多次提到這個斷裂，在《唐宋詞名家選》的自序裏面他說到：「自詞與曲離，則聲情之美全託於文字。於是操選政者，始各出手眼，專注於意格與結構。」〔註129〕因爲這個斷裂其實構成了他內在的緊張。不過，當時代和環境不僅可以用來描述詞的歷史，而且還可以用它來解讀作家作品的時候，對於龍榆生來說對常州詞派理論的復古主義的放棄或許就是值得的。因爲將詞人和詞作拉回到時代和環境的時候，我們發現龍榆生所說的那些時代和環境不是抽

〔註127〕 陳廷焯《白雨齋詞話》，上海古籍出版社，2009 年版，第 8 頁。
〔註128〕 張爾田《歷史五講》，張芝聯記錄，《同聲月刊》第 4 卷第 2 號。
〔註129〕 龍榆生《唐宋名家詞選》，上海開明書店，1934 年版，第 265～266 頁。

象的，不是外在的，而是非常具體地內在於詞人的詞作當中的。這樣他就賦予了那些詞人和詞作一個歷史性的限制。這是一個非常重要的限制，正是歷史性的限制使得那些天才論、情感說等等受到了間接的批評。這幾乎貫穿在他所有關於詞學論文當中。其中的例子很多，上面我們在分析他對蘇辛一派詞的時候已經有所涉及。還有他 1936 年出版的《東坡樂府箋》看起來只是對蘇軾詞的編年校箋，其實背後有著深雋的用意。在這裡我再舉一個周邦彥的例子。龍榆生說：「更檢集中諸詞，其有時地可考者，猶能籍以推知其環境改移，與作風轉變之迹。」他認為周邦彥的詞風是隨著環境的變化而變化的，但是我們要注意的是，他對這種變化是從周邦彥詞的編年以及具體詞作的吟味細察中得出來的。公元 1093 年周邦彥任職溧水，此時周邦彥的詞風發生了變化：「斯時作品，如《鶴衝天》、《隔浦蓮近拍》之清疏，《滿庭芳》之幽咽，皆有時地可考，足見作風之轉移。」龍榆生不是簡單地只為考察周邦彥的生平，而是將他的作品當做是他個人歷史的注腳，他的詞就是他一個人的歷史。而如果沒有對常州詞派理論的熟悉是不可能得出這樣的真知灼見的。他自己在 1960 年代給學生上課時候的一段講義中更好地說明了他強調時代環境背後的另一番用意：「什麼叫做『寄託』呢？也就是所謂『意內而言外』，『言在此而意在彼』。怎樣去體會前人作品哪些是有『寄託』的呢？這就又得把作者當時所處的時代環境和個人的特殊性格，與作品內容和表現方式緊密聯繫起來，予以反覆鑽研，而後所謂『弦外之音』，才能夠使讀者沁入心脾，動搖情志，到達『赤子隨母笑啼，鄉人緣劇喜怒』那般深厚強烈的感染力。例如李煜的後期作品，由於他所過的是『此間日夕惟以淚洗面』的囚虜生活，一種復仇雪恥的反抗情緒磅礴鬱勃於胸臆間，而又處於不但不敢言而且不敢怒的環境壓迫下，卻無心流露出『林花謝了春紅，太匆匆，無奈朝來寒雨晚來風』（《相見歡》）這一類的無窮哀怨之音，那骨子裏難道單是表達著林花受了風雨摧殘而匆匆凋謝的身外閒愁而已嗎？又如愛國詞人辛棄疾的作品中，幾乎全

部貫穿著『憂國』、『憂讒』的兩種思想感情，有如《摸魚兒》的『斜陽煙柳』，《祝英臺近》的『層樓風雨』，《漢宮春》的『薰梅染柳』，《瑞鶴仙》的『開遍南枝』等等，都得將他的整個身世和作品本身緊密聯繫起來看，把全副精神投入其中，乃能默契於心，會句意於兩得。」〔註 130〕龍榆生的這些話如果我們不能結合他 1930 年代的一系列論文是不能讀出其中的意味的，我們也只有理解了他所堅守的立場才能去理解他那些變化妥協的地方。

　　多年以後吳梅的學生萬雲駿先生對劉大杰和胡雲翼對南宋詞的批評極為不滿，他說劉大杰和胡雲翼：「只相信自己對詞的閱讀、欣賞能力，而不相信千年來無數讀者對詞的欣賞能力。難道作品的好壞，可以無視千年來廣大讀者對它的鑒別、欣賞的藝術實踐嗎？」〔註 131〕這是一個有趣而又意味深長的為姜夔、吳文英等南宋詞人辯護的變化。萬雲駿這樣的話也只能在文革之後的一個去政治化的語境之中裏面才能說出來，那時候胡適早已不是對手而對於傳統的尊重似乎不再需要什麼特別的辯護，所以他將劉大杰和胡雲翼這樣的原因歸結為「文藝上『左』的傾向上」，他將比興寄託解釋成為：「通過自然形象或愛情形象來寄寓身世之感、君國之憂，用美麗動人的藝術形象反映具有一定典型意義的社會生活。」〔註 132〕萬先生因為歷史語境的變化將比興變成了傳統藝術的一部份，比興成為一種藝術的手法，與形象思維相對應。如果用形象思維來說的話，姜夔的《暗香》《疏影》裏面並沒有一處提到梅花的形象，那麼又何以用形象思維來對等呢？萬雲駿先生深受吳梅的影響，他當然知道姜夔、吳文英那些詞人的價值，所以才對胡雲翼、劉大杰等人的觀點不滿。但是某種意義上他依然是在新文化運動的延長線上，因為無論是姜夔還是吳文英、王沂孫

〔註 130〕　龍榆生《詞學十講》，北京出版社，2005 年版，第 180～181 頁。
〔註 131〕　萬雲駿《試論宋詞的豪放派與婉約派的評價問題》，收入氏著《詩詞曲欣賞論稿》，中國社會科學出版社，1986 年版，第 302 頁。
〔註 132〕　萬雲駿《試論宋詞的豪放派與婉約派的評價問題》，收入氏著《詩詞曲欣賞論稿》，中國社會科學出版社，1986 年版，第 306 頁。

等他們所寫的詞之所以受到常州詞派理論的高度評價一個重要的原因在於通過比興的方式，他們將作爲儒家知識分子所具有的天下興亡的道德擔當與自我聯繫起來，這裡面有著重要的政治意涵。而這些在萬雲駿這裡不見了。在他的世界裏面「文學藝術是通過美來反映生活的」，這不就是和王國維、胡適他們將文學與政治相分離開來的思路本質上是一樣的。我們或許可以想，也正是在文革之後的語境裏面，萬雲駿又怎麼可能將強調這些詞背後的政治涵義呢？如果這樣的話，不又某種意義上走回到文革的文學與政治影射的思路裏面去了嗎？！儘管這兩者之間有重要的差別。比興寄託由一種理論此時變成了一種文藝方法，它失去了建立寫作者與他的時代之間的倫理關係、政治關係的內在能力，而正是在絢爛複雜的字面之下隱藏著這些寄託，才讓我們感到一首詞的興味悠長。在文革之後更爲寬鬆的學術語境裏面，以前被新文化運動所壓抑的傳統都輕而易舉地回到我們的世界，歷史也似乎輕而易舉地在一個新的語境裏面和解了，然而我們是得到了更多還是失去了更多，這是一個值得思考的問題。

　　復古顯然不是一個簡單僵化的模仿而是重新賦予意義的過程，這個意義是與復古的提倡者和當下的歷史對話緊密相聯繫在一起的。也正是如此，復古本身所生產出來的意義的深度就取決於提倡者與當下的對話的深度。所以我們可以看到同樣在一個復古的時代裏面，在同一個復古的旗幟之下，不同的人所思考的深度不同，有的僅僅是一種教條而有的卻帶來的真正的活力。在現代我們使用復古這個詞基本是在一個負面的解釋上使用的，所以我們在使用復古去指稱一些過去的現象的時候，可能就不知不覺地將復古的某些現代意義上的批判作爲一種前提予以認定了。這使得復古即使重新作爲一個獨特的現象被我們所注意，但是也落入了一個令人尷尬的循環論證裏面。這種矛盾不僅僅出現在文學的領域，還出現在建築史和美術史等領域。例如巫鴻在提到「復古與歷史敘事」之間關係的時候他引用了一個梁思成的例子。他說：「梁思成的歷史研究和建築

設計呈現出處理中國建築史的兩種不同路徑。第一種路徑體現在他寫於 1944 年的《中國圖像建築史》中。這種敘事建立在實踐考察的基礎上，旨在揭示『中國建築結構系統的發展，即風格演變』。為實現這個目標，此書主要敘述了中國木構建築從唐以前直至 19 世紀的演變，也觸及佛塔、墓葬、橋梁、亭臺及宮闕等建築類型的歷史發展。此書的基本結構因此是類型式和時段性的。但當梁思成改換自己的身份，從一個建築史學家變成一個建築師時，這種進化論的歷史敘述被他自己所否定。身為一個創造性的建築師，他把自己對中國現代建築的理想與一個更古老的歷史階段（即他的『豪勁』時期）相聯繫，有意識地排斥二者之間的中間階段的建築風格。」〔註 133〕龍榆生在詞學裏面所避開的問題將以另外的邏輯再一次回到他的世界。

2.3.3　從詞人到作家

　　雖然我們一直在發現、追問以至於解釋龍榆生的矛盾、堅持以及妥協，但是我們還沒有回答一個問題：如果說有很多現代學術的規則讓龍榆生不得不妥協，那麼我們就要問又是什麼讓他不會直接和新文化運動對峙就像張爾田那些舊文人一樣？這個問題如果解決了，我們就能明白和它相關的一些問題，例如龍榆生為什麼要堅持常州詞派理論？

　　我們還是從龍榆生和張爾田的一次通信開始說起。張爾田的原信極少被注意到，信的內容不是很長，所以我將主要內容先徵引如下：

　　　《與龍榆生論蘇辛詞》：「尊論提倡蘇辛，言之未免太易。自來學蘇辛，能成就者絕少。即培老亦只能到須溪耳。蘇辛筆力如錐畫沙，非讀破萬卷不能。談何容易。磊落激揚，不從書卷中來，皆客氣也。以客氣求蘇辛，去之愈遠。

〔註 133〕　巫鴻《中國藝術和視覺文化中的「復古」模式》，《時空中的美術
　　　　　—— 巫鴻中國美術史文編二集》，梅枚、蕭鐵、施傑等譯，北京
　　　　　三聯書店 2009 年 12 月第 1 版，第 23～24 頁。

古丈學蘇，偶一爲之，半塘集中每多似辛之作，然絕不以辛相命。此意當會於言外也。」〔註134〕

《再與龍榆生論蘇辛詞》：蘇辛詞境只清雄二字盡之。清而不雄必流於傖俗。仇山邨所謂腐儒村叟，酒邊豪興，引紙揮毫，如梵唄，如步虛，使老伶俊倡，面稱好而背竊笑者也。弟才苦弱，望蘇辛如在天上，亦只能勉強到遺山耳。知遺山與蘇辛之不同，則知東坡稼軒之不可及矣。兄才之弱亦與僕同。此須讀書養氣，深自培植，下筆時自有千光百怪，奔赴腕下。不能於詞中求也。尊論謂近日詞日趨僻澀，性情襟抱，了不可得，此非詞之病，乃人爲之。二十年來，昔之有聲壇者，大都降志辱身，老矣理故枝，復以此道自遁。《易》曰：「將叛者其詞慚，中心疑者其詞枝，誣善之人其詞遊，失其守者其詞屈。」今之詞流，殆兼而有之，後進承風接響，根底既漓，遂成風氣，又安望其詞之藝耶。學夢窗如是，學蘇辛又何獨不然。磊落激揚，全在乎氣，氣先餒矣而望其強作叫囂，亦與僻澀者相去不能以□耳。當此時期，如怨如慕，偶然流露一二壯語者眞也，凡無病而呻，欲自負爲民族張目者皆僞也，言爲心聲，當察其微。弟所以有尊體不如尊品之說。⋯⋯述叔學夢窗者，其晚年詞清空如話，中邊俱徹，是眞能從夢窗打出者。凡學夢窗而僻澀，皆能入而不能出耳。兄詞不近夢窗然與無咎頗相似，固宜推重東坡也。〔註135〕

在這兩封信裏面張爾田和龍榆生討論的是蘇辛詞的問題，值得注意的問題在於不是討論蘇辛詞如何評價的問題，正如張爾田所說的：「蘇辛詞境只清雄二字盡之。」龍榆生無疑對此深爲認同。他們討論的是模仿蘇辛詞的問題。也就是說，張爾田在這裡不是討論的一個我們所理解意義上的學術問題，而是一個寫作問題。張爾田的信應該是針對

〔註134〕 張爾田《與龍榆生論蘇辛詞》，《詞學季刊》1935年第2卷第3號。
〔註135〕 張爾田《再與龍榆生論蘇辛詞》，《詞學季刊》1935年第2卷第3號。

龍榆生發表在《詞學季刊》1935 年第 2 卷第 2 號上面的《今日學詞
應取之途徑》一文而發。在這篇文章裏面龍榆生首先做了一個區分，
他認爲：「詞學與學詞，原爲二事。」詞學必須要態度客觀，而學詞
的話則不必如此，因爲學詞的話則要求「貴有我，而義在感人，應時
代之要求，以決定應取之途徑」。那麼，是不是說研究詞學就應該「貴
無我」，不應該「應時代之要求」？因爲只有如此，才能符合龍榆生
的對於詞學的客觀主義的設想。但是我們又明明發現龍榆生的所謂客
觀主義的背後其實隱藏著常州詞派理論的立場。在龍榆生的時代，一
些從舊學術中成長起來的學者很敏感地能夠意識到這之間類似的區
別，雖然他們最終可能選擇妥協一個新的事物。例如胡小石就是這
樣，他說：「文學史與文學本身之關係與其它學術史與學術本身之關
係迥然不同。因爲他種學術史與其所敘述之學術的本身，都是客觀
的。文學史固然也是客觀的，然而被它敘述的文學的本身，並不是客
觀的。文學家之所以異乎常人的，就是能將一切客觀的事象，加以主
觀之解釋。」〔註 136〕龍榆生爲什麼要堅持常州詞派的理論立場呢？
他同時代的許多學者都是在努力地認同胡適或者王國維的詞學理
論，那時候王國維的《人間詞話》在 1926 年剛剛經由俞平伯在樸社
重版正如日中天，成爲現代學術裏面一部重要經典，龍榆生爲什麼要
站在常州詞派理論立場上費盡氣力在背後對王國維和胡適提出批評
呢？難道因爲常州詞派理論是詞學的重要傳統我們就應該堅持它，難
道因爲是朱祖謀的學生就要堅持師說？

　　他在 1941 年寫就的《論常州詞派》文章裏面不再強調朱祖謀與
常州詞派的差異而是能夠直探本源，抓住了大的綱領，所以他的心中
形成了一個綿延不絕的常州詞派理論傳統：「清詞至常州派爾體格日
高，聲情並茂，綿歷百載，迄未全衰。」〔註 137〕他對這個傳統的建

〔註 136〕　胡小石《胡小石文史論叢》，南京大學出版社，第 46～47 頁。
〔註 137〕　龍榆生《論常州詞派》，《龍榆生詞學論文集》，上海古籍出版社
　　　　　　1997 年版，第 404 頁。

構非常用心，不斷地收集論據，例如在《忍寒漫錄》裏面他記錄到：「予前草《論常州詞派》一文，於常州作者之得失利病，妄有論列。旋讀《復堂類稿》喜其先獲我心。吾前以復堂《篋中詞》實受常州影響。觀此足證吾言尙非大謬矣。」〔註138〕更爲重要的是，他強調了朱祖謀《宋詞三百首》背後的用意。雖然看起來朱祖謀的選目和常州詞派不一樣，但是他說：「然淵源所自，終不可掩。徒以身經世變，感慨遂深，且所見既多，門庭益廣，爰有『出藍』之譽耳。」〔註139〕對於晚清的詞學爲什麼和常州詞派理論緊密相聯，龍楡生自己非常地清楚，不是因爲一個抽象的所謂是傳統我們就應該繼承，而是和晚清的世變緊密相關：「遜清末葉，內憂外患，岌岌可危，士大夫於感憤之餘，寄情聲律，纏綿俳惻，自然騷辨之遺。鼎革以還，遺民流寓於津滬間，又恒借塡詞以抒其黍離、麥秀之感，詞心醞釀，突過前賢。」〔註140〕也因此他清楚像《庚子秋詞》這樣的詞集看起來和周濟所指示的周邦彥、辛棄疾、吳文英、王沂孫這「宋四家」的路徑不一，然而在根本的大的旨意上完全一樣，他們都強調詞的比興寄託。〔註141〕在這裡龍楡生一再強調晚清的詞風與常州詞派理論的關係當然不是一個簡單的學術研究，他之所以在自己的學術論文裏面不斷地通過各種方式在他所處在的現代學術的框架裏面堅持著常州詞派理論的立場，在於他自己也處於和晚清同樣的世變之中：「且今日何日乎？國勢之削弱，士氣之消沉，敵國外患之侵淩，風俗人心之墮落，覆亡可待，怵目驚心」。〔註142〕雖然他不是清代遺民，沒有故國之思，但是

〔註138〕 龍楡生《忍寒漫錄》，《同聲月刊》第 1 卷 11 號。
〔註139〕 龍楡生《論常州詞派》，《龍楡生詞學論文集》，上海古籍出版社 1997 年版，第 404 頁。
〔註140〕 龍楡生《晚近詞風之轉變》，《龍楡生詞學論文集》，上海古籍出版社 1997 年版，第 381～382 頁。
〔註141〕 龍楡生《晚近詞風之轉變》，《龍楡生詞學論文集》，上海古籍出版社 1997 年版，第 381 頁。
〔註142〕 龍楡生《今日學詞應取之途徑》，《龍楡生詞學論文集》，上海古籍出版社 1997 年版，第 107 頁。

這種將自己與時代緊密聯繫起來的追求則是一致的。

　　龍榆生認爲詞的寫作在他的時代裏面也應該變化，他覺得「亡國哀思之音，如李後主之所爲者，正今日少年稍稍讀詞者之所樂聞，而爲關懷家國者所甚懼也」〔註 143〕那麼哪些詞值得學習呢？龍榆生認爲值得學習的應該是蘇辛一派詞。例如他說：「稼軒死後，士大夫又競爲溫婉之詞；侵尋迄於宋亡，欲求橫放激昂之作者漸不易得。名家如王沂孫、吳文英、張炎輩，不無故國之思，而淒厲音多，亦只如草蟲幽咽，如怨，如慕，如泣，如訴，亦何補於艱危？弱者之呼聲，雖自有其價值，究不若壯夫猛士，悲歌慷慨，足以喚起民族精神也。」〔註 144〕這在我們看來不會有什麼問題，張爾田卻提出了自己的擔心。張爾田認爲蘇辛一派的詞作爲寫詞來說似乎不宜提倡。因爲在他看來蘇辛一派的詞不是表面的天才，他更強調才力：「蘇辛筆力如錐畫沙，非讀破萬卷不能。談何容易。磊落激揚，不從書卷中來，皆客氣也。以客氣求蘇辛，去之愈遠。」他認爲自己學蘇辛只到元遺山，沈曾植學蘇辛只到劉辰翁，而王鵬運雖然極爲推崇蘇辛詞，但是王鵬運卻不說自己追摹辛棄疾。這些在張爾田看來是因爲蘇辛詞看似入手容易，其實無論是對學力還是才情要求都太高。學者很容易流於儈俗叫囂。龍榆生認眞地寫了回信，大致是復述張爾田的提醒表示認同，但是實際上我們從他的信裏仍然可以感覺到龍榆生對張爾田的過於矜持不太滿意，他說：「正惟世風日壞，士氣先餒，故頗思以蘇、辛一派之清雄磊落，與後進以漸染涵詠，期收效於萬一。」〔註 145〕龍榆生儘管知道蘇辛詞不容易學，但是依然覺得當時學蘇辛是合理的路徑。如果說要用蘇辛詞來提振士氣，這樣的理由過於牽強。晚清時侯國力衰弱，士氣也同樣消沉，那也不見晚清四大家說要用寫詞來提振

〔註 143〕　龍榆生《今日學詞應取之途徑》，《龍榆生詞學論文集》，上海古籍出版社 1997 年版，第 107 頁。

〔註 144〕　龍榆生《蘇辛詞派之淵源流變》，《龍榆生詞學論文集》，上海古籍出版社 1997 年版，第 283 頁。

〔註 145〕　龍榆生《答張孟劬先生》，《詞學季刊》1935 年第 2 卷第 3 號。

士氣。這裡面有一個重要的變化就是他認爲現在的詞作的作用在於能
夠符合時代要求，能夠感動讀者。他又說現在寫詞不能再像以前那
樣：「只可自怡悅，不堪持贈君」。〔註146〕這個要求是龍楡生所眞心
認同的，這是他和他的師輩們一個重要的區別。

　　我們上面說過整理國故運動一個非常重要的作用就是將傳統文
學當作了一個研究的領域，也就是說它預設了舊文學的結束，預設
了舊文學的寫作不再具有意義。這個問題其實在白話文運動的時候
就已經解決了。它所產生的力量非常巨大，以至於即使想要恢復舊
體詩詞寫作的學者也不能不顧及，雖然他們可以不認同胡適的白話
文運動，但是他們不能不思考自己與舊體詩詞之間的關係。那些寫
作者已經不是舊的士人而是新的知識分子，這一點上他們與胡適是
相同的。也正是這一點的相同，讓新的知識人對於詩詞的寫作有了
新的理解。他們也都基本認爲，舊體詩詞要有變化，對於雕飾的辭
藻、晦澀的用典都極爲反感，和他們對於文學的理解相同，居於文
學核心的是「情感」。夏承燾就說：「燈下閱淸眞詞，覺風雲月露亦
甚厭人矣。欲詞之不亡於今日，不可不另闢一境界。近人謂詞的時
代已過去，其信然乎？」〔註147〕就連抨擊胡適白話文運動樂此不彼
的吳宓也認爲：「以詞而論，近世名家輩出，如王鵬運、鄭文焯、文
廷式、況周頤、朱祖謀諸氏，所作均能突過前人，卓然有成。其詞
中所表示者，亦身世之觀感。不可謂非新材料，但非民國十七八年
之情景事物。又僅能代表遺老，而不能代表此外各種人之思想感情
經驗。」在吳宓看來這是因爲「以天才缺乏與不肯苦心精思之結果，
其材料意旨則陳陳相因，其字句辭藻則互相抄襲，千篇一律，曾何
足貴。」〔註148〕以朱祖謀爲例，雖然他的詞以模仿吳文英取勝，用

〔註146〕　龍楡生《今日學詞應取之途徑》，《龍楡生詞學論文集》，上海古籍
　　　　　出版社 1997 年版，第 108 頁。
〔註147〕　《天風閣學詞日記》，《夏承燾集》第 5 卷，第 118 頁。
〔註148〕　吳宓《評顧隨無病詞味辛詞》，《吳宓詩話》，商務印書館，2005 年
　　　　　版，第 151 頁。

字絢麗，但是顯然朱祖謀之所以被推崇在於在他的絢麗的文字下面隱含著一個個的「本事」，所以老輩們讀朱祖謀的詞都覺得趣味盎然，深有感慨。不過，吳宓認爲一首好的詞或者詩應該寫出「各種人之思想感情經驗」，這無疑是一個新的標準。龍榆生當然不會像吳宓用一個西方的標準來重新作爲舊詩的標準，他仍然非常清楚詞的好壞的標準就是比興寄託，所以他才能夠明白張爾田所說的傖俗和叫囂的背後相對的就是比興寄託。但是問題恰恰就是發生在這裡，比興寄託的一個要求就是在一個傳統的士大夫的傳統裏面，也就是「天下興亡，匹夫有責」的政治倫理的擔當，體現在詩詞裏面就是比興寄託的傳統。而這就要求寫作者對自己所要表達的內容不能直接表達出來，也就是「欲露不露，纏綿悱惻」。但是這樣表達是要有一個基礎就是這個寫作者是在儒家的傳統之內，能夠認同和體味到這樣一種寫作所具有的美感。這不單單是能不能有內容的問題，常州詞派理論的一個重要闡釋者陳廷焯就說：「終不許一語道破，匪獨體格之高，亦見性情之厚。」〔註 149〕也就是說「性情之厚」是比興寄託的題中之義。什麼樣的人才能認同這種「性情之厚」，也只有儒家傳統裏面的士大夫。例如張爾田曾經在給王國維的信裏面說：「古丈近詞另寫紙上。古丈此詞本不欲發表，弟則以爲外間恐無人能識也。」〔註 150〕還有況周頤說：「囊余詞成，於每句下注所用典，半塘輒曰：『無庸。』余曰：『奈人不知何？』半塘曰：『倘注矣。而人仍不知，又將奈何？矧塡詞固以可解不可解，所謂煙水迷離之致，爲無上乘耶。』」〔註 151〕由此可見，他們都以自己的詞能夠「欲露不露」爲最佳。但是龍榆生在這裡卻要求詞要面對更多的現代讀者，而這些讀者龍榆生非常清楚他們對於儒學的態度，他們當然不可能

〔註 149〕陳廷焯《白雨齋詞話》，上海古籍出版社，2009 年版，第 8 頁。
〔註 150〕《王國維未刊來往書信集》，馬化騰輯注，清華大學出版社，2010 年版，第 261 頁。
〔註 151〕況周頤《蕙風詞話》，屈興國輯注，江西人民出版社，2000 年版，第 26 頁。

接受這種被胡適斥責成「猜謎」的詞作。所以，龍榆生要想詞仍然
被經過新文化運動洗禮的現代讀者們所接受認同，又要保留常州詞
派的要求詞作與現實政治緊密相聯繫的傳統，他當然必須要做出修
正。

　　實際上，當龍榆生將詞由一個私人領域帶入到一個現代公共領
域的時候，他寫作的身份就不可能再是一個常州詞派意義上的詞人，
而是一位現代意義上的作者了。因為只有現代意義上的作者，才能夠
擔負起以現代讀者所熟悉的方式獲得他們的認同。所以，我們可以看
到在 1930 年代在擔負起民族政治動員作用的不可能是龍榆生所說的
詞而且還是某種意義上繼承了常州詞派理論傳統的詞，而是那些像
「假使我們不去打仗，/敵人用刺刀/殺死了我們，/還要用手指著我們
骨頭說：/『看，/這是奴隸！』」這樣的左翼白話詩歌。張爾田正是看
到了這個問題，如果作為私人寫作的時候，張爾田當然理解龍榆生喜
歡蘇辛詞，但是作為學詞的一種號召的時候，張爾田就不能夠予認
同。因為儒家傳統在辛亥以後就已經遭受了極大的創傷，特別是在新
文化運動之後幾乎被破壞殆盡，連真正能夠體味到儒家學說並且踐行
的人都沒有了，那麼更何況按照常州詞派理論來寫作的詞人呢？！所
以他才對詞風進行抨擊的時候，話鋒一轉直指問題之根源在人不在
詞。這是張爾田的背後的意思。對於張爾田來說，要想更新詞風當然
首先得有在理念和行動上踐行儒家學說的人。而正是龍榆生一直予以
迴避的問題，在詞學裏面他是可以使得那些矛盾隱藏起來的。而表面
上看他的詞學論文都在現代學術的大致框架以內。不過，如果詞背離
了比興寄託，那麼即使是有一種現實政治的關懷也不能被承認，這就
是他和張爾田都贊同的詞不能成為為民族主義鼓吹的工具。這樣，在
詞學論文裏面可以一直保持某種曖昧的研究者的文化主體問題，在寫
詞的時候就無處可藏了，原因正如龍榆生自己所說的——貴在要有
一個我。那麼那個「我」是一個什麼樣的「我」呢？正是這個問題帶
來了龍榆生的矛盾。當龍榆生成為一位寫作者的時候，那些被隱藏的

問題就全部返回了。

2.3.4　結　語

　　如果說龍楡生所有的困惑都是爲了他所認同的常州詞派的理論立場，也就是說他所堅持並且認識到它的意義的比興寄託。通過上面的分析可以看出，對於他來說否定了比興寄託的傳統就否定了詞的傳統，跨過了這個比興寄託的界限，也就跨過了詞的傳統。常州詞派理論正是以自己的特殊的視角將中國傳統裏面源源不斷的士人傳統內在於自己，將詩騷的傳統內在於自己。龍楡生在一個紛繁複雜的世變裏面看到了常州詞派理論能夠在自我與現實政治之間建構起來的具有勃勃生機的聯繫。在他的世界裏面，比興寄託不是一個固化的傳統，而是不斷能夠與王國維、胡適這些新傳統進行對話的活的傳統。他的孤心苦詣只能經過不斷對文本的探索才能重見天日。我們或許會問那麼龍楡生的意義在什麼地方，我們不如直接去閱讀常州詞派理論不是更可以得到完整的表述嗎？我想我們只有讀懂了龍楡生文本裏面所刻錄的這些裂痕，才有可能回到我們所說的常州詞派理論的那些文本裏面。因爲龍楡生提供給我們他堅守的東西以及他爲了堅守這些東西所付出的代價，這是這些意味深長的東西成爲我們反思自己的一個絕佳機會。我們只有意識到他的堅守和代價究竟意味著什麼，我們才能重新接續我們已經相隔甚遠的傳統。龍楡生比他之前和之後的兩代人都要艱難，對於他的師輩來說是處於一個帝國時代，他們幾乎沒有受到新文化運動的衝擊。而他的後一輩人則處於一個更爲寬鬆的語境裏面，無論是常州詞派的理論還是新文化運動都成爲了我們的傳統，我們可以隨意去取。這樣龍楡生曾經的那些裂痕似乎反而沒有了意義。因爲在我們看來，王國維、胡適和龍楡生的矛盾並不那麼扎眼，甚至根本沒有覺得他們之間存在著矛盾。或許時代在變，我們越來越有一種包容的文化身份又或者學術眞的如顧頡剛當年所希望的「學術社會」一樣成爲一個封閉的共同體，而我們漸漸忘記了那麼讓我們不

高興的矛盾以及形成我們這個得以發言的場所的源頭的政治性。我們只有再一次打開那個被時間和多變的歷史所撫平的裂痕和源頭的政治性的時候，我們才能真正找到重新出發的起點。

　　龍榆生的矛盾是一個時代的寫照。他不能像他的師輩或者更遠的常州詞派理論的闡釋者們例如張惠言、周濟、譚獻等一樣。他們是私塾先生或者是地方官吏、朝廷大員，對於他們來說寫詞或者研究詞不是他們的專業和生計的來源，他們更加沒有一個現代學術意義上的研究領域，他們更加沒有必要說是因為詞要擔當一種現實政治的功能，所以要遷就讀者，儘量讓他們理解。這些在他們的世界裏面是不存在的。但是對於龍榆生來說不是這樣，研究詞學是他的專業，是他在現代學術制度和教育制度裏面能夠佔有一席之地的根本，而那些學術與教育制度所依託的現代學校則是他生計的來源。他所面對的聽眾和讀者已經不再是那些熟悉並且認同儒家經典的讀書人而是具有現代批判精神的五四青年。和傳統士人不同，龍榆生不能孤芳自賞地在一個平民政治的時代讓他的讀者和聽眾來屈就於他。現代學院知識分子被既有的現代學術規範所制約，當那些規範越是和某種學術榮譽或者現實利益分配相聯繫在一起的時候就越是不敢有人逾越，因為如果逾越了那些規則，那麼自身所處的現代學術的合法性也將受到極大的挑戰，而那些無論是「象徵資本」還是現實利益都面臨著重新的分配。還有如果逾越了那套規範，是不是有一套新的話語能夠彌合龍榆生的那些文本裏面的裂痕？而這只能用阿倫特一句頗有意味的話來回答：「無論我們能從以往歷史中學得多少，都不能使我們預知未來。」

第 3 章 「本事」背後的「風人」
——考證、政治與文學

3.1 經由晚清到兩宋：從《彊村本事詞》到《樂府補題考》

　　1929 年 10 月 19 日夏承燾接到別人轉交給他的信，信來自上海暨南大學的龍榆生，內容是希望和他訂交以及分工合作詞人年譜的事情。當時的浙江溫州的學術氣氛並不太濃厚，龍榆生的主動來信讓夏承燾非常興奮。夏承燾也因此得到龍榆生的引介，開始和當時研究詞學的老輩朱祖謀、張爾田等人相識。他們不僅對於兩宋詞人的詞集感興趣，而且對於晚清詞人的作品也興趣濃厚。

　　對於晚清詞，胡適在《五十年來之中國文學》（1922 年）裏面寫到：「這五十年的詞都中了夢窗的毒，很少有價值的。故我們不討論了。」〔註 1〕對於胡適以及和他一樣在新文化運動裏面成長起來的學者來說，晚清詞當然是沒有意義的。他們讀不懂也不可能有興趣去閱讀晚清詞。對於從事詞學研究的龍榆生和夏承燾來說，那些老輩既是他們的師輩，也是他們最為直接的學術資源，當然不可能輕

〔註 1〕《胡適文集》第 3 卷　，北京大學出版社，1998 年版，第 210 頁。

易否定。但是，對晚清詞的認同並不代表他們對胡適的白話文學史的思路是絕對的反對。他們之間的關係是非常複雜多樣的。我們在上一章已經有了詳細的辨析。胡適所說的「這五十年的詞都中了夢窗的毒」。在晚清詞人當中，對夢窗詞提倡最用力的就是朱祖謀，胡適這句話當然有部份的意思是針對朱祖謀的。大概是覺得話說得還不夠公允，所以他在《五十年來之中國文學》日譯本的序言裏面又補充說：「雖然沒有很高明的作品，然而王鵬運、朱祖謀一班人提倡詞學，翻譯宋元詞集都很有功的。王氏的《四印齋所刻辭》、朱氏的《彊村所刻辭》，吳氏的《雙照樓詞》都是極寶貴的材料，從前清初詞人所渴望而不易得見的詞集現在都成通行本了。」〔註 2〕也就是說，朱祖謀他們的作品沒有價值，但是他們整理詞籍還是為現代學術研究提供了「材料」。龍榆生卻不這樣看，他說：「先生自稱四十後，始從事倚聲之學。於儕輩中學詞最晚，而造詣乃最深。……先生亦自言，於夢窗之閫奧，自信能深入。……止菴所謂奇思壯采，騰天潛淵，為夢窗真實本領，殆亦先生所從證入，彼貌為七寶樓臺，炫人眼目者，烏足於此耶？」〔註 3〕龍榆生和夏承燾都對朱祖謀詞中的「本事」有興趣，他們曾經商議一起箋注朱祖謀的詞。在朱祖謀去世後，夏承燾還不斷催促龍榆生將朱祖謀詞的本事整理出來。龍榆生說：「彊村先生四十始為詞。時值朝政日非，外患日亟，左袒沈、陸之懼，優生念亂之嗟，一於倚聲發之。故先生之詞，託興深微，篇中咸有事在。」〔註 4〕其實，對晚清詩詞背後的本事的考證興趣也不單是他們倆人，在辛亥革命之後許多民國的筆記、詩話、詞話等著述裏面都有各種類似的對於詩詞背後本事索隱的文字。茲舉陳寅恪、程千帆等人極為推崇的黃濬《花隨人聖庵遮憶》為例，

〔註 2〕《胡適文集》第 3 卷，北京大學出版社 1998 年版，第 264 頁。
〔註 3〕龍榆生《晚近詞風之轉變》，《龍榆生詞學論文集》，上海古籍出版社 1997 年，第 381 頁。
〔註 4〕龍榆生《彊村本事詞》，《龍榆生詞學論文集》，上海古籍出版社，1997 年版，第 471 頁。

其中對晚清詩詞背後的本事多有發明。例如，對陳寶琛的《感春》四首中每一首的本事都有說明，至於《落花》四首，黃秋嶽說：「此四詩亦有本事，先生未嘗詳述其寓意。以餘測之，大抵皆爲哀清亡之作，自憾身世，以及洵、濤擅權行樂，項城移國，隆裕晏駕之類。」〔註 5〕在談到鄭文焯《樵風樂府》的時候，黃秋嶽認爲：「《比竹餘音》中，別有〔楊柳枝〕二十六首，悉詠本題。其第二首後二句云：『不見故宮眢井底，銀瓶長墜斷腸絲。』予意必指珍妃墜井事，……證以第五首『長條如帶水縈環，難繫離愁百二關。羨爾巢林雙燕子，秋來暫客尙知還』，乃言西狩未歸，兼以唐末黃巢之亂，春燕巢於林木爲喻，則前說益信矣。」〔註 6〕不過對於龍楡生他們來說箋注朱祖謀詞，一個非常大的困難就是：「以詞中本事，叩諸先生，先生多不肯言。一日執卷請益，先生就其大者有所指示……然欲叩其詳，亦堅不肯吐。」〔註 7〕也就是說即使他們知道朱祖謀詞裏面有本事，但是如果沒有朱祖謀自己的陳述，他們也不得而知。在朱祖謀離世之後，和龍楡生以及夏承燾來往非常緊密的一位老輩是張爾田。張爾田從 1930 年代初開始對這兩位年輕的詞學研究者予以了非常多的指點。龍楡生對朱祖謀詞本事的考證有許多就來自於張爾田。這裡面還有一次頗有意味的張爾田對龍楡生的批評。

在《詞學季刊》第 1 卷 4 號中龍楡生編發了一則「補白」《謝楡孫記彊村先生廣元裕之宮體鷓鴣天詞本事》，這引起了張爾田的極大不滿。這則「補白」的作者是謝楡孫，他自稱曾經親耳聽過朱祖謀對自己所寫的廣元裕之宮體的本事做過說明，所以對之做了詳細的解說，認爲這些詞是針對袁世凱復辟的事情而寫。張爾田在給龍楡生的信裏，對之進行了毫不客氣的反駁：「補白中所載某君解古丈《鷓鴣天》

〔註 5〕黃濬《花隨人聖庵摭憶》，中華書局，2008 年版，第 81 頁。
〔註 6〕黃濬《花隨人聖庵摭憶》，中華書局，2008 年版，第 434 頁。
〔註 7〕龍楡生《彊村本事詞》，《龍楡生詞學論文集》，上海古籍出版社，1997 年版，第 471 頁。

效裕之宮體詞，似與本事不合。此八首乃指宣統出宮之變，非詠項城稱帝時事也。作詞之年可考。當日曾由弟交吳雨僧，登載《學衡》雜誌。有胡君者，偶忘其名，爲題一詞於後，標明本旨，古丈閱之，非無異辭。今某君謂之得之古丈自述，恐未可信。古丈作詞向不與人談本事也。古丈詞名太盛，凡與之有緣者，無不思依附名望，貢獻新聞，謬託知己，前屢與兄書，固早已慮及此矣。」〔註8〕這件意外的「風波」引起了張孟劬很高的興致，又寫了三封信和龍榆生討論朱祖謀詞的本事。在《再與龍榆生論彊村詞事書》中又論及龍榆生發表在《詞學季刊》第 1 卷第 3 號上的《彊村本事詞》：「尊撰《本事詞》，大體甚是，似亦有一二不甚處。如《楊柳枝》四首第四章『不辭身作桓宣武，看到金城日墜時』，乃指李鴻章結孝欽一朝大事之局，非榮祿也。此等處須先涵詠本詞，虛心體貼，然後再以事合之。不合則姑闕，不可穿鑿以求合也。即如謝君解《鷓鴣天》詞支離比附，殆類不知詞者之所爲，忠愛纏綿之意，全索然矣。此豈古丈所自言耶。項城稱帝之事，古丈之所不屑道者，尚肯爲之作詞反宣稱矣？此於古丈生平極不類。……古丈集中惟《夜飛鵲》乙卯中秋，是項城稱帝時作。換譜韻天，點出本旨。『廣寒宮闕怕嫦娥不許流連』，爲宣統危之也。當時與僕同作。拙詞不工未寫稿。《語業》卷三，爲宣統作者，殆居三分之二。兄可詢之陳仁先，能詳其本事。」〔註9〕在這封信裏面張爾田不僅指出了龍榆生的失誤，更加重要的是張爾田提出了一個極爲重要的觀點，他認爲謝榆孫那樣解讀朱祖謀的《鷓鴣天》是不懂詞體的特點，如果像他那樣支離比附，詞本身的「忠愛纏綿之意」就沒有了。在張爾田看來本事的發明與對詞體的認識是緊密聯繫在一起的。如果不能認識詞體的特點，就會在探尋本事上支離破碎，反過來，本事的發明恰恰是對詞體的「忠愛纏綿」特點的一個證明。張爾田對詞體的認識是常州詞派的比興寄託理論，他所站在的詞學立場是常州詞派理論。

〔註 8〕張爾田《與龍榆生論彊村詞事書》，《詞學季刊》第 1 卷第 4 號。
〔註 9〕張爾田《再與龍榆生論彊村詞事書》，《詞學季刊》第 1 卷第 4 號。

在《三與龍榆生論彊村詞事書》中張爾田又說：「古丈《鷓鴣天》詞，忠愛纏綿，老杜每飯不忘，彷彿似之，實一生吃緊之篇章也。謝君誤解，意境全非。章山奇歌，翻同穢史。……《鷓鴣天》第三首指□□□。『卻繡長旛禮也尊』，謂其信天主教也。『騎馬宮門』句，昔嘗微叩之古丈。言□在前清時曾賜紫禁城騎馬，此事當一檢宣統政紀，乃能證明。先之古丈詞中本事，我輩只能言其大概。其細微處，尚有不及盡知者。古丈庚子以前，與戊戌黨人關係最密，其與南海，學術不同，而政見未必不合。觀集中往還之人，大半康派，亦可見矣。迨及晚年，與仁先惜仲，酬唱最多，曾一謁天津行在。雖未預帷幄之大計亦必與聞機密。此則古丈不肯言，而我輩亦不敢問者也。故箋注詞事，當慎之又慎，寧缺毋濫，更須參以活筆，不可說成死句。」〔註10〕張爾田的意思就是如果不知道本事不能處處比附，和前一封信一樣，他強調朱祖謀《鷓鴣天》詞的「忠愛纏綿」，這裡他所說的「更須參以活筆，不可說成死句」，實際上就是陳廷焯在《白雨齋詞話》裡面所說的：「若隱若現，欲露不露，反覆纏綿，終不許一語道破，匪獨體格之高，亦見性情之厚。」如果為了單單箋注本事，句句比附，支離破碎，那麼就是去了那種欲露不露，反覆纏綿的特點。

龍榆生對張爾田的批評以及這些背後的意思，無疑是十分明白和認同的。所以他在《晚近詞風之轉變》裡面說：「張孟劬氏謂先生晚年所為詞，似杜甫夔州以後詩，固又非夢窗之所能囿」。龍榆生沒有說明張爾田說法的來源，但無疑和七年前張爾田和他的通信緊密相關。他不僅用比興寄託的方式來讀朱祖謀的詞，也用如此的方式來讀晚清詞。例如對《庚子秋詞》，他說：「雖中多小令，未必規摹止菴標舉四家者之所為，而言外別有事在，與周氏之尚寄託不謀而合。」〔註11〕對於鄭文焯的詞他也能夠超越時人所見到的與姜夔詞之間的關係，而

〔註10〕張爾田《三與龍榆生論彊村詞事書》，《詞學季刊》第 1 卷第 4 號。
〔註11〕龍榆生《晚近詞風之轉變》，《龍榆生詞學論文集》，上海古籍出版社，1997 年版，第 381 頁。

能夠看到鄭文焯在甲午之後所寫的詞背後所寄寓的家國之悲，所以他說：「其蹤迹由放浪江湖，而飄零落拓；其心境由風流瀟麗，而愴惻悲涼；其詞格由白石歷夢窗，以窺清眞、東坡，而終與南宋諸賢爲近。吳瞿安先生以爲『晚近詞人之福，詞筆直清，未有如叔問者』，吾未見其盡然也。」〔註 12〕龍榆生對吳梅的修正，正是著眼於鄭文焯詞在甲午之後所發生的變化而言。

　　和龍榆生將朱祖謀詞本事的考證與常州詞派的比興寄託理論這樣對於詞體的新認識聯繫在一起不一樣的是，夏承燾將本事考證與朱祖謀詞的評價之間的關聯似乎理所應當地分離了開來。夏承燾在 1929 年讀朱祖謀《彊村語業》的時候認爲朱祖謀詞：「小令少性靈語，長調堅煉，未忘塗飾，夢窗派固如是也。」〔註 13〕夏承燾和龍榆生對朱祖謀詞的看法有所差異，夏承燾是從「性靈」以及修辭等方面來讀朱祖謀的詞，就是說那時候他沒有發覺那些華麗辭藻背後還隱含著本事，而這正是詞人之用意所在，也是所謂比興寄託的「風人之旨」。不過夏承燾後來又清楚地知道吳文英詞並非只是以辭藻爲特色，他在 1935 年給楊鐵夫《吳夢窗詞箋釋》所寫的《序言》裏面就明確地說夢窗詞「隱辭幽思，陳喻多歧」。在晚清時，因爲常州詞派比興寄託理論的影響，許多兩宋詞人得到了重新的評價，一些以前不爲人所注意的或者被人所批評的詞人作品也得到了重新表彰。例如對吳文英的推崇即是一個顯例。在晚清，吳文英的詞因爲王鵬運和朱祖謀的校勘而顯盛，也因爲朱祖謀的直接追摹，而引起許多人的模仿。以至於當時即便是常州詞派理論的支持者也不得不在批評張炎「七寶樓臺」評語的同時還要批評學習吳文英詞的末流。爲什麼要對學吳文英的末流進行批評？這裡面就涉及到對朱祖謀詞的理解，這和對吳文英詞的理解是同一個問題。這種末流只是從字面修辭上學吳文英，如果這樣

〔註12〕龍榆生《清季四大詞人》，《龍榆生詞學論文集》，上海古籍出版社，
　　　　1997 年版，第 461～462 頁。
〔註13〕《夏承燾集》第 5 卷，浙江古籍出版社，1998 年版，第 100 頁。

理解吳文英也就不能理解朱祖謀詞的眞正勝場。夏承燾曾經寫信請教張爾田，問他朱祖謀的詞與王沂孫之間的關係，張爾田予以了詳細的答覆：「彊村詞深於碧山，謂其從寄託中來也。學夢窗者多不尙寄託，彊翁不然，此非夢窗法乳。蓋彊翁早年從半塘遊，漸染於周止菴緒論也深。止菴論詞以有託入，以無托出，彊翁實深得此秘。若論其面貌，則固夢窗也。此非識曲聽眞者，未易辨之。雖其晚年感於秦晦明師詞貴清雄之言，間效東坡，然大都係小令。至於長調，則仍不爾。」〔註14〕後來他又看到了張爾田類似的議論：「夢窗以清空爲骨，而以辭藻掩飾之，初學詞人不可學。前人謂周稚圭詞全是起承轉合，乃詞中八股。其實爲詞不可不講起承轉合，近人學夢窗者，正坐不講詞，並無新意境，惟知獵取其字面，則詞安得不僞」。〔註15〕張爾田在這裡其實明確地告訴了夏承燾理解夢窗詞與朱祖謀詞之間的關係應該越過字面的辭藻理解背後的用意。但是夏承燾似乎面對面地與這些提示擦肩而過。他在回信裏面說：「碧山身丁桑海，故與彊老曠世相感。非如覺翁，羌無高抱。」〔註16〕他讀陳洵《海綃說詞》的時候認爲陳洵附會太多，我們知道陳洵是站在常州詞派的比興寄託理論的立場上讀吳文英詞的，雖然在具體的詞作解讀上有所牽強但是其基本的用意還是得到了龍榆生、劉永濟等人的認同。一直到晚年夏承燾依然是從字面辭藻上來理解朱祖謀和吳文英的詞。〔註17〕

張爾田對吳文英的理解和對朱祖謀的理解有一個共同的根基就是比興寄託，而夏承燾雖然沒有像胡適等新文化派一樣完全否認吳文英詞的意義，但是他認同的路徑也和張爾田不一樣。他對吳文英的讀法恰恰是張爾田所批評的那種末流，也不確然。因爲他曾經花了很大的氣力來做吳文英詞的繫年考證，難道他就不會發現吳文英詞背後的

〔註14〕《夏承燾集》第 5 卷，浙江古籍出版社，1998 年版，第 437 頁。

〔註15〕《夏承燾集》第 6 卷，浙江古籍出版社，1998 年版，第 214 頁。

〔註16〕《夏承燾集》第 8 卷，浙江古籍出版社，1998 年版，第 261 頁。

〔註17〕參看夏承燾《瞿髯論詞絕句》，《夏承燾集》第 2 冊，浙江古籍出版社，1998 年版，第 586 頁。

意蘊？我們再看既然夏承燾非常清楚朱祖謀有些詞背後有本事在，爲什麼他還是不能夠將之與比興寄託聯繫起來？我們似乎可以隱隱感覺到在夏承燾這裡，對於本事的興趣有可能僅僅是一個獨立的學術興趣，和常州詞派理論背景中的人對本事的理解不太一樣。夏承燾對晚清詩詞背後的本事有很高的興趣。他在日記裏記到：「早作書寄孟劬先生，求箋注寐叟詞之隱事及僻典，以爲永久紀念」〔註 18〕張爾田回信說：「嘗記在海上出一卷詞，囑爲刪去小令兩首。叟曰：『此詞誠可去，但其本事頗欲存之。』問其事，亦不之言。又嘗示以一詩，滿紙佛典。曰：『此詩子能爲我箋注。』余閱之曰：『詩中典故，我能注出，但本意則不敢知。』叟笑曰：『此亦當然。本意本非盡人能知者。』舉此二事，則箋注其詞，殆其難也。……又寐叟用典多不取原意，而別有所指。即使盡得其出處，而本意終不可知。如其詩『劉郎字未正邦朋』句，『邦朋』，出《周禮》。『劉郎正字』，則用劉晏事。兩典合用，而其意則譏今之黨人。其詞亦然。……此亦如李長吉詩，鑿空亂道，任人欽其寶而莫名其器，自是天地間一種文字。」〔註 19〕張爾田認爲沈曾植的詩詞的好處正在於讓人不能夠一下子探測其本事所在。1936 年 4 月夏承燾將自己寫的《樂府補題考》寄給張爾田請他指正。夏承燾對於《樂府補題》的興趣和他對吳文英繫年考證的興趣一樣，都是得益於晚清詞學的傳統，無論他是否理解或者認同這個傳統的眞精神，至少像王沂孫和吳文英這些人他都不會像胡適那樣直接簡單地否認他們的存在價值。可以說正是「自然而然」地在這個傳統裏面，夏承燾反而不用面對新舊那麼激烈的鬥爭，不過，這也和整理國故之後的學術氛圍有關，他所從事的詞人考證正是整理國故的題中應有之意，在新學術陣營裏面的人理解考證當然就是科學客觀，不含有價值判斷。夏承燾是如何讀懂《樂府補題》的背後的本事的？因爲那些詞作者並沒有明言。雖然夏承燾徵引了周密《癸辛雜識》、謝翱

〔註 18〕《夏承燾集》第 5 卷，浙江古籍出版社，1998 年版，第 484 頁。
〔註 19〕《夏承燾集》第 5 卷，浙江古籍出版社，1998 年版，第 486～487 頁。

《古敍歎》、《四朝聞見錄》等筆記史料勾勒了《樂府補題》的寫作語境，但是有一個至關重要的問題，這些如何與詞的文本聯繫起來。他說：「補題所賦凡五：曰龍涎香、曰白蓮、曰蟬、曰蓴、曰蟹。依周、王之說而詳推之，大抵龍涎香、蓴、蟹以指宋帝，蟬與白蓮則託喻后妃。」這個勾連的基礎就是「比興寄託」，他說：「補題託物起興，而又亂以他辭者，亦猶林景熙之詩，必託爲夢中作也。」〔註20〕如果沒有這樣一個勾連，他依然沒有辦法將具體的詞作和背後的本事聯繫在一起。張爾田對夏承燾的考證非常讚賞：「碧山諸人，生丁季運，寄興篇翰。纏綿掩抑，要當於言外領之，會心正復不遠。然非詳稽博考，則亦不能證明也。碧山他詞如《慶清朝》〔詠榴花〕，當亦暗寓六陵事，託意尤顯。張皐文謂指亂世尚有人才，殊不得其解。得尊說乃可通矣。」〔註21〕這裡他雖然對張惠言有所批評，但是只是針對具體的所指本事上的，他並沒有否認張惠言用比興來讀王沂孫的方式。如果我們細讀張爾田的意思，他應該是說王沂孫的詞就應該在言外領會，只是要證明本事的話則需要詳細考證，這兩者之間是必須相聯繫在一起的。只有這樣才能構成完整的對於王沂孫詞的閱讀。但是夏承燾的處理和張爾田有所不同，他在文章的一開始就說：「清代常州詞人，好以寄託說詞，而往往不厭附會；惟周濟詞選，疑唐玨賦白蓮，爲楊璉眞伽發越陵而作，則確鑿無疑」。〔註22〕這句話一看沒有問題，但是如果認眞閱讀的話，他將常州詞派的寄託似乎單純地理解成了一種索隱式的閱讀，他的目的就是爲了通過考證來證明常州詞派說的是否正確？那麼這種證明的意義何在呢？夏承燾沒有說。不過我們可以看到夏承燾的思路，他對常州詞派比興寄託的理解。夏承燾曾經向人批評晚清詞家馮煦對馮延巳詞的解讀，他先是說：「五代詞本無寄託，馮氏以常州派說詞，不免張皇。」幾天之後他又修正說：「細思唐五代詞，若

〔註20〕《夏承燾集》第 1 冊，浙江古籍出版社，1998 年版，第 376 頁。
〔註21〕《夏承燾集》第 5 冊，浙江古籍出版社，1998 年版，第 443 頁。
〔註22〕《夏承燾集》第 1 冊，浙江古籍出版社，1998 年版，第 373 頁。

唐五代詞，若唐昭宗、韓熙載亦有諷託。花間一集，不可概唐五代詞，當詳考之。」〔註23〕也就是說夏承燾認為馮延巳是否有寄託或者說是否有本事，應該詳細考證。其實我們如果對夏承燾的著述有所瞭解的話就會發現這句話不過戲論而已，因為在 1935 年他剛剛完成了自己頗為自得的《馮正中年譜》，他自認為：「近作各年譜，應以此為第一。夜為失眠。」〔註24〕在史料上究竟能不能證明馮延巳的詞是否有確切的本事，他應該是非常清楚這種可能性有多大的。他在寫《樂府補題考》的時候認為超過朱彝尊的地方也正是在於：「朱彝尊僅擬為騷人橘頌之遺，猶未詳其隱旨也。」〔註25〕他的意思是不能考證本事的，常州詞派的寄託說就不能夠成立。在這裡夏承燾給自己設置了許多的難題，產生了一系列的連鎖反應。

夏承燾對於常州詞派比興寄託的理解，是非常有趣的。他倒置了考證本事與比興寄託之間的關係。本來是因為考證本事，所以感到詞體的比興寄託，現在在夏承燾這裡是因為常州詞派說某首詞有本事，所以他要求證究竟有沒有。這樣將一種主觀的閱讀變成了一種科學主義的客觀的閱讀，將常州詞派的比興寄託由一種理論和原則相對化成為一個詞學流派之一。如果他想完全通過實證的方法來論證一首詞的本事有無的話，那麼他似乎忘記了自己對於比興方法的運用。如果單單憑几條筆記材料是不足以將詞的文本背後的本事發揮出來的。正是比興這樣一種主觀的閱讀能夠讓他明白龍涎香、白蓮、蓴等背後所指。這一點是無論如何無法實證的。除非起那些《樂府補題》的詞人於地下來證明他們這些詞背後的所指。這些當然是不可能做到的，用黃侃的話來講就是「九原不作，煙墨無言」。那麼，夏承燾所依靠的只能就是儒家的比興傳統了。其實，關於這個問題只要他稍微想一想，他對於馮延巳詞的困惑也會解開。在他催促之下龍榆生完成的那

〔註23〕《夏承燾集》第 5 冊，浙江古籍出版社，1998 年版，第 442、443 頁。
〔註24〕《夏承燾集》第 5 冊，浙江古籍出版社，1998 年版，第 357 頁。
〔註25〕《夏承燾集》第 1 冊，浙江古籍出版社，1998 年版，第 375 頁。

篇《彊村本事詞》就很好地為他解決了這個問題。我們其實可以試著替夏承燾想一個問題，他通過張爾田當然清楚朱祖謀、沈曾植的許多詞都有本事在，雖然也並不是十分地清楚。例如朱祖謀《菩薩蠻》：「茱萸錦束胡衫窄，乘肩倦態偎花立。回扇喚風來，春窗朱鳥開。壓愁麟帶重，多謝行雲送。虯箭水聲微，飄燈人不歸。」這首詞是為義和團「紅燈照」所作。夏承燾可以試想千百年後的讀者面對朱祖謀的這首詞，和他面對馮延巳的詞的時候，不都是不能完全有史料實證，他既然能夠明白朱祖謀自己不肯說細說的詞有本事，那麼為什麼處於高位，而又處於南唐國家危急時刻的馮延巳的詞就不能有類似的寄託？千百年後的讀者面對朱祖謀的詞和他面對馮延巳不是一樣嗎？甚至這首詞和詠物詞還不一樣，在這裡朱祖謀完全是「若隱若晦」，能夠讓「紅燈照」與這首詞建立內在聯繫的，體會到詞人的言外之意，不就是依靠的比興傳統嗎？如果夏承燾不肯承認馮延巳有些可能有寄託，那麼我們完全可以用這樣的問題來反問他。

我們前面提到夏承燾似乎沒有注意到他考證本事不單單是一種史料考證，也同時是一種讀詞的方式。其實，夏承燾也很清楚能夠有比興寄託的詞是好詞。在提到南宋詞人劉辰翁的時候，他說：「劉須溪《須溪詞》中有許多端午詞，皆含恨悲哀的感慨，初讀苦不得其解。後來翻尋《宋史》並取須溪詩文考之，始知皆為南宋故相江萬里作。因為萬里是辰翁的同鄉，又是知己，元兵破饒州時，一家投水殉節，所以辰翁《端午詞》云：『誰似鄱陽鷗夷者，相望懷沙終古』。另一首懷萬里的《行香子》亦有『磧石魄，淚羅身』之句。得此本事，這許多詞讀來便親切有味了。本來詞之為體，比詩隱約，尤其南宋末年詞，危苦之辭，皆具隱情。非有考證不可，現在張炎的《山中白雲詞》已有江昱的疏證，周密的《蘋州漁笛譜》也有江昱的考證，皆做得甚詳細。其餘若蔡松年的《明秀集》、辛棄疾的《稼軒長短句》雖有金人魏道明的注和近人梁啟勳的疏證，但尚需補訂。至如劉克莊的《後村別調》，元好問的《遺山樂府》，劉辰翁的《須溪集》，趙文《青山樂

府》等等，則尚未有注，統望後人也好好做這步工作。」〔註26〕他不僅認為探明本事，能夠讓許多詞讀起來更加有味道，而且更為關鍵的是他認識了詞體的特點——「詞之為體，比詩隱約」。他不僅在讀詞上這樣認為，在寫詞的時候他說：「三十左右，客授四明、嚴州，無書可讀，乃復理詞學。並時學人，方重乾嘉考據。予既稍涉群書，遂亦稍稍遮拾詞家遺掌。居杭州數年，成書數種，而詞則不常作。大劫以來，違難上海，悵觸時事，其不可明言者，輒怙此體為之抒發。」〔註27〕他將不可明說的事情一切寄託於詞，這和張惠言對詞體認識，認為詞特別適合寄寓「賢人君子幽約怨悱不能自言之言」是如出一轍的。

　　但是他對唐五代詞和北宋詞的看法卻與這些完全相反：「唐末宋初的詞選大都是唱本……我們不可以讀宋以後選本的眼光讀這些書。初讀《花間集》每嫌唐五代詞內容淺薄且多雷同。若知道詞在彼時猶大半是歌筵的公用品而非個人抒情懷之作，便不至有這樣的誤會了。」〔註28〕他又認為：「唐五代人詞大半應歌，不以寄託身世。北宋人雖有寫情言志之作，猶多明白無煩深求。惟南宋末年人，身丁桑海之變，故國之痛，不敢顯言，詞愈隱而情愈悲，此最不易讀。」〔註29〕我們發現夏承燾在這裡又認為除了南宋末年的那些詞之外，其它的詞不能用比興寄託的方式去讀。夏承燾的這個區分是非常重要的。他將常州詞派的比興寄託理論變成了詞的某一個類別。就是說在兩宋詞裏面有一部份是有寄託的，有一部份是沒有。這兩種不同的詞應該用不同的方式來讀。他的這種看法幾乎可以在所有的現代詞學研究者

〔註26〕夏承燾《如何讀詞書（上）》，李伯嘉編輯《出版周刊》，1937 年第240 期。

〔註27〕《夏承燾集》第 6 冊，浙江古籍出版社，1998 年版，第 383 頁。

〔註28〕夏承燾《如何讀詞書（上）》，李伯嘉編輯《出版周刊》，1937 年第 240期。

〔註29〕夏承燾《如何讀詞書（上）》，李伯嘉編輯《出版周刊》，1937 年第240 期。

那裏得到共鳴。我無意在這裡去評價這種觀點的對錯。我只想來分析對於夏承燾來說，這個問題的複雜性。

我們在閱讀夏承燾民國時候日記時可以看到，他對許多新的學說和見解都非常地好奇，對於這些新知的接受無疑在相當大的程度拓展了他的視野。他的閱讀非常廣泛，例如胡適的《白話文學史》《說儒》、魯迅的《而已集》《朝花夕拾》、日本鶴見祐輔的《思想山水人物》、夏丏尊的《文藝論》、周作人《永日集》、馮友蘭的著作，劉永濟的《文學論》、朱光潛的《文藝心理學》、《東方雜誌》等等。此外，他對唯物主義的方法也甚爲推崇，他在 1942 年讀到一本馬乘風寫的《中國經濟史諸家批判》時說：「於顧頡剛攻擊甚烈，謂胡適之、傅斯年倡歷史偶然論，皆全不解唯物史觀。馬氏引摩爾幹古代社會拉法格財產進化論諸書，以解老莊書中所述原始共產情形，甚爲精當。知此意者，可爲老莊作新注矣。」〔註30〕在自己頗爲熟悉的詞學領域，夏承燾對於詞作的寫作的看法也同樣體現了包容的特點。他在讀朱自清《中國新文學大系・新詩卷》的《序言》時，認爲：「彼輩論詩皆主自西洋來，無有從我國舊詩出者。嘗譏盧君冀野所說以舊詩爲體，新詩爲用，其實盧之言不可厚非也。」〔註31〕，「予好以宋詩意境入詞，欲合唐詞宋詩爲一體，恨才力不足副之」〔註32〕。新的學問對於夏承燾有著極強的吸引力，但是涉及到學術著述的時候，我們又很難說他能夠明瞭那些著述背後的思路，他多數時候只是「對塔說相輪」。這樣的好處是他往往可以遊走在一個非常寬闊的學術視野裏面，但是弊端也是顯而易見的，他常常就在日記裏面自責自己興趣太廣而不能深入。他曾經有一段時間對宋史非常感興趣，打算在這裡面有一番作爲，並且利用一切機會像別人請教研究宋史的法門。例如張爾田

〔註30〕《夏承燾集》第 6 冊，浙江古籍出版社，1998 年版，第 374 頁。
〔註31〕《夏承燾集》第 6 冊，浙江古籍出版社，1998 年版，第 258 頁
〔註32〕《夏承燾集》第 6 冊，浙江古籍出版社，1998 年版，第 698 頁

一再指示他從永嘉之學入手。不過夏承燾並未在意，他也沒有真正轉向宋史研究，倒是後來又認真地向張爾田詢問過研究佛學的方法，在1942 年左右他閱讀了大量的佛經。最終夏承燾也沒有完成關於宋史和佛經方面的著述，他一生最爲重要的著述還是他用力最勤的詞人年譜考證。

另一方面，北京、上海的新的學術風氣時時刺激著在浙江的夏承燾，這不是一時的影響而是基本貫穿在他在整個民國時期的論學過程之中的，只是不同時段遇到的問題可能不同而已。他在日記裏面寫道：「閱現代名人傳，屢有感動，我即不能爲愛迪生、愛因斯坦、麥蘇士，獨不能爲泰戈爾、甘地耶。日汨沒其精神於故紙中，不能擴其目光於斯世。明年忽已三十，我其終爲一鄉一邑之人乎」〔註33〕，「年來沉醉故紙，忱目時艱，輒憬然自悔不能專心致志拯世之學，又素未肄業，恐終無一成，奈何奈何」〔註34〕，「徒廢心血於故紙中，充其量不過爲古人作功臣」〔註35〕，「年來治舊學嫌瑣碎支離，無安心立命處，頗欲翻然改習新文學，又苦不解西方文字。年齒漸長，尚在旁皇求索中，愧懼交作。……嚴州學問空氣太稀薄，屢欲棄之他適。明年擬在杭州圖一教席，未知能遂願否」〔註36〕，他又說：「舊體文學已不能抒寫新思想、新事態，加之午社諸公應社之詞，陳陳無思致。學生之作舊詩者，泛泛無新意。」〔註37〕這些日記的內容是夏承燾自己心路歷程最爲直接的體現。不過在日記裏面最爲生動的還是他記錄下的自己研究詞學的想法。前面我們在談論到夏承燾對吳文英的詞沒有興趣，但是這並不影響他在學術上做關於吳文英的一系列考證。他對周邦彥的詞同樣不太喜愛，他說：「燈下閱清眞詞，覺風雲月露亦

〔註33〕《夏承燾集》第 5 冊，浙江古籍出版社，1998 年版，第 42 頁
〔註34〕《夏承燾集》第 5 冊，浙江古籍出版社，1998 年版，第 49 頁。
〔註35〕《夏承燾集》第 5 冊，浙江古籍出版社，1998 年版，第 55 頁
〔註36〕《夏承燾集》第 5 冊，浙江古籍出版社，1998 年版，第 94 頁
〔註37〕《夏承燾集》第 6 冊，浙江古籍出版社，1998 年版，第 257 頁。

甚厭人矣。欲詞之不亡於今日，不可不另闢一境。近人謂詞的時代已
過去，其信然乎。」〔註38〕他感到最為矛盾的還是自己所從事的考證
之學。他感到自己所從事的考證研究沒有意義的想法一直縈繞著他：
「雖自謂不輕心掉之，然究非第一等著作，當更為其精者大者，為安
心立命處。」〔註39〕，「近作詞人譜，尤虛費光陰於無用」，「年來為
十種詞人譜，如負重負，棄之可惜，為之又惜費精力過大，殊不值
得」，又說：「作二主、正中年譜，思為陳死人作起居注，復何益於今
世」。〔註40〕夏承燾不僅是在學術剛剛起步的時候這樣認為，即使在
他的詞人考證的成績受到老輩學人以及詞學界同輩學者稱譽之後，他
依然不斷地問自己做這些考證的意義在什麼地方，在他的心中這些瑣
碎的詞人考證不能提供給他意義。

在老輩當中一直和夏承燾保持緊密關係的就是張爾田。他們之間
經常就詞學問題就行討論，我們提到過他們在《樂府補題》問題上的
討論。在晚清詞學大家裏面，張爾田對況周頤和王國維不太滿意。在
夏承燾向張爾田問學的時候，張爾田都曾明確提到過。他說：「《蕙風
詞話》標舉纖仄，堂蕪不高。重拙指歸，直欺人語」，「蕙風詞固自有
其可傳者，然其得盛名於一時，不見棄於白話文豪，未始非《人間詞
話》之估價者偶而揄揚之力也」。〔註41〕夏承燾曾經寫了一篇論述《人
間詞話》裏面「隔」與「不隔」的文章給張爾田，張爾田對他說，王
靜安為詞，本從納蘭入手，後又染於曲學，於宋詞本是門外談。其意
境之說，流弊甚大。晚年絕口不提人間詞話，有時盛讚皋文寄託之
說，蓋亦悔之矣。〔註42〕王國維究竟有沒有後悔自己早年的論述另當
別論，但是在張爾田看來對王國維構成批評的就是常州詞派的比興寄

〔註38〕《夏承燾集》第 5 冊，浙江古籍出版社，1998 年版，第 118 頁
〔註39〕《夏承燾集》第 5 冊，浙江古籍出版社，1998 年版，第 323 頁。
〔註40〕《夏承燾集》第 5 冊，浙江古籍出版社，1998 年版，第 324、325、
　　　　349 頁。
〔註41〕《夏承燾集》第 5 冊，浙江古籍出版社，1998 年版，第 433、435 頁。
〔註42〕《夏承燾集》第 6 冊，浙江古籍出版社，1998 年版，第 323 頁

託理論。對此，夏承燾似乎未知可否，未有申論。後來夏承燾讀到王國維的詞說：「夕讀靜安、陳仁先諸家詞，以哲理入詞最妙，靜安偶有之，造辭似不如仁先。」〔註43〕他以「哲理入詞爲最妙」來讀王國維顯然和張爾田以比興寄託爲標準來批評王國維是兩個路數。夏承燾早年也有類似的觀點：「思中國詞中風花雪月、滴粉搓酥之辭太多，以外國文學相比，其眞有內容者，亦不過若法蘭西小說。求若拜倫《哀希臘》等偉大精神，中國詩中當難其匹，詞更卑靡塵下矣。東坡之大、白石之高，稼軒之豪，舉不足以語此。以後作詞，試從此開一新途徑。王靜安謂李後主詞『有釋迦、基督代人類負擔罪惡意』，此語於重光爲過譽。中國詞正少此一境也。」〔註44〕

張爾田告訴夏承燾，他一生最爲看重的著述就是《清史列傳》的《后妃傳》以及《玉谿生年譜會箋》兩本書。在張爾田最爲看重的著述裏面和夏承燾的學術最爲接近的就是《玉谿生年譜會箋》。1941年12月夏承燾寫信給張爾田問他關於《史微》和《玉谿生年譜會箋》的寫作動機和經過，可惜張爾田因爲身體欠佳，沒有回答這個問題。不過有一點能夠引起我們的興趣。張爾田的《玉谿生年譜會箋》是夏承燾非常熟悉的一部著述，他曾經引用和閱讀過這部書。可以說這本書和他的論學方法是最爲一致的，因爲這本書也是採用考證的方法來做李商隱的年譜。我們知道張爾田對於考證之學是不很欣賞的，他曾經在1934年給夏承燾的信裏就說：「今考據破碎之弊，甚於空疏，且使人之精神，日益外移」。〔註45〕而且他自己對經史之學下過很深的工夫，正因此他和孫德謙以及王國維被沈曾植稱爲「海上三子」。張爾田將《玉谿生年譜會箋》當做自己最爲重要的著述之一原因不應該是張爾田所批評的考證，是不是另有原因？這是一個重要的疑問。和這個疑問聯繫在一起的就是，夏承燾對自己的年譜考證一直覺得瑣

〔註43〕《夏承燾集》第6冊，浙江古籍出版社，1998年版，第334頁。
〔註44〕《夏承燾集》第5冊，浙江古籍出版社，1998年版，第114～115頁。
〔註45〕《夏承燾集》第5冊，浙江古籍出版社，1998年版，第334頁。

碎、不見其大，這恰好和張爾田形成對照。我們感到從《樂府補題》、王國維《人間詞話》一直到《玉谿生年譜會箋》等問題，雖然張爾田和夏承燾有數次討論，然而在我們仔細閱讀之後，他們之間好像總是隔閡著一些東西。那麼隔閡著什麼呢？我無意在這裡將之作爲一個大時代的學者心態史的史料來對待。他的困惑和矛盾涉及到現代學術史上更爲要緊的問題。

3.2 「風人」：考證學視野中自我的政治

夏承燾一再困擾的「沒有意義」，從學術之外的眼光來看，這是國難日深，書生報國無門的一種自怨自艾，但是從學術之內的眼光來看，他發覺的是自己所做的年譜考證之中沒有一個「我」，不能成爲「我」的一部份，也就不能爲「我」提供一種意義。這裡可以再舉一個例子，夏承燾一生用力最勤的一位詞人大概就是南宋詞人姜夔，在1943 年 1 月 4 日的日記裏面他說：「發陳從周杭州書。囑抄白石詞各稿改易各條。世亂不可知，預寫一別本藏之，以防散失。平生著述，此爲最精。」〔註46〕對姜夔詞的研究幾乎伴隨著他整個學術生涯的終始。例如在他的《白石懷人詞考》裏面記錄下了自己研索姜詞的變化過程。他開頭便說：「白石自定歌曲六卷，共六十六首，而有本事之情詞乃得十七八首，若兼其梅柳之作計之，則幾占全部歌曲三分之一。此兩宋詞家所罕見。」在讀《浣溪沙》（著酒行行滿袂風）和《長亭怨慢》（漸吹盡枝頭香絮），夏承燾非常坦率地承認自己以前讀不懂這兩首詞，但是現在他覺得自己在仔細讀了全部姜夔詞之後，他明白了自己當時讀不懂的原因，是因爲那兩首詞背後都有「本事」，經過他的考證他認爲這兩首詞都與姜夔的「合肥情事」有關係。他於是認爲張炎對姜夔的「清空」的評論是未得要領，更重要的是他說：「至王國維『有格而無情』，則尤爲輕詆厚誣矣。」同時夏承燾說姜夔的

〔註46〕《夏承燾集》第 6 冊，浙江古籍出版社，1998 年版，第 449 頁。

《暗香》、《疏影》寫於 1191 年冬天，也正是這一年姜夔離開了合肥。所以他認為這兩首詞也是與「合肥情事」有關。由此他對王國維在《人間詞話》裏面說姜夔「無一語道著」提出批評，認為王國維是不知道裏面的本事。夏承燾將姜夔詞背後的本事都歸之於「合肥情事」，這是否妥當姑且不論。但是有一個可明，夏承燾對自己這個考證的意義並沒有什麼特別的自覺。說得更加明確一點就是，他自己與姜夔詞本事考證之間沒有關係。如果說夏承燾是非常喜歡姜夔詞的，這就是他們之間的關係，這又未必確切。因為我們知道，清代的朱彝尊、厲鶚以及謝章鋌他們都對姜夔詞極為推賞，不能說不由衷喜歡，但是像謝章鋌對姜夔的《暗香》《疏影》兩首詞卻不屑一顧，認為：「白石極純正嫻雅，然此闋及《暗香》則尚可議。蓋白石字雕句煉，雕煉太過，故氣時不免滯，意時不免晦。」同樣是喜歡，那麼謝章鋌他們怎麼沒有讀出姜白石詞背後的本事呢？對姜夔詞以本事來索解的是常州詞派的比興寄託理論，也正是在比興寄託理論之下，姜夔詞有了新的意義，《暗香》《疏影》兩首詞也受到了極高的推崇。那麼夏承燾在此是不是對常州詞派的比興寄託理論有所認同呢？可惜的是夏承燾又錯過了這一次機會。夏承燾無疑通過自己的考證或隱或顯地批評了張炎、謝章鋌、王國維對姜夔詞的意見。但是他沒有自覺到這樣做的意義，他沒有問這樣的詞是好詞嗎？這樣的詞如果是好詞又為什麼要這樣寫？最為重要的一個問題是，他自己和姜夔本事詞的考證之間是什麼關係？夏承燾似乎對這些都隱含在他考證之中的問題都視而不見。

我們再來看看前面提到夏承燾非常感興趣的《玉谿生年譜會箋》。張爾田《玉谿生年譜會箋》大約成稿於民國初年。王國維在給張爾田《玉谿生年譜會箋》的「序言」裏面說：「君嘗與余論浙東、西學派，謂浙東自梨洲、季野、謝山，以迄實齋，其學多長於史；浙西自亭林、定宇，以及分流之皖、魯諸派，其學多長於經。浙東博通，其失也疏；浙西專精，其失也固。君之學固自浙西入，而漸漬於浙東者。」〔註47〕

〔註47〕王國維《玉谿生年譜會箋序》，張采田《玉谿生年譜會箋》，上海古

在王國維看來張爾田的《史微》就是「以史法治經、子二學」，所以道出了許多前人沒有看到的觀點，而《玉谿生年譜會箋》也是在「周、漢治經之家法」。王國維是將之放在了經史之學的視野裏面來讀這本年譜會箋的。那麼張爾田自己的思路呢？張爾田沒有回答夏承燾的問題，我們只有試著從現有的材料裏面去理解張爾田的用心。張爾田曾經在對李商隱詩的批註裏面寫到：「采田束髮受書，即喜觀玉谿、飛卿、長吉三家詩，行走必以自隨。當時識見未深，徒愛其結體森密，吐詞鏗鏘，設彩鮮豔而已。」但是他後來對於李商隱的閱讀體會加深了：「復取六朝唐代諸專集籀之。始知古今詩家，寫景述懷者多，詭詞寄託者少。玉谿一派，實於天壤獨闢一蹊徑。觀集中多假閨襜香清語，以寓其憂生念亂之痛，直靈均苗裔也。有唐名家，無一人可與抗敵。豈直奴僕命騷也哉？」〔註48〕也正因爲有了這樣的體會，張爾田才認爲：「義山詩趣，極深極博，不能細按行年，深探心曲，必有不解爲何語者。」張爾田對李商隱的理解，是通過與馮浩《玉谿生年譜》的對話以及後來對紀昀等人的批評中形成自己的觀點的。用我們現在眼光來看，無疑馮浩和紀昀等人都是儒家傳統裏面的學者，張爾田與他們共享著同樣的文化語境。也正因爲有了這個先入之見，所以我們往往對這一類的考證著述的理解反而可能簡單化了。這就需要我們將張爾田對馮浩、紀昀以及張爾田自己的自我修正結合起來看，才能理解其考證背後的意旨。

　　我在這裡先從張爾田對《錦瑟》理解的變化開始說起。在張爾田批點《李義山詩集》何焯、朱彝尊、紀昀三家評本的時候，他對《錦瑟》是這樣解釋的：「義山伉儷情深，然見之篇章，多以《無題》晦之，後人奈何加以輕薄也？此悼亡詩定論……」〔註49〕但是在後來《玉谿生年譜會箋》裏面他開頭就說：「此全集壓卷之作，解者紛紜，或

　　　　籍出版社，2010 年版，第 4 頁。
〔註48〕張爾田《玉谿生題記》，《同聲月刊》1942 年第 7 期。
〔註49〕張爾田《李義山詩辨正》，《玉谿生年譜會箋》（外一種），上海古籍
　　　　出版社，2010 年版，第 265 頁。

謂寓意令狐青衣，或謂悼亡，迄不得其眞相；惟何義門云：『此篇乃自傷之詞，騷人所謂「美人遲暮」也』，其說近似。」〔註50〕程千帆先生在《李商隱〈錦瑟〉詩張箋補正》裏注意到了這個變化，他只是說在張爾田寫成《玉谿生年譜會箋》之前他做了兩件事情，先是寫了《玉谿生年譜補徵》然後批點了《三家評》，也就是後來吳丕績輯錄成的《李義山詩辯證》。他認爲那是舊說，後來《玉谿生年譜會箋》裏面的解釋才是定論。程千帆先生的文章是爲了補正張爾田在會箋裏面的說法，自然不會關注這之間變化的意義。張爾田在批註三家評本的時候，無疑肯定讀到了何焯的評點，但是那時他更加傾向於馮浩的解釋。這兩者的差別在於前者將《錦瑟》解釋成爲一首簡單的悼亡詩，而後者用《離騷》的「美人遲暮」的比興寄託的方法將之讀成了一首自傷之詩。而自傷之深情厚感都隱藏在李商隱自己的遭際之中。

　　張爾田批註三家評本的基本用意是批評紀昀對李商隱詩的解釋，他認爲紀昀的解釋「未脫帖括習徑」，又說：「玉谿詩境，遠宗楚騷，近追六朝，然後能於李杜王韋之外，自成流派，統觀全集，香澤綺語，專以哀感頑豔擅場，此正作者高於諸家處，原不必規規摹仿李杜王韋始足稱詩人也。乃紀氏不喜香奩，輒以同時李杜王韋之法律繩之。若然，則後人但抱李杜王韋四集足矣！」〔註51〕從這段話我們可知，張爾田認爲李商隱詩的勝處在於「遠宗楚騷，近追六朝」，正是這一點使得李商隱可以和李白、杜甫等詩人區分開來，理解李商隱的詩也應該由此入門。所以他認爲不能用讀李白、杜甫的方法去讀李商隱，而紀昀所犯的就是這樣的錯誤。這是張爾田對於李商隱最爲重要和核心的闡釋立場，也是他的見識高遠之處。張爾田讀李商隱經歷了從少年時代的欣賞其字句辭藻到此時的對言外之意的探求這樣一個變化的過程。既然他在批註三家評本的時候就是用比興寄託的方法

〔註50〕張爾田《玉谿生年譜會箋》（外一種），上海古籍出版社，2010 年版，第 199 頁。
〔註51〕張爾田《玉谿生題記》，《同聲月刊》1942 年第 7 期。

來索隱詩意，批評紀昀的，那麼為什麼他沒有注意到何焯之說的合理
性呢？這個矛盾是不是和後來張爾田在《玉谿生年譜會箋》裏面處理
一首未曾編年的《射魚曲》時所說的一樣：「夫同一詩也，此解之而
通，彼解之而亦通，則無為定論矣。」〔註52〕這裡似乎有兩種理由來
解釋張爾田的這個變化。一是張爾田本身具有一種模棱兩可的立場，
對《錦瑟》的閱讀其實「悼亡說」和「自傷說」都可以。二是張爾田
後來越來越在一個「僵硬」的比興寄託的立場之上，反而「死於句
下」。然而，我們只要仔細思考一下，這兩個假設的理由不僅沒有說
服力而且模糊了張爾田的用意。如果張爾田是模棱兩可的，那麼他
就不可能清晰地意識到自己對於義山詩理解變化的軌跡也不可能在
批註三家評本的時候去批評紀昀的觀點，因為紀昀對李義山的闡釋
也是說得通的。這裡的唯一解釋只能是，張爾田對站在比興寄託立
場上闡釋李義山詩有一個不斷深入的過程，他對馮浩、對紀昀的批評
都必須從這個大的方面去把握。這個深入的過程，是他對李義山所處
的政治歷史環境不斷深入體會的過程，也是他不斷能夠「推己及人」
地理解李商隱「心史」的過程。在這個過程裏面，他不僅理解了李商
隱的用意，反過來也更加清晰地理解了李商隱在詩歌上在唐代詩歌史
上能夠自立的關鍵之處。張爾田對《錦瑟》理解的變化不是否定了或
者相對化了他對李商隱詩闡釋的比興寄託的這個基本前提，恰恰是給
予了我們一個得以理解他與比興寄託之間的關係的機會，正是在他這
裡，他用這樣一個古老的比興理論重新闡釋了一位晚唐詩人，也賦予
了一個限制在《詩經》的經學框架裏面的比興以新的意義。

　　在解讀李義山寫於會昌三年的《賦得雞》，紀昀說：「此刺怙勢而
不忠者」。張爾田對此批註道：「紀氏亦知詠物託意，須言外得之，但
恐紀氏不能於言外領之耳。玉谿名家，豈有比附黏帶之詩哉！」〔註53〕

〔註52〕張爾田《玉谿生年譜會箋》（外一種），上海古籍出版社，2010年版，
　　　　第202頁。
〔註53〕張爾田《李義山詩辯正》，《玉谿生年譜會箋》（外一種），上海古籍

後來張爾田又發揮到說：「馮氏云：『刺藩鎮利傳子孫，故妬敵專權，而無勤勞王室之志。三句謂其自謀則固也。雞取《戰國策》連雞之義，當爲討澤潞，宣諭河朔三鎮時作。』箋曰：馮說殊妙，勿爲子孫之謀，欲存輔車之勢，衛公先見，足爲此詩確證。結言恐驚夢穩，豈眞稟承王命哉？不過冀朝廷不奪我兵權耳。陽烏，日也，喻君。」〔註54〕從這個例子我們看出，其實張爾田對紀昀的批評的用意是很豐富的，紀昀作爲一個儒家傳統的學者，未嘗不知道一些詩是可以用比興之法來讀。張爾田對之語含譏諷，原因在於紀昀不能夠認識到比興寄託乃是理解李商隱的最爲根本的大綱大本，而不是細枝末節，偶而用之的方法。同時紀昀對晚唐詩的理解也受到了張爾田的批評：「晚唐詩格，雖異於中唐……且晚唐家派亦不同，不得一概無別。紀氏專守定坊刻《三百首》及宋後人集，隨聲附和，抹殺晚唐豈通論哉？」〔註55〕雖然同一個儒家傳統裏面的學者對古老的比興寄託傳統都不陌生，但是能不能將之和一個新的詩風相聯繫並且能夠給予這箇舊傳統以新的活力卻不是每一位身在這個傳統裏面的學者都可以認同的，所以對於李義山的詩會產生很多的歧義。從某種意義上來說，比興既是一種儒家知識分子都知道的舊的理論，同時也是一種新的理論，因爲它需要不斷地面對新的對象，而不再僅僅是面對已經成爲經典的詩騷。而這種認同需要在這個概念與新的對象之間建立起新的闡釋關係。只有新的闡釋關係的建立，這個傳統才能延續下來。這個傳統在紀昀那裏顯然沒有形成一個對李商隱詩以及晚唐詩的基本判斷，張爾田卻用它重新解釋了晚唐詩裏面的某一種風格，也將李商隱推向整個詩歌歷史的源頭。我們還可以舉一個黃侃的例子，黃侃無疑是對傳統經學極爲推崇的一位儒家學者。在評點李商隱的《無題二首》時候黃侃認爲：「義山

出版社，2010 年版，第 327 頁。
〔註54〕張爾田《玉谿生年譜會箋》（外一種），上海古籍出版社，2010 年版，第 98～99 頁。
〔註55〕張爾田《李義山詩辯正》，《玉谿生年譜會箋》（外一種），上海古籍出版社，2010 年版，第 314 頁。

無題詩，十九皆爲寄意之作，既云無題當時必有深隱之意，不能直陳者。此在讀者以意逆志，會心處正在不遠也。必概目爲豔語，其失在拘；一一求其時地，其失在鑿。此詩全爲追憶之詞，又有聽鼓應官之語。其出於縣尉，追想京華遊宴之作乎？」〔註 56〕但是他不能一以貫之，例如在評點《辛未七夕》時候只說：「此詩純以氣勢取勝。」〔註 57〕我們可以對照張爾田對《辛未七夕》的說法：「此補太學博士後，喜令狐意漸轉圜而作。首二句反言之，實則深喜之。『清漏』句，舊好將合。『微雲』句，屬望尙奢。『豈能』二句，言博士一除，我豈不感激厚恩，而無知所得僅此，或者仙家故交迢遞，以作將來之佳期，未可知也。用意極爲深曲，然不詳考其本事，固不能領其妙趣。」〔註 58〕我們由這些分析，可以感覺到，張爾田和紀昀、黃侃之間的分歧不是具體的某些詩能不能用比興寄託，而是說比興寄託這裡是不是理解李商隱的一個根本原則。除此之外，還有一個也非常重要的方面是，這種根本原則不是抽象地說某一首詩有政治的寓意，而且還要在可能的情況下，通過各種史料來構築起一個理解這首詩背後寄託本事的語境，這個語境的構築與詩的解讀之間，是一個對詩人用心不斷靠近的過程。這個過程不是一個實證的過程，而是一個「推己及人」的過程，是一個體會到詩人幽微要渺的詩思的過程，說到底也是一個對自我的政治倫理身份內涵不斷自覺的過程，這個自覺是必須通過一種闡釋的關係才能建立起來。這種自覺不僅是政治身份的，而且將一種新的詩體與自我的政治之間的關係也闡釋清楚了。

　　張爾田和馮浩無疑有許多的共同之處，他在寫《玉谿生年譜會箋》的時候，對馮浩的評價是：「於當日大臣之拜罷、黨局之始終，

〔註 56〕黃侃《黃季剛詩文鈔》，湖北人民出版社，1985 年版，第 439 頁。
〔註 57〕黃侃《黃季剛詩文鈔》，湖北人民出版社，1985 年版，第 443 頁。
〔註 58〕張爾田《玉谿生年譜會箋》（外一種），上海古籍出版社，2010 年版，第 176 頁。

尤致意焉，而後玉谿一生之事履，可以按籍而求矣。惟馮氏論詩，長於勾稽，短於意逆。」〔註 59〕馮浩對李商隱詩的比興寄託也有一個理解的過程，他說：「《無題》諸什，余深病前人動指令狐，初稿盡爲翻駁，及審定行年，細探心曲，乃知屢啓陳情之時，無非借豔情以寄慨。蓋義山初心依恃，惟在彭陽；其後郎君久持政柄，捨此舊好，更何求援？所謂『何處哀箏隨急管』者，已揭其專壹之苦衷矣。」〔註 60〕馮浩也是在「審定行年，細探心曲」之後，眞正理解到李商隱《無題》詩的用意。但是爲什麼張爾田還要說馮浩「短於意逆」呢？我們還是需要從一個具體的實例來說明問題。在解讀李商隱《〈無題〉二首》的時候，馮浩說：「自來解《無題》諸詩者，或謂其皆屬寓言，或謂其盡賦本事，各有偏見，互持莫決。余細讀全集，乃知實有寄託者多，直作豔情者少，夾雜不分，令人迷亂耳。此二篇實屬豔情詩……」〔註 61〕張爾田則提出了不同的意見：「此初官正字，歆羨內省之寓言也。首句點其時其地。『身無』二句，分隔情通。『隔座』二句，狀內省諸公聯翩並進，得意情態。結則豔妬之意，恐己不能廁身其間，喜極故反言之也。次章意尤顯了，『萼綠華』以比衛公。……下言從前我於衛公可望而不可親，今何幸竟有機遇耶！『秦樓客』，自謂茂元婿也。觀此則秘省一除，必李黨汲引無疑。義山本長章奏，中書掌誥，固所預期。當衛公得君之時，籍黨人之力，頗有立躋顯達之望，而無如文人命薄，忽丁母憂也。此實一生枯榮所由判歟？」〔註 62〕他在解釋完自己的理解之後，話鋒一轉說：「自趙臣瑗謂此義山在茂元家竊窺其閨人而作，於是解者紛紛，不知是年茂元方鎭陳許，即開成四年義山釋褐校書，茂元亦在涇州，

〔註 59〕 張爾田《玉谿生年譜會箋》（外一種），上海古籍出版社，2010 年版，第 1 頁。
〔註 60〕 馮浩《玉谿生詩集箋注》，上海古籍出版社，1979 年版，第 822 頁。
〔註 61〕 馮浩《玉谿生詩集箋注》，上海古籍出版社，1979 年版，第 135～136 頁。
〔註 62〕 馮浩《玉谿生詩集箋注》，上海古籍出版社，1979 年版，第 92 頁。

蹤迹皆不相合。馮氏亦知其不通，則又創爲茂元有家在京之說，更引《街西池館》等篇實之，義山不但無特操，且從此爲名教罪人矣。何其厚誣古人如是哉？」〔註63〕張爾田和馮浩的歧義當然不在以比興寄託來認識李商隱詩的這個前提，而是在於更爲具體的一個問題考證與比興寄託之關係上。我們需要注意的一點是，考證的目的不是單單爲了實證某一首詩的用意和本事，而是爲「逆意」準備的。張爾田之所以說馮浩「長於勾稽，短於意逆」，就是在於張爾田能夠在馮浩的基礎之上向前推進，他非常擅於將行年勾連進對寄託本事的探求上，而在這一點上馮浩的確顯得比較拘謹一點。在閱讀這兩首詩的時候，張爾田非常大膽地將它們闡釋成李商隱「此初官正字，歆羨內省之寓言也」。

這種關係是創造性的關係，但同時這種關係是建立在詩人的歷史語境中的，也是建立在對詩人的「瞭解之同情」的基礎之上的。非常關鍵的一點就是，表面上看起來是一首詩的寄託本事都要有行年考證來支持，實際上卻是用比興將這些確證的行年包容進詩之中。張爾田曾經在理解李商隱《無題》（「萬里風波一葉舟」）上和陳寅恪發生分歧。陳寅恪在 1935 年的《歷史語言研究所集刊》上發表長文《李德裕貶死年月及歸葬傳說辯證》對馮浩以及張爾田的看法提出異議，這篇文章陳寅恪顯然極爲看重，他不僅在學生的論文批註裏面提及而且一直到 1964 年還不斷補充。張爾田則寫了一篇《與吳雨僧論陳君寅恪李德裕歸葬辯證書》回應。

陳寅恪和張爾田的具體問題的是非姑且不論，可他們都從這首《無題》裏面讀出了「言外之意」。值得注意的是，陳寅恪用意是在考史，而張爾田的思路看起來也是在對李商隱的行年事迹的考證，但是思路和陳寅恪有所差異。在分析「碧江地沒原相引，黃鶴沙邊亦少留」一句的時候，張爾田質疑說：「前半泛說李燁之事，後半方始轉

〔註63〕馮浩《玉谿生詩集箋注》，上海古籍出版社，1979 年版，第 92 頁。

到衛公，中間更無連鎖，義山恐無此詩法。」這裡他將對義山詩法的體會引入了對考證的判斷之中。在《玉谿生年譜會箋》裏面他有同樣的例子：「馮譜於是年巴蜀之遊，勾稽已費苦心，惟於一朝黨局，未能參透，而泥於『早歲乖投刺』句……復取希冀李回之作，編入開成五年江鄉之遊時，以實其高鍇遷鎮西川之說，遂使諸詩全失語妙」。〔註64〕在這裡，張爾田具體的結論是否正確，我們可以暫時擱置，但是他的方法非常特別。也就是他對李商隱的行年考證裏面滲入了他對李商隱詩法的體會。他對考證的運用背後是爲了探求李商隱詩裏面的「寄託」。我們也只有在張爾田對「考證」的運用實踐裏面才能理解「考證」在他那裏的意義。當我們將問題落實在考證是否正確的問題上的時候，其實背後還有一個更爲根本的問題，考證是內在於他對李商隱詩的「比興寄託」的判斷之中的。只有如此，我們才能理解爲什麼張爾田會在沒有證據的情況下還會認爲一些詩是有寄託，才能夠理解爲什麼張爾田在和陳寅恪討論的最後忽然批評起考證學，他說：「既無明文可以佐證，則不能不訴之於論理，此亦治學者一定之標準也。治學之法，全恃吾人綜合事實上一種經驗判斷，不能以有證據了事，此非考據家所知。」〔註65〕這是由於「考據家」將一個批評問題轉換成了實證的問題。張爾田說：「夫士之受知，猶女之相夫，苟非勢處至難，安忍輕言棄絕？義山初願，未嘗不欲始終一黨，徒以變關朝局，感兼身世，至不能保其特操。此種苦衷，不敢言而又不忍言，不得已則託悠謬之詞以達之。」〔註66〕張爾田感受到了那些詩背後所隱含著這樣一位在政治風波中激蕩的政治主體。對於這一點陳寅恪無疑也深有感觸，他1964年的時候說：「寅恪昔年於太平洋戰後，由海道自

〔註64〕張爾田《玉谿生年譜會箋》（外一種），上海古籍出版社，2010 年版，第 143 頁。
〔註65〕張爾田《與吳雨僧論陳君寅恪李德裕歸葬辯證書》，《學術世界》雜誌 1935 年第 1 卷第 10 期。
〔註66〕張爾田《玉谿生年譜會箋》（外一種），上海古籍出版社，2010 年版，第 143 頁。

香港至廣州灣道中，曾次韻義山萬里風波無題詩一首⋯⋯足資紀念當日個人身世之感。」〔註67〕如果沒有新文化運動，張爾田對於李商隱詩的闡釋和理解的意涵可能也就止於一種閱讀的政治學。在《玉谿生年譜會箋》裏面不僅有張爾田對晚唐歷史的孜孜探求，而且有他自己的影子在其中。這不僅僅是一種少年時代的對李商隱的喜愛，而且是由於個人之遭際以及清末之世變，讓他感覺到一種「蕭條異代不同時」，產生了強烈的共鳴。他在 1909 年農曆二月的一個晚上寫道：「數年以來，人事拂逆。端憂無耶，生人道盡。每長夜不寐，愁緒煩亂之中，即籍此書遣抱。蓋玉谿一生不得志，幽怨馨芬之致，與余若默相感召者。故不覺好之篤也。」〔註68〕顯然張爾田不再是一個抽象的研究者，對李商隱的闡釋和他對一種晚唐詩的新風格的認識、他自我的政治主體身份以及他的歷史語境完全融合為一體。正如我們上面所說，如果沒有新文化運動之後的變化，張爾田這部年譜的意義大概如此。但是正是因為有了新文化運動之後的變化，而張爾田又身在這個變化之中，所以他思路當中的意蘊就被不斷地釋放出來。

　　張爾田對「考據家」的批評當然也是在新文化運動之後的語境裏面做出的。新文化運動之後，他對胡適等人所提倡的科學考證的方法極為不滿，例如他曾經批評所謂的研究古人之心理。他說：「吾恐研究之所得，非歷史上人物之心理，而為研究者個人心理，則真滑稽之至矣。彼其所據以為材料者，不過自傳及同時人信劄與環境種種，此等斷爛不完之殘片，研究其人事尚且苦於單簡，何況心理。」〔註69〕在新文化運動之後，將心理學等自然科學的客觀方法引入人文研究成為一股潮流。張爾田對這樣的一種客觀主義提出了自己的批評。不過他用力最勤提及最多的還是對考證方法的批評。張爾田說：「考據之學，自是一家，我輩生千載後，上讀千載古人之書，比

〔註67〕陳寅恪《金明館叢稿二編》，北京三聯書店，第 56 頁。
〔註68〕張爾田《玉谿生題記》，《同聲月刊》1942 年第 7 期。
〔註69〕張爾田《論研究古人心理》，《學衡》雜誌第 71 期。

於郵焉。此特象胥之任耳。東原自詭輿夫，今誤認輿夫以爲乘輿者。……考證家所憑以判是非者，厥惟證據。然學之爲道，固有不待驗之證據，而不能不承認其成立者。印度古因明學，有所謂譬喻量者，不識野牛，言似象牛，又有所謂義準量者，謂法無我準知無常？如孔子答子路曰：『未知生，焉知死？』……此皆無需乎證據而又無從示人以證據。」〔註70〕他又說：「休寧高郵之術，爲今日治國學者無上方法，殆所謂能勝人之口，能易人之慮而不能服人之心者歟？愚非謂考據果可廢也。考據之所貴，在能定古書之音訓及其名物度數之沿革。而詁其正義，偏重於彼而略於此。」〔註71〕張爾田在《玉谿生年譜會箋》裏面的思路在新文化運動之後成爲需要辯護的問題，那些隱含的前提在一個新的學術思潮裏面被重新提出來而走向前臺。我們可以看到他對新文化運動之後成爲學術主流的考證學非常地敏感。他在《玉谿生年譜會箋》裏面所用的當然也是年譜考證的方法。如果我們理解了他是在比興寄託的前提之下來對李商隱的行年進行考證的，那麼我們就能夠真正理解他爲什麼會對一個新的語境中的考證那麼的反感。不過，張爾田在新文化運動之後在不同的語境裏面對考證的批評，不能都簡單地放在漢宋之爭中來理解。因爲在漢宋之爭立場上對考據學傳統進行批評的學者，未必認可考證與比興寄託的關係，也就是考證本身所具有的文學批評意義。同時，在漢宋之爭視野裏面的對經史的考證到新文化運動之後，已經成爲覆蓋所有人文學科的一種普遍方法，不再局限在經史典籍的範圍之內了。

　　張爾田經歷了清朝向民國的轉變，也經歷了隨之而起的新文化運動，在某種意義上他站在了屬於我們的歷史的源頭。他在民國初年寫成的《玉谿生年譜會箋》，如果沒有以上的那些歷史的斷裂、巨變，那麼他的這本會箋是一個傳統內部的爭論，他和紀昀、馮浩等

〔註70〕張爾田《與人論學術書》，《亞洲學術雜誌》1922 年第 1 卷第 4 期。
〔註71〕張爾田《與人論學術書》，《亞洲學術雜誌》1922 年第 1 卷第 4 期。

人的對話與他後來與陳寅恪的對話的語境是完全不同的。對於新文
化運動之後的學者來說，紀昀、馮浩、張爾田等對於李商隱的觀點
都是傳統內部的不同爭論而已，但是對於張爾田來說，他對李商隱
比興寄託的詩法的認識不僅構成了對傳統內部的像紀昀這樣一路詩
學思想的批評，而且在新文化運動之後形成了一種批判的立場。正
是有了這兩個向度上的批判性，所以對於張爾田來說，他不僅具有
了一個對於他的傳統內部的多元選擇有了一個整體性的立場和判
斷，而且這個立場和判斷也變成爲「活的傳統」形成了與新文化運
動的對話。這個傳統不是多元和並列的，而是唯一的，這個傳統就
是比興寄託的傳統。張爾田對於這個傳統的堅持與認可，不是抽象
地從儒家詩學的立場出發而獲得的，而是經過了一個複雜的論辯的
過程。同時，對於李商隱的闡釋也是他個人的一段心史。對於這一
點我們在前面已經有所提及。張爾田在和學生張芝聯授課的時候曾
經說：「美與不美之問題，本是哲學上一問題。但欲解決此問題，必
先解決善與不善之問題。善與不善之定義，大都根據於其道德觀念
而來。《說文》曰：善者宜也。適當其可謂之宜。……何謂美與不美
之標準？曰：合乎善之條件者則謂美。」他接著又說：「文辭之美，
意內言外。若赤裸裸之新詩，則中國弗尙也。」〔註 72〕由此可見他
對李商隱的閱讀、對王國維、況周頤詞的不滿，對中國文辭之美的
認識這些跨越了新文化運動的不同時段的觀點具有了內在的一致
性。他將比興寄託，意內言外在新文化運動之後闡釋成中國對於「美」
的理解的獨特之處。我們在這裡需要特別強調的是，對於張爾田來
說「比興寄託」並不是抽象的一種儒家思想的本質主義的教條。如
果離開《玉谿生年譜會箋》以及他對於王國維、況周頤的批評，僅
僅從抽象的一面來理解張爾田在新文化運動之後的一系列對儒家傳
統詩學的態度，是不可能得其真意的，也抹殺了張爾田的孤心苦詣。

〔註 72〕張爾田《歷史五講》，張芝聯記錄，《同聲月刊》第 4 卷第 2 號。

通過上面的分析，我們不難領會到張爾田爲什麼在和夏承燾通信的時候會對王國維以及況周頤提出批評。原因正在於張爾田是站在了一個比興寄託的立場之上看到了王國維、況周頤和白話文運動的「新詩」之間的相似之處，在張爾田看來，他們的作品都太直白，而沒有比興寄託的餘韻。在談到詩詞異同的時候，常州詞派的陳廷焯說：「詩詞一理，然亦有不盡同者。詩之高境，亦在沉鬱，然或以古樸勝，或以沖淡勝，或以巨麗勝，或以雄蒼勝。納沉鬱於四者之中，固是化境，即不盡沉鬱，如五七言大篇，暢所欲言者，亦別有可觀。若詞則捨沉鬱之外，更無以爲詞。」〔註73〕張爾田對晚清的常州詞派傳統非常熟悉和認同，我們可以看他和龍榆生討論彊村詞的本事時說的一段話：「古丈詞，故國之悲，滄桑之痛，觸緒紛來。一篇之中，三致意焉。有不待按合時事而知之者。箋注本事，勿以現代之見，抹殺其遺老身份。斯得之矣。……勿使瑤臺夢雨，疑宋玉之微辭，庶幾錦瑟華章，雪樊南之春淚。」〔註74〕這一段話意蘊豐富。首先，正是因爲站在比興寄託的立場之上，所以張爾田對朱祖謀的詞高度評價。我們也不會奇怪，爲什麼在談到朱祖謀詞的時候他會提到李商隱，因爲在比興寄託的觀念之下，朱祖謀的詞和李商隱的詩都是以「謬悠其詞」的方式表達自己不能明說的政治情懷。其次，張爾田認爲朱祖謀那些詞的言外之意很多是抒發對清朝滅亡的憂歎，對滄桑世事的感慨，不一定要考證才能坐實。張爾田說：「箋注本事，勿以現代之見，抹殺其遺老身份。」箋注彊村本事的人對朱祖謀的遺老身份具有「瞭解之同情」才能更好地體會到詞內的深意。我們不必固執在「清遺老」這一政治身份上，我們可以將眼光放寬，張爾田在這裡提出的究竟還有其它什麼問題。他在這裡發現了一個主體之間的差異，就是他看到龍榆生在理解朱祖謀詞的時候所可能存在的障礙。張爾田才特別強調要讀懂彊村詞就需要注意到

〔註73〕陳廷焯《白雨齋詞話》，上海古籍出版社，2009年版，第6～7頁。
〔註74〕張爾田《四與龍榆生論彊村詞事書》，《詞學季刊》第1卷第4號。

詞人既是一個寫詞的人也是一個政治和倫理的主體,這兩者是合二為一的。而龍榆生只要站在一個比興寄託的傳統裏面,他就能夠理解朱祖謀詞的言外之意,能夠在體會詞人所處的歷史語境和詞體的比興寄託的特點上推衍詞的本事所在。此時,朱祖謀的「遺老」身份反而不顯得重要,因為不是只有遺老才能懂得遺老。比興寄託的一個前提就是能夠「推己及人」。閱讀者通過比興寄託,將自己內在於文本之中。同時,也是閱讀者在考證本事的過程中,探索文本寄託所在的過程中,重新自覺自己作為一個政治和倫理主體的過程。

張爾田對龍榆生的提醒,放在新文化運動之後的學術語境裏面來看就有了特別的意義。其實,對於張爾田來說比興寄託是中國文辭的傳統,無論閱讀者是誰,認同了比興寄託就是認同了傳統,在讀詩詞的時候,放棄了比興寄託這個底線也就自然不在張爾田所理解的傳統之中了。我們或許有非常豐富的史料來論證張爾田的看法不過是一己之見,而傳統本身是非常豐富的。我們完全可以將張爾田對詩詞的理解相對化成許多種傳統中的一種選擇。這個問題也正是夏承燾所面臨的問題。夏承燾是五四之後一位自學成才的學者,就詞學而言,他成長在朱祖謀、張爾田、況周頤、夏敬觀、王國維等這個不盡相同的詞學傳統裏面。夏承燾是一位虛心的晚輩,他能夠接受這些人不同的意見。雖然轉益多師是好的,但是如果不明白那些觀點和立場的背後用意,轉益多師只能帶來矛盾和困惑。錢穆曾經說:「學必有派,即是言一家學問之源流。言學術學派則必言師承,但言學派師承,卻並不是主張門戶。門戶之見要不得,而師承傳統則不可無。今人不明此意,如說專家,又言創造,則變成各自走一條路,更無源流師承可言。於是擡高方法,重視材料,一切學問只變成一套『方法』,一堆材料而已,又要說客觀,不許有主見,如是則那些做學問的人轉不占重要地位。」〔註75〕在五四之後,經

〔註75〕錢穆《中國史學名著》,北京三聯書店,2000 年版,第 249 頁。

史子集這些傳統學術的傳授發生了巨大的改變，像錢穆所說的「學派師承」已經非常難得。學派師承本身當然有利有弊，這一點無須強調，它的一個好處是「於無聲處聽有聲」，能夠通過師承讓學生明白研究的「弦外之音」以及用意所在。因爲很多潛在的對話對象以及立場都不是顯而易見的。夏承燾曾經寫信向張爾田訴說自己的學術苦悶，說自己想研究宋史，張爾田表示贊成，熱情地向他講述南宋永嘉之學以至明清學術的流變，他說：「詞至彊村，已集大成。後來殆不能復加，何如移此精力，多治有用之學，且多治古人未竟之學」〔註 76〕。張爾田是順著夏承燾的願望說的，在他的學術世界裏面，他指示夏承燾做經史之學的研究，這是對考證的超越。雖然如此，當夏承燾詞學考證上的成績被越來越多認可的時候，他內心的緊張得到了緩解，我們可以看夏承燾在 1940 年 2 月讀《文史通義》時候所記的心得：「其謂史考、史纂、史選、史評、史例，俱不足爲史學，然其答客問上，解析其著述成家之史學，所謂異人之所同，重人之所輕，繩墨不得而拘，類例不得而泥，微茫秒忽之際，有以獨斷於一心，可以參天地、質鬼神云云，究嫌微茫秒忽，不易領會。由今言之，史考史例，何一非史學哉。實齋高語春秋，反墮混沌。」〔註 77〕夏承燾這裡對章學誠的批評和他當時對考證瑣碎之學的緊張、張爾田所講的永嘉之學形成了絕妙的對比。張爾田讓他從事於「有用之學」的經史之學，對於夏承燾來說有著非常多的困難。在 1930 年代的學術界，各類學術分科已經大致劃定，對於夏承燾來說意味著從文學研究轉向史學研究，如果說這還不算困難，那麼更重要的是，張爾田所提供的學術思路雖然解決了夏承燾在學術上對於意義的追尋的問題，但是夏承燾必須要承擔這個思路之中所內含的對以胡適爲代表的新學術的強烈批判。除非夏承燾能夠意識到另一種思路，以新學術所認同的考據方法來寄寓經史之學，正如錢穆《劉

〔註 76〕《夏承燾集》第 5 冊，浙江古籍出版社，1998 年版，第 334 頁。
〔註 77〕《夏承燾集》第 6 冊，浙江古籍出版社，1998 年版，第 180 頁。

向歆父子年譜》、余嘉錫《四庫提要辯證》等所做的一樣。當然還有他很熟悉也極爲推崇的陳寅恪關於唐代文史的研究，他對陳寅恪的元白詩考證非常關注，曾經寫過《讀〈長恨歌〉—— 兼評陳寅恪教授之〈箋證〉》一文回應。夏承燾對陳寅恪《唐代政治史略稿》非常欽佩，他也是較早就知道陳寅恪要做關於柳如是研究的人，還替陳寅恪收集過關於柳如是的材料，他也曾讀到過陳寅恪寫《再生緣》的文章。從他在日記中的反應來看，我們發覺他對陳寅恪研究背後的寄託並沒有特別的感懷。

張爾田對夏承燾的詞人年譜考證很欣賞，他多次和夏承燾討論這一方面的問題。例如他曾經對夏承燾考證溫庭筠再貶方城事提出討論。1954 年夏承燾在修訂《溫飛卿繫年》的時候，特意記道：「往年爲此編，承張孟劬先生爾田貽書討論；譜中定飛卿再貶方城在咸通間，即遵先生教也。」〔註 78〕夏承燾顯然接受了張爾田的修正，即便張爾田自己也說：「其再貶方城，則在咸通間，此固別無佐證，不過一種懷疑而已。」〔註 79〕張爾田和夏承燾的討論基本都是一些考證，從來沒有正面提到過這些背後的思路。張爾田在和夏承燾論學的過程中曾經高興地回憶起自己早年研究：「弟少年於玉谿、樊川、長吉、金荃四家，皆擬爲之補箋，僅成玉谿一種」〔註 80〕但是他也沒有點明自己的思路。張爾田也時時和夏承燾說到詞體的問題，在談到陳蘭甫詞的時候說：「蘭甫經學大師，而其詞乃度越諸子，則以詞外有事在也。」〔註 81〕在評陳曾壽詞說：「論詩詞究不同，陳蒼虬好句皆是詩非詞。」〔註 82〕張爾田在給龍榆生的信裏提到的對陳曾壽詞的評價可爲參證：「比閱近代詞集頗多，自當以樵風爲正宗，彊村爲大家也。

〔註 78〕《夏承燾集》第 1 冊，浙江古籍出版社，1998 年版，第 421 頁。
〔註 79〕張爾田《與龍榆生論溫飛卿貶尉事》，《詞學季刊》，1934 年第 1 期。
〔註 80〕《夏承燾集》，第 5 冊，浙江古籍出版社，1998 年版，第 317 頁。
〔註 81〕《夏承燾集》，第 5 冊，浙江古籍出版社，1998 年版，第 326 頁。
〔註 82〕《夏承燾集》，第 6 冊，浙江古籍出版社，1998 年版，第 376 頁。

述叔、映庵，各有偏勝，無傷詞體。陽阿才人之筆，蒼虯詩人之思，降而爲詞，似欠本色。」〔註83〕除了這些，當然還有我們已經提到過的對王國維、況周頤的批評。這些背後的思路都是對詞體與比興寄託關係的強調。不過，張爾田和夏承燾多講以詩證史的一面，對其背後的比興寄託反而沒有和夏承燾明言過。張爾田和夏承燾說：「弟學無似，獨好談史，而於詩之可以證史者，則尤好之。」〔註84〕他舉了吳梅村作爲例子，說到自己最近讀到的談遷《北遊錄》的鈔本裏面有不少材料可以補證吳梅村的詩，他也打算以後有機會再做吳梅村詩的箋譜。但張爾田在這裡和夏承燾所說只是他對吳梅村詩的看法之一，他沒有提到他對吳梅村詩的評價，吳梅村詩在他的詩人譜系之中的位置究竟在什麼地方。這些張爾田都沒有說。我們從王鍾翰當年抄錄的張爾田的藏書題識裏面可以看到他的思路，他在 1928 年的吳梅村詩集的批註裏面寫道：「集中諸作，要以長慶體爲工。風骨不逮四傑，聲情駘宕，上掩元、白，而蒼涼激楚過之，或疑其俗調太多，實則此體正不嫌俗，但視其驅使何如耳。陳雲伯輩傚之，遂淪惡下。於此見梅村眞不可及。五古若《清涼山》諸詩，亦堪繼武，七律未脫七子窠臼，絕句則自鄶以下矣。」〔註85〕由此可見，雖然同寓史事，寄慨興亡，但是吳梅村詩和李商隱詩法多用比興寄託並不一樣。張爾田對吳梅村的七律、絕句是不看好的，他所推舉的是那些接近於「長慶體」的詩作。如果沒有張爾田的指點，我想夏承燾是絕對不能理解到張爾田在一個對吳梅村詩的「以詩證史」的思路背後還有有著這樣一個如此豐富的背景。將自我隱藏在箋注對象之中，對於中國傳統學者來說並不陌生。余英時先生在分析錢謙益《錢注杜詩》時就對錢謙益注杜詩的用心頗

〔註83〕龍榆生《龍榆生詞學論文集》，上海古籍出版社，1997 年版，第 484 頁。

〔註84〕《夏承燾集》第 5 冊，浙江古籍出版社，1998 年版，第 318 頁。

〔註85〕《張孟劬先生〈遯堪書題〉》，王鍾翰《王鍾翰清史論集》第 4 卷，中華書局，2004 年版，第 2337 頁。

有領會。他說：「箋杜之『詩』不僅關係唐代之遠『史』，亦直接涉及當時之近『史』。此牧齋對於『詩史』含義之擴大與現實運用，絕非《春秋》『褒貶』、『微言』所能盡也。」〔註 86〕在余先生自己箋注陳寅恪詩的時候也深有同感：「它已不是外在於我的一個客觀存在，而是我生命中一個有機部份。它不但涉及歷史的陳迹，而且也涉及現實的人生，不但是知識的尋求更是價值的抉擇。此書不是我的著作，然而已變成我的自傳之一章。」〔註 87〕杜甫、吳梅村以及陳寅恪的詩法和李商隱的詩法不一樣，在處理前者的問題時可以和詩體本身的問題分開，余英時先生在分析錢謙益《列朝詩集》時就說：「牧齋本人關於『詩』之種種見解亦遍見於《列朝詩集》各家傳記與詩評之中，如丁集十二評論鍾惺、譚元春之詩（竟陵派）即其顯證。但此是牧齋從純粹文學觀點論詩之作，與『詩史』之所謂『詩』不同科，而必須分別以觀者也。」〔註 88〕然而，在箋注李商隱詩背後的本事的過程也是對李商隱詩比興寄託的一個認識過程。換句話說，就是在閱讀李商隱詩背後本事的一個前提就是要對李商隱詩比興寄託的詩法有所理解，否則不能夠發現本事而融會貫通。這和杜甫、吳梅村的詩法是不盡相同的。

　　夏承燾自己在日記裏面也曾說：「元遺山有《唐詩鼓吹》、陳沆有《詩比興箋》，擬仿之作《宋詞比興箋》，與南宋詞事同輯。」〔註 89〕他和吳眉孫一起看吳喬的《西崑發微》時，非常認同吳喬的唐詩多比興的觀點。〔註 90〕他說：「予曩有宋詞證史之作，眉孫爲作南宋詞事。若擴大盡收宋人詩詞之與史事有關者，亦洋洋巨編。」〔註 91〕從這些想法看起來，他做詞的本事考證，在心目中是有一個學術參照的，而

〔註 86〕《余英時文集》第 9 卷，廣西師範大學出版社，2006 年版，第 50 頁。
〔註 87〕余英時《書成自述》，《陳寅恪晚年詩文釋證》，東大圖書公司出版
　　　　1998 年版，第 16 頁。
〔註 88〕《余英時文集》第 9 卷，廣西師範大學出版社，2006 年版，第 50 頁。
〔註 89〕《夏承燾集》第 6 冊，浙江古籍出版社，1998 年版，第 292 頁。
〔註 90〕《夏承燾集》第 6 冊，浙江古籍出版社，1998 年版，第 296 頁。
〔註 91〕《夏承燾集》第 6 冊，浙江古籍出版社，1998 年版，第 288 頁

不是一個單純的考證興趣。他有意按照陳沆的思路來做宋詞的考證。如果他真的這樣去做了，那麼他就走著張爾田《玉谿生年譜會箋》的思路，那麼他就能夠懂得他自己對彊村詞以及沈曾植詩詞本事考索背後的意義，那麼他也就能夠體會到張爾田和他談論詞時候的背後的思路。可惜的是，這些打算只是難得的靈光一閃。正如在姜白石的考證裏面，夏承燾發現了王國維《人間詞話》裏面對於姜夔詞的判斷是錯誤的，還有他對《樂府補題》的考證，這些證明他已經觸動了非常重要的問題。但是，要依靠夏承燾自己去體悟出來這些意義，是非常困難的，這個困難不僅僅在於夏承燾個人的學術感覺而且更屬於他所身處的時代，他所身處的那個學術語境。現代意義上的學者最為重要的特點之一就是平等、客觀地處理過去的所有材料，那麼這裡面不僅不能有價值判斷而且還要具有一種包容的觀點。情感、心理是不帶有價值判斷的，而政治、倫理則是一種價值判斷。但是他們沒有意識到這種現代學者所謂的「客觀」不過是歷史的產物。我們可以發現他們所認為的「客觀」之中的偏見，例如對於蘇雪林所寫的《李義山戀愛事跡考》，夏承燾的評價是：「雖小品之作，無關宏旨，然依其說以讀李詩，較勝舊注家馮浩輩之穿鑿談寓言。」〔註92〕在給楊鐵夫的《夢窗詞箋》作序的時候他說：「予以為古今注義山錦瑟詩者不一，而究以悼亡之解為近正。」〔註93〕為什麼李商隱詩背後所指被解釋成他的愛情事跡的時候就容易被接受，而被解釋成為政治性寄託的時候就會被毫無分說地被否定？或者說當指認一首詩背後是政治寄託的時候要比指認背後是一個愛情故事的時候要負有更多的舉證責任。又比如在解釋姜夔《暗香》詞時候，夏承燾說：「自來談白石詞事者，以二曲有『昭君胡沙』之句，謂為徽欽后妃而發；然靖康之亂，距白石作此曲時，已六七十年，謂專為此作，殆未必然。」〔註94〕夏承燾覺得將《暗香》

〔註92〕《夏承燾集》第 5 冊，浙江古籍出版社，1998 年版，第 86 頁。

〔註93〕《夏承燾集》第 5 冊，浙江古籍出版社，1998 年版，第 410 頁。

〔註94〕《夏承燾集》第 1 冊，浙江古籍出版社，1998 年版，第 452 頁。

《疏影》解釋成和合肥情事相關更妥當一點，他還打了一個比方：「此猶今人詠物忽無故闌入六十年前光緒庚子八國聯軍之事，豈非可詫。若謂石湖嘗使金國，故詞涉徽欽，亦不甚切事理。」〔註95〕夏承燾的文章是寫給新文化運動之後的讀者看的，當然非常容易說服別人。其實為什麼六七十年前的政治事件就不能重新進入姜夔的關注之中呢，同處於國勢衰微的情境之中，姜夔作為一個士大夫對這個歷史事件忽有所感不是也順理成章嗎？在這裡，我當然無意去爭辯說這首詞一定要解釋成鄭文焯等人的解釋才是正確的。我在這裡舉這樣的例子只是想說明，在新文化運動之後，情感獲得了新的重要地位。我想再引朱自清在1940年代完成的一部名著《詩言志辨》裏面對「詩言志」的討論來說明這個問題。朱自清在書中說：「『詩緣情』那傳統直到這時代才算是真正擡起了頭。……這種局面不能不說是袁枚的影響，加上外來的『抒情』意念——『抒情』這詞組是我們固有的，但現在的涵義卻是外來的——而造成。現時『言志』的這個新義似乎已到了約定俗成的地位。」〔註96〕朱自清的這段話告訴我們至少兩個重要的訊息，一個是「詩緣情」這個看法之所以在現代產生重要的影響固然和我們傳統中的一些資源有關，但是更重要的是西方「抒情」觀念的影響。他非常明確地告訴我們，我們所理解的「抒情」這個詞，詞是中國的，而它的涵義是西方的。這是朱自清一個非常敏銳的論斷。朱自清還告訴我們另一個訊息，「言志」的這個新義成了現代最為重要的主流。抒情成為新文化運動之後理解文學最為重要的一個關鍵詞。

劉永濟在晚年的讀書筆記《默識錄》中「姜夔疏影詞詠梅而用昭君胡沙說者多誤」條特意回應了夏承燾對《疏影》的解釋：「范成大把玩此詞不已，如白石但為合肥舊眷而作，恐未必能使范如此感動，更何得用昭君胡沙深宮等詞，豈不更可詫！故夏君雖出新意，似不可

〔註95〕《夏承燾集》第3冊，浙江古籍出版社，1998年版，第79頁。
〔註96〕朱自清《朱自清說詩》，上海古籍出版社，1998年版，第42～43頁。

從。」〔註97〕我想，如果劉永濟想將問題推到實證的方向上去說服夏
承燾這首詞背後不可指向合肥情事，恐怕夏承燾也不會承認。因爲夏
承燾的看法也未必一定錯。他們倆眞正的分歧在於，夏承燾爲什麼更
加願意將之解釋成合肥情事，而劉永濟又爲什麼更願意將之解釋成
「爲徽、欽二帝作」？這兩種不同的解釋所隱含的不是簡單的現代學
術上的分歧而是別有意義。對於這個問題我先暫且不表，我將在下一
章談到劉永濟的時候再做回應。看不同學者對姜夔《暗香》、《疏影》
的解釋簡直是在看一部微縮版本的二十世紀中國詞學史。沈祖棻在
1947年的《國文月刊》上發表了一篇《白石詞〈暗香〉〈疏影〉說》
也提到王國維的觀點：「此二詞託意，比興深微，遂以爲隔，以爲無
一語道著……《詩》、《騷》以還，借物託喻，觸興致情之作，慮難具
舉，例以國維之言，則均無一語道著，豈其然乎？」〔註98〕沈祖棻比
夏承燾更進一步的地方不僅在於指出了王國維的問題，而且說出了爲
什麼這兩首詞會「隔」的原因。她更加指出這是對《詩》《騷》傳統
的一個繼承。但是非常可惜的是，她和夏承燾都沒有乘勝追擊，他們
究竟在什麼意義上發現了王國維的錯誤。他們沒有自覺到自己的立
場，能夠對王國維批評的不就是他們非常瞭解的常州詞派理論中的比
興寄託傳統嗎？沈祖棻在說王國維讀不懂姜夔詞的原因是王國維不
懂詩騷的比興之義，這樣的解釋看似合理，我們再想一想其實未必如
此。在王國維給張爾田《玉谿生年譜會箋》作的序中，我們可見他對
《詩經》的闡釋傳統非常之熟悉。爲什麼就連他們這些現代學者看得
明顯的問題一位對傳統學術有深刻理解的學者卻讀不懂？可見王國
維讀不懂或者說他對姜夔詞的貶低，不是沈祖棻所說的原因。我在這
裡的目的不是尋找王國維貶低姜夔背後所依靠的眞正資源〔註99〕，而

〔註97〕劉永濟《文學論・默識錄》，中華書局，2010年版，第276～277頁。
〔註98〕沈祖棻《白石詞〈暗香〉〈疏影〉說》，《國文月刊》，1947年第59期。
〔註99〕關於這一點羅鋼在《本與末——王國維「境界說」與中國古代詩學
　　　　傳統關係的再思考》一文中已有精彩分析，《文史哲》2009年第1期，
　　　　特別是第16～21頁。

是想問另一個問題，無論是夏承燾還是沈祖棻他們都沒有對王國維《人間詞話》進行批評的原因所在？我感興趣的是什麼阻止了夏承燾和葉嘉瑩繼續追問的好奇心？抑或者他們沒有覺得這裡存在著什麼問題？

這個足以動搖王國維《人間詞話》根基的關鍵問題，被他們當做了一個普通的錯誤處理了。不過，無論是夏承燾還是沈祖棻都沒有說自己站在了常州詞派理論的立場上對王國維進行批評的。他們似乎都在某一個關鍵的點上自覺不自覺地停止了思考的腳步。沈祖棻後來對常州詞派的一段話，我想可以比較真實地體現出一位現代的學者的想法：「比興只是歷史悠久的和經常被使用的藝術表現方法之一，而決不是惟一的方法；沉鬱也只是美好的風格之一，而決不是惟一的美好風格。……在詞史上，可以看到，有很多的傑作是用賦體寫的，它們的風格也是多種多樣的。在這種大量存在的事實面前，陳廷焯等的看法就無法掩蓋其片面性。」〔註100〕這和她在《白石詞〈暗香〉〈疏影〉說》對王國維進行批評的時候說的一句話可以互為參看：「文學使事，古今所不廢，……而表現之道，或隱或顯，或曲或直，亦但視情事而施，難以成見軒輊。」沈祖棻在這篇文章裏面還引證了夏承燾對劉克莊《沁園春》《夢中作梅詞》和高觀國《金人捧露盤》《梅花》的理解，他們對這一類的詞的好處都是非常清楚的。王國維非常重要的核心的問題，在張爾田那裏非常之清楚明白，而在夏承燾和沈祖棻這裡卻視而不見，不是後面兩位學識不夠，而是在他們的知識體系裏面，張爾田所見的對峙性在他們那裏被輕易地化解了。他們建構出了一個更為包容的傳統，比興寄託不再是唯一的立場，而是許多藝術方法中的一種。這樣，在王國維《人間詞話》和常州詞派理論中的立場性的東西被改寫成了一種方法，立場背後的一系列問題意識在一個新的學術規則裏面被視而不見了。但是我們發現了一個矛盾。在他們自己寫詞的時候，常州詞派比興寄

〔註100〕　沈祖棻《清代詞論家的比興說》，《宋詞賞析》，中華書局，2008 年版，第 308～309 頁。

託卻還是一個核心的立場，一個努力的方向和評判的標準。

夏承燾在私下寫作時也知道將不好明說的事隱藏起來用詞來表達。這其實就已經包含了他對詞體的一種認識，就是比興寄託，那樣詞才有興味。他對自己詞作的定位是非常清楚的：「早年妄意合稼軒、白石、遺山、碧山爲一家，終僅差近蔣竹山而已。」〔註 101〕顯然，他對自己詞作的評價並不高。其實早在 1931 年他就有了這樣一個看法：「接楡生信。謂予詞專從氣象方面落筆，琢句稍欠婉麗，或習性使然。此言正中予病。自審才性，似宜於詞。好驅使豪語，又斷不能效蘇、辛，縱成就亦不過中下之才，如龍州、竹山而已。」〔註 102〕夏承燾無論是清楚將不可明言之事用詞來表達更爲適合且有味，還是將自己的詩作放在蔣捷的位置上，都說明在他的世界裏面常州詞派是一個核心的對話對象和一個標準。夏承燾讀完龍楡生寫於 1941 年的《論常州詞派》後，在日記裏面記道：「覆楡生，稱其《論常州詞派》一文。」〔註 103〕龍楡生這篇論文的一個基本判斷就是常州詞派「流風餘沫，今尚未全衰」。〔註 104〕夏承燾的記錄非常簡單，但是無疑他對龍楡生這個判斷一定深有同感。除了夏承燾之外，還有沈祖棻也存在這樣的矛盾。〔註 105〕她的《涉江詞》多用比興寄託，例如她在抗戰時期寫的《臨江仙》八首之一：「碧檻瑤梯樓十二，驕驄嘶過銅鋪。天涯相望日相疏。漢皋遺玉佩，南海失明珠。　衙石精禽空有恨，驚波還滿江湖。飛瓊顏色近何如？不辭寬帶眼，重讀寄來書。」程千帆箋曰：「此首寫戰局失利，汪精衛投敵。碧檻三句，喻沿海沿江名城淪陷，敵軍長驅直入，流亡至後方之人民與故鄉相距愈遠也。驕驄，

〔註 101〕　《夏承燾集》第 4 冊，浙江古籍出版社，1998 年版，第 113 頁。
〔註 102〕　《夏承燾集》第 5 冊，浙江古籍出版社，1998 年版，第 214 頁。
〔註 103〕　《夏承燾集》第 6 冊，浙江古籍出版社，1998 年版，第 345 頁。
〔註 104〕　龍楡生《論常州詞派》，《同聲月刊》第 1 卷第 10 號，1941 年 9 月。
〔註 105〕　關於沈祖棻的研究，可以參考張宏生《理論的追求與創作的實踐
　　　　　　——沈祖棻與比興寄託說》，《詞學》第 17 輯，上海古籍出版社，
　　　　　　2007 年版。

寇騎也。一九三八年十月二十一日,廣州失守,越四日,武漢亦陷,故曰『南海失明珠』,『漢皐遺玉佩』。同年十二月,汪精衛叛變,由重慶逃往河內,發表宣言。響應日本內閣總理大臣近衛文磨調整中日關係三原則,引起國內外極大震動。汪少時從事民族民主革命,嘗自比神話中欲銜木石以塡滄海之精衛鳥,以示至死不渝之意。乃晚節不終,竟墮落爲漢奸,故曰空有恨也。飛瓊句,慮蔣介石難以承受此挫折,並望其不變抗戰到底之初衷也。飛瓊指蔣,顏色喻心情。寄來書指一九三七年八月十三日日本進犯上海,全面抗戰開始後,國民黨政府所發表之自衛宣言。此件發表已年餘,故曰重讀。不辭二句,謂己憂思之深,至腰圍瘦損,革帶移孔而不惜也。」〔註 106〕我想如果不是程千帆的這一番細緻的解釋,很難有人能夠領會到這樣一首小令背後隱含著這麼豐富的意蘊和本事。

　　沈祖棻的老師汪東在給沈祖棻的詞寫序的時候說:「訪我於石湖,楊柳繞屋,梅花侑尊,誦鷓鴣之詞,繼疏影之作,遂若與治亂不相涉者,而非由亂至治,不克有此。是退藏之願,仍望治之心也。言近而旨遠,祖棻其益進於詞矣。」〔註 107〕汪東感受到沈祖棻寫詞的變化,他判斷沈祖棻詞進步的依據就是「言近而旨遠」。沈祖棻自己的表述可能更加有助於我們來理解汪東的讚賞。她在自己的詞序裏面說:「每愛昔人遊仙之詩,旨隱辭微,若顯若晦。因效其體制,次近時聞爲令詞十章」〔註 108〕,又說:「雖或乖列仙之趣,亦庶幾風人之旨。」〔註 109〕這裡值得注意的是沈祖棻以「風人」自稱。夏承燾曾

〔註 106〕　沈祖棻《涉江詩詞集》,《沈祖棻全集》第 1 卷,河北教育出版社,
　　　　　　2000 年版,第 11 頁。
〔註 107〕　汪東《涉江詞序》,《沈祖棻全集》第 1 卷,河北教育出版社,2000
　　　　　　年版,第 4 頁。
〔註 108〕　沈祖棻《涉江詩詞集》,《沈祖棻全集》第 1 卷,河北教育出版社,
　　　　　　2000 年版,第 41 頁。
〔註 109〕　沈祖棻《涉江詩詞集》,《沈祖棻全集》第 1 卷,河北教育出版社,
　　　　　　2000 年版,第 79 頁。

在日記裏抱怨說自己所做的研究都是「爲人」，很少「爲我」，所以打算偏重於寫詞。他非常清楚寫詞和他所做的學術是兩件不同的事情。在這一點上夏承燾似乎和傳統的老輩學者的看法很一致。張爾田1944年在一封信中說：「弟少年治考據，亦嘗持一種議論，以爲一命爲文人，便不足觀。今老矣，始知文學之可貴，在各種學術中，實當爲第一。即以乙老而論，其史學佛學，今日視之已有積薪之歎，而其詩則自足千古異日之傳，固當在此而不在彼也。夏映翁詞，弟嘗評爲詞中之鄭子尹，有清一代，無第二手者。而近日忽喜作考據，欲與王靜安協輩，當場賽走，可謂不善用其長矣。」〔註110〕吳梅也是一個顯著的例子，在我們看來，吳梅的《詞學通論》、《顧曲塵談》、《中國戲曲史》等皆爲其重要的學術名著，但是在吳梅自己的心目中並不重要。在他託付盧前的信裏我們可以看到他心目中最爲重要的是《霜厓文錄》、《霜厓詞錄》、《霜厓曲錄》、《霜厓詩錄》還有《霜厓三劇》〔註111〕。這恰好和我們現在對吳梅的閱讀相反，吳梅聽任它們「自生自滅」的著述恰恰是我們最爲看重的，而他自己看重的又是我們現在絕少去關注和閱讀的。既然夏承燾意識到了寫詞才是「爲我」，他似乎意識到了作爲學者的他和寫詩的他是兩個不一樣的自我。那麼，是什麼造成了這樣的局面，是什麼使得這兩個自我分離了而且發生矛盾了？他所說的那個寫詞的「我」究竟是一個什麼樣的「我」呢？用沈祖棻在自己詞序裏面的話來說那個寫詞的「我」就是「風人」。蔣敦復在《芬陀利室詞話》中說：「詞原於詩，即小小詠物，亦貴得風人比興之旨。唐、五代、北宋人詞，不甚詠物，南渡諸公有之，皆有寄託。白石、石湖詠梅，暗指南北議和事。及碧山、草窗、玉潛、仁近諸遺民，《樂府補題》中，龍涎香、白蓮、蓴、蟹、蟬諸詠，皆寓其家國無窮之感，非區區賦物而已。知乎此，則《齊天樂·詠蟬》，

〔註110〕 錢仲聯《張爾田論學遺箚》，《文獻》，1983年第2期，第157頁。
〔註111〕 參看吳梅《與盧前書》，《吳梅全集·理論卷》，河北教育出版社，2002年版，第1135頁。

《摸魚兒·詠蕙》，皆可不續貂。即間有詠物，未有無所寄託而可成名作者。」〔註112〕由此可見在詞中，「風人」和比興是緊密聯繫在一起的。程千帆先生在《涉江詞》的後記裏面深情地寫道：「其爲深於詩教，溫柔敦厚，淑愼堅貞，篤於親，忠於友。」在一個現代學術氛圍裏面，程千帆能夠用這樣古典的詞彙來評價沈祖棻，如果程先生的話不是一句客套之言刻意復古而是別有寄懷的話，他眞可是沈祖棻的知心之人。但是我們奇怪的是，爲什麼無論是夏承燾還是沈祖棻這些寫詞的「風人」，不能理解李商隱詩「多假閨襜香清語，以寓其優生念亂之痛，直靈均苗裔也」？不能理解張惠言對溫庭筠的解釋？

　　無論是夏承燾還是沈祖棻無疑都對儒家文化有很深的感受，我們不能說他們沒有一種對於儒家傳統的文化自覺。夏承燾對鄧廣銘箋注稼軒詞的幫助，還有在龍楡生困頓之際，他說：「滄桑之際，事有難言，古人如淵明之於殷晉安，少陵之於鄭虔、摩詰，皆拳拳關愛，不以一時之誤，忘平生之舊。昔賢寬恕之風，有關世教，不必援國法以衡私情。」這些事例可謂都是夏承燾爲人具有儒者之風的典型體現，傳統士人的一套行事準則對他依然有一種自覺的規範作用。然而我們必須注意的一點是，在做人以及生活的行爲上是否認同儒家傳統的一些規範是一回事，在學術上是不是傳統的以及是一種什麼樣的傳統則是另外一回事。就像胡適、傅斯年他們在爲人處世上不能說沒有傳統儒家士人的風範，但是不能說他們在學術上還依然是傳統的。傅斯年曾經說：「孫中山有許多很腐敗的思想，比我們陳舊多了，但他在安身立命處卻完全沒有中國傳統的壞習氣，完全是一個新人物。我們的思想新、信仰新；我們在思想方面完全是西洋化了；但在安身立命之處，我們仍舊是傳統的中國人。」〔註113〕傅斯年這段話被胡適記錄在自己的日記裏面並且深感認同。這段話再清楚不過地告訴我

〔註112〕　唐圭璋編《詞話叢編》第 4 冊，中華書局，1986 年版，第 3675 頁。
〔註113〕　轉引自余英時《現代危機與思想人物》，北京三聯書店，2005 年版，第 54 頁。

們，思想與「安身立命之處」是完全可以分開的，而且他們也不覺得
這有什麼矛盾之處。胡適和傅斯年在學術中當然是對儒家價值持批評
態度的，王汎森在《價值與事實的分離？》一文中已經闡述過這個問
題。〔註 114〕

　　夏承燾和沈祖棻的專業是文學，研究的對象是詞。雖然夏承燾和
沈祖棻贊同白話文運動，也贊同甚至寫作白話詩，但是他們在學術裏
面對儒家價值是認可的。在這裡，他們和胡適、傅斯年這些學者當然
有不同之處，他們不會在自己的專業領域裏面對儒家文化採取一種完
全批評的態度。問題就在於此，他們在學術裏面所堅守的是一種什麼
樣的儒家文化？儒家文化在五四之後被對象化之後，它要獲得自己的
價值必須經過一系列的「翻譯」，例如我們可以看到儒家士人精神和
一種現代的民族主義在某種意義上是完全可以對接起來的，特別是在
抗日戰爭的語境之中更為如此。夏承燾面對日益緊迫的時局，對自己
每天埋頭於「無益於世之詞書」非常愧疚，也正是如此急迫的心情下
講起龍榆生和張爾田之間對於蘇軾、辛棄疾這一類所謂豪放派詞人的
分歧，他對張爾田批評龍榆生頗有不滿和不理解。〔註 115〕辛棄疾詞
裏面無疑具有非常強烈的民族主義色彩，正好可以鼓舞國人的士氣，
這也是傳統儒家士人的「天下興亡，匹夫有責」的擔當。他打算做辛
棄疾詞的箋注的想法也是在這個背景中形成的。夏承燾在 1941 年 7
月 1 日的日記裏面抄錄了一首自己曾經寫的白話詩，題名為《丟掉一
個我》，以「我」—— 一個餓死在路邊的流浪漢的口吻來寫對這個現
實世界的控訴：「老爺們忙忙掉頭，／太太們連連吐唾。／你這邊嫌
多的是人啊人啊，／這算得什麼，丟掉了一個我。」〔註 116〕這首白
話詩和辛棄疾詞裏面最能夠體現出民族主義色彩的部份顯然都有一

〔註114〕　參看王汎森《中國近代思想與學術的系譜》，吉林出版集團有限責
　　　　　任公司，2011 年版，第 381〜468 頁。
〔註115〕　參看《夏承燾集》第 5 冊，浙江古籍出版社，1998 年版，第 394
　　　　　頁。
〔註116〕　《夏承燾集》第 6 冊，浙江古籍出版社，1998 年版，第 316 頁。

個鮮明的心繫民生疾苦、關心國家民族安危的抒情主體。在這裡新文化運動所造成的歷史的斷裂在抗戰的語境裏面在一個民族主義的語境裏面握手言和了，歷史的傷痕似乎癒合了。儒家士人所講求的對民生對國家的擔當意識也得到了延續。這實際上是要求新學者重新擔當起公共的道德和政治責任。抗日戰爭期間錢穆在《新時代與新學術》裏面寫道：「近百年來之學術，長久鬱塞，亦自有故。乾嘉與歐美，（此非指目前歐美言）比較皆在昇平盛世，而我儕則局身動亂之中。……吾儕乃以亂世之人而慕治世之業。高搭學者架子，揭爲學問而學問之旗號，主張學問自有其客觀獨立之尊嚴。」〔註 117〕錢穆重新定義了新學者身份，錢穆強調的是對「本國以往歷史之溫情與敬意」，注重的是新學者應該如何在學術裏面注入倫理道德的擔當。從這裡我們也可以明白，夏承燾爲什麼在追問自己所從事的學術意義的時候最先自然想到的是經史之學？就是因爲作爲和現代學術相對抗的，在當時學術語境裏面顯然是傳統經史之學。也正因此夏承燾讀到錢穆《水利與水害》以及《跋康熙丙午刊本方輿紀要》等文章時非常欣羨。對於前一篇文章，他說不由說：「此文實有關世運，不虛讀書，擬奉一函，以道欽仰。」〔註 118〕我們不能不說在這一點上儒家文化的一部份被成功地翻譯成現代的東西。這些可以被翻譯被現代觀念所認同的是屬於「士人」的公共性的部份，也就是說我們強調是他們的天下情懷，他們對道德的擔當，像無論是蘇軾、辛棄疾還是經史研究的學者，他們都是以一個「士人」的形象出現的。從晚清特別是新文化運動以來，「士人」作爲一個階層出現在一個新的危機裏面，社會階層的劇烈變動使得它被放在一個特殊的位置上，好像在舞臺上的聚光燈下，「士人」這個群體忽然顯得非常的突出，以至於「士人」成爲作爲一個主

〔註 117〕 錢穆《新時代與新學術》，《文化與教育》，北京三聯書店，2009 年版，第 52 頁。
〔註 118〕 《夏承燾集》第 5 冊，浙江古籍出版社，1998 年版，第 404～405頁。

題內在於不同的思想和政治運動之中。對於那些想發揮傳統士人積極
價值一面的人來說，在這樣的一個背景下，「士人」內部不同的特殊
性就不太重要，重要的是需要不斷地建構出它們之間的共同性。借用
一句章太炎的話就是：「若在百年前、五十年前，卻不應該這樣講。
但是現在，卻不能不這樣講，因爲已經很急了。」〔註 119〕對夏承燾
和沈祖棻來說，雖然他們在自己的學術研究裏面保持了儒家文化的關
懷，但是他們所面臨的分裂、矛盾一點也不比胡適、傅斯年他們少。
如果他們的專業是經史研究，我想他們的分裂可能會小一點。在經史
研究裏面，在一個現代學者身份的背後完全可以隱藏著一個傳統士人
的關懷。此時，他們所面臨的僅僅是現代學者與傳統士人這一層可能
存在的矛盾。但是，他們的研究對象是詞。在這裡，他們將會遇到一
次困難的選擇，是將「風人」泛化成「士人」還是將「士人」再特殊
化成「風人」。更具體地說他們面臨的是這樣兩種可能的選擇：一種
選擇是，爲了尋求作爲研究詞學的現代學者與私下寫作時候的「風
人」相一致，他們需要自覺到自己雖然是一位現代意義上的學者但
是也有「風人」這一層意思在其中，這樣常州詞派理論自然地就會成
爲詞學研究之中的一個標準；另一種選擇就是他們選擇對一個寬泛
的「士人」傳統的認同。當他們在詞學研究中將過去的詞人翻譯成更
爲寬泛的「士人」的時候，那麼相對於他們私下寫作時候判斷寫作優
劣的標準比興寄託就被相對化了。因爲「風人」可以被包含進「士人」，
但是「士人」未必明白「風人之旨」。他們似乎很自然地在詞學研究
中選擇了第二種道路。

　　「風人」在中國源遠流長的關於詩騷的經典論述裏面有許多界
定，借助於現代數字檢索的方法我們不難以此爲關鍵詞搜索出無數的
文獻，但是我覺得這種方法可以描述出一些關於「風人」的變化，但
是無疑將問題抽象成一個對於「關鍵詞」的興趣。作爲一種現代學術

〔註119〕 章太炎《說新文化與舊文化》，《章太炎：歷史的重要》，秦燕春考
　　　　釋，山東文藝出版社，2006 年版，第 52 頁。

研究的方法，英國「劍橋學派」（Cambridge School）的代表人物昆廷・斯金納（Quentin Skinner）在對雷蒙・威廉斯（Raymond Williams）的《關鍵詞》（*Keywords*）的批評中已經對這一種方法論提出了有力的質疑。〔註 120〕我有必要在此將「風人」做一個界定。在這裡「風人」是和詞這種文類聯繫在一起。這是從常州詞派理論出現之後才有的一種新的傳統。張惠言在《詞選序》裏面就說：「極命風謠里巷男女哀樂，以道賢人君子幽約怨悱不能自言之情」。「風人」是一個非常獨特的自我，這個自我不能簡單地外化在一個儒家道德和政治的概念裏面。它和一般直接訴諸於儒家政治道德觀念的傳統意義上的「士人」一個最爲重要的不同就在於，「風人」是將自我內在於比興寄託之中的。例如，無論是馮延巳還是蘇軾，在常州詞派理論中他們都是「風人」。在馮煦的眼中，馮延巳在詞作裏面是這樣一個自我：「翁俯仰身世，所懷萬端，繆悠其辭，若顯若晦，揆之六義，此興爲多。若《三臺令》、《歸國遙》、《蝶戀花》諸作，其旨隱，其詞微，類勞人思婦、羈臣屛子鬱伊愴悕之所爲，翁何致而然耶？周師南侵，國勢岌岌，中主既昧本圖，汶闇不自強，強鄰又鷹瞵而鶚睨之，而務高拱，溺浮探，芒乎芴乎，不知其將及也。翁負其才略，不能有所匡救，危苦煩亂之中，鬱不自達者，一於詞發之。其憂生念亂，意內而言外，迹之唐、五季之交，韓致堯之於詩，翁之於詞，其義一也。世貭以靡曼目之，誣巳。」〔註 121〕而蘇軾則是：「夙負時望，橫遭饞口，連蹇廿年，飄蕭萬里，酒邊花下，其忠愛之誠，幽憂之隱，磅礴鬱積於方寸之間者，時一流露。若有意，若無意，若可知，若不可知」。〔註 122〕從馮延巳

〔註 120〕Quentin Skinner, "The idea of a cultural lexicon", *Visions of Politics: Volume I: Regarding Method*, Cambridge University Press, 2002, P.158～P.174.

〔註 121〕馮煦《陽春集序》，施蟄存主編《詞籍序跋萃編》，中國社會科學出版社，1994 年版，第 17 頁。

〔註 122〕馮煦《重刻東坡樂府序》，《蒿庵類稿續稿》卷三，《近代中國史料叢刊》，臺北文海出版社，1969 年版。

和蘇軾的例子裏面，我們可以看到在詞裏面「風人」不再是一個簡單地直接對現實政治發表看法的士人，也不將自己的看法訴諸於某一個儒家政治倫理觀念的回應。他是通過謬悠其詞將自己不能明說的部份將自己的幽懷隱藏起來。所謂「其旨隱，其詞微」，所謂「意內而言外」，這個被隱起來的「旨」這個「意」就是那個隱藏起來的「風人」之「旨」和「意」。「風人」也是無法被翻譯成現代思想一部份的，因爲它將「士人」再一次特殊化了，在新文化運動之後對傳統士人激烈批評的一個思想和歷史的語境裏面，多數想調和新舊的學者所要做的是竭力地將過去和現代可以相對接的部份講述出來，而不可能再在一個公共的領域裏面將自己的身份再特殊化。「風人」實際上通過比興寄託，在這裡也就是通過詞這個文類把一個寬泛的普遍的「士人」的內涵予以重新界定了。在「風人」的視野裏面政治、文學、倫理是不可分離的，但是，在現代學術當中這三者之間的一種內在關係沒有了，文學和政治、倫理被分開擔當不同的功能。不管傳統本身有多少資源可以轉化成爲現代的一個部份，這個轉化的前提是現代本身所設定的。例如我們一旦在現代學術意義上的文學與政治的視野裏面去分析辛棄疾詞，辛棄疾被看作一個民族主義詞人，在這個意義上辛棄疾作爲一個政治主體跨越了南宋到民國的歷史的長河。民族主義文學成爲一個新的分類方式，辛棄疾詞的內在標準消失了。這一種分析讓傳統轉變成現代的資源但是同時失去了政治與文學的內在關係。如果在民族主義的觀點下，像《永遇樂》（京口北固亭懷古）、《南鄉子》（登京口北固亭）這樣的詞會被稱讚，但是它遮蔽了常州詞派理論在比興寄託上對這一類詞的批評，消除了詞作爲一個文類的獨特性的思考，更爲關鍵的是比興寄託作爲一種表達自我的政治的方式被遮蔽了。我們是連續下來一些東西，但是這裡面發生了一種隱秘的交換。就是說我們的確延續下來一些東西，但是同時需要交換出去一些東西。爲什麼這一種交換會成立呢？爲什麼這一種交換會被認同？原因就在於它滿足了現代學術的分類方式，我們在交換的過程中把一種我們傳統

的特殊性交換出去了。我們在詞裏面，政治倫理本身也是文學的，這在「風人」那裏很容易理解的，但是現在「風人」泛化成「士人」的時候，出現了一種和現代學術文學、政治、倫理獨立的分類相一致的分析。詞出現在了一個新的結構裏面。同樣，我們從夏承燾、沈祖棻對王國維解讀姜夔詞的例子可以看出來，本來比興寄託不是一個類的劃分，不是說哪些詞有寄託哪些詞沒有寄託，而是意味著一種區分，它包括著對於詞體的判斷，並且以此將詞的高下區分出來。比興本來是內在於「風人」的，但是它成爲一種藝術的手法一種修辭方法的時候，它背後的主體——「風人」被抽空了。現代學術通過將文類的特殊性變成一種普遍主義的「文學」，它形成了自己的話語。當比興成爲一種修辭的時候，對主體的自覺就沒有了，對於自我的政治性的想像也變得單一了，所以夏承燾無法在詞學考證裏面找到「我」。比興作爲一個立場在現代學術裏面消失了，但是作爲一個普通的普遍的文學修辭留存下來了，既然「風人」消失了，夏承燾和沈祖棻在現代學術平等話語裏面對應地也會將王國維那裏是作爲立場性的東西當做一個普通的錯誤。我們說過，張爾田的學術思路其實指示給夏承燾兩種去在現代學術裏面尋找意義的途徑。一種就是從事永嘉經制的研究，這樣夏承燾得以擺脫一個「爲學問而學問」的路子。另一種就是夏承燾並不要放棄自己所從事的詞學研究，他完全可以像張爾田那樣完成類似於《玉谿生年譜會箋》一樣的著述。但是對於後一條路數，要求夏承燾去意識到詞學考證裏面也可以有一個自我，這個自我就是「風人」。然而，夏承燾一直在考證裏面無法找到一個「我」和他不能在現代學術裏面自覺到自己可以成爲一個「風人」是一致的。如果說現代學術給「士人」提供了媒介讓他們當中的一些價值觀念可以帶入進來，但是對於「風人」來說，他所意識到的文學、政治、倫理之間的內在性是無法被轉譯的。然而，這不意味著它會消失在歷史裏。只要夏承燾對自己詞學考證的困惑依然存在於歷史中，只要他和張爾田論學之間交流的「障礙」依然存在於歷史中，就說明夏承燾的那些

問題背後的豐富的意蘊就依然鮮活地存在於歷史之中。當比興寄託不再是碎片的、修辭的而是成爲一種立場，成爲一種對於自我的新的想像，夏承燾內心的困惑和他那些與現代學術不太和諧的見解將連接起來，然而可惜的是夏承燾一直未曾將那些散落的虛線連成一條明晰的實線。不知道是不是值得感慨，也正是那些夏承燾在日記和著述裏面坦率地留下的那些不安和不自覺的沉默，讓我們看到這些原來都是一個我們不熟悉的東西在背後起著作用。我們經由夏承燾以一種特別的方式接近了那個不熟悉的「風人」以及比興寄託，在夏承燾那裏沒有成爲自覺的「風人」，在我們這裡會不會成爲一個自覺而讓歷史煥然一新？

文章最後，我想再補充一點前面曾經提及的陳寅恪和張爾田、夏承燾關於李商隱、柳如是的一些話題。陳寅恪在 1950 年給學生李炎全學士論文《李義山無題詩試釋》的評點畢業論文的時候說：「李商隱《無題》詩自來號稱難解。馮浩、張采田二氏用力至勤，其所詮釋仍不免有謬誤或附會之處。近有某氏專以戀愛詩釋之，尤爲武斷。」在這裡，陳寅恪對蘇雪林將李商隱的《無題》詩解釋成戀愛作品尤爲不滿，然而這確是現代學術中闡釋李商隱詩的主流意見。也就是在四年後，他寫成《論〈再生緣〉》，寫的是一位清代女性彈詞作者陳端生，同年他開始寫作《柳如是別傳》，這才有了讓夏承燾去尋找柳如是信箋手迹的因緣。同樣知道《柳如是別傳》的他的好友吳宓在日記裏面寫道：「寅恪之研究『紅妝』之身世與著作，蓋藉以察出當時政治（夷夏）道德（氣節）之眞實情況，蓋有深意存焉。絕非消閒風趣之行動也。」〔註 123〕吳宓平時論詩說文頗以情爲重，但是在這裡倒是讀懂了陳寅恪的用意，他反倒提醒起別人不能將之理解成「消閒風趣」，這裡面其實是「有深意存焉」。當《柳如是別傳》1980 年 8 月由陳寅恪的弟子蔣天樞第一次出版之後，對於陳寅恪這本書的意義論爭紛

〔註 123〕 《吳宓日記續編》第 5 卷，北京三聯書店，2006 年版，第 163 頁。

呈。據說當時一些老輩的文史學者感到不明白陳寅恪寫一個妓女傳記的用意，然而後來許多研究者紛紛探測《柳如是別傳》的用意，他們好像預設了《柳如是別傳》是有用意的。相比較而言，那些坦率地表達自己不明白《柳如是別傳》用意的老輩學者的反應倒是非常真實可貴地反映出了一些現代學術內部的絕對的差異性。

余英時曾經說：「一百多年來中國學人筆下所津津樂道的『新』與『舊』、『進步』與『落伍』、『傳統』與『現代』、『西方』與『中國』、『革命』與『反動』等等二分法都經不起分析。在實際生活中的『人』本來就是『一堆矛盾』（『a bundle contradictions』），愈在變動劇烈的時代，愈是如此。」〔註124〕余先生在這裡當然不是要否定新舊區分，而是希望能夠考慮其複雜性。然而問題的難處亦在此。我們往往以我們現在的眼光或者過於囿於當時人的表面陳述非常便利地描述出哪些是舊的，哪些是新的，又有哪些是新舊融合的。現在的問題可能不是先去將新舊的問題複雜化，而是要去思考我們究竟如何去找到討論複雜性的入口。舊的一代似乎總是輕易地看到新的一代的退步，而新的一代又似乎總是輕易地看到舊的一代的落後，有一條界限讓新舊分隔在不同基調的世界。然而總有一些在他們互相交流時候的視而不見、沉默與誤解，被歷史覆蓋，這些是他們歷史中無法消化的部份，同時也正是這些讓我們看到一些立場、分界線，而重新發現這些立場、分界線的意義可能有助於我們避免將新舊的問題想像成一段懷舊的電影故事。

〔註124〕余英時《未盡的才情──從〈日記〉看顧頡剛的內心世界》，聯經出版公司，2007 年版，第 67 頁。

第 4 章　閱讀的現代性與「比興」的旅行

4.1　引　子

　　繆鉞先生晚年在談到南宋詞人姜夔著名的《暗香》、《疏影》兩首詞中的《疏影》一詞的時候說：「張惠言謂《疏影》詞，『此章更以二帝之憤發之，故有『昭君』句。』（《詞選》）鄭文焯謂，『此蓋傷心二帝蒙塵，諸后妃相從北轅，淪落胡地，故以『昭君』託喻，發言哀斷。』（鄭校《白石道人歌曲》，轉引自唐圭璋《宋詞三百首箋注》）兩家之說雖中肯綮，但語焉不詳。近人劉永濟先生所著《微睇室說詞》對此二詞有更詳密的闡釋。」〔註1〕接下來繆鉞就完全根據劉永濟之說來理解姜夔的詞。也不單是繆鉞，沈祖棻也對劉永濟《疏影》一詞的解讀深表認同，她在手批的四印齋刻本的《雙白詞》中寫道：「劉弘度丈則舉徽宗北行道中聞番人吹觱笛聲口占〔眼兒媚〕詞中『春夢繞胡沙。家山何處？忍聽羌笛，吹徹《梅花》』諸句，其中分明有『胡沙』、『梅花』之語，以為即姜詞所指，其說尤為可信。」〔註2〕

〔註1〕繆鉞《常州詞派論家「以無厚入有間」說詮釋》，《四川大學學報》（哲社版）1988 年第 2 期，第 65 頁。

〔註2〕沈祖棻《唐宋詞賞析》，河北教育出版社 2000 年版，第 164 頁。

　　正如上面繆鉞先生所提到的，在劉永濟之前已有張惠言和鄭文焯對《疏影》這首詞有所評點。張惠言對《疏影》一詞在《詞選》裏面的評點是：「此章更以二帝之憤發之，故有昭君之句。」鄭文焯後來繼續發揮：「此蓋傷心二帝蒙塵，諸后妃相從北轅，淪落胡地，故以昭君託喻，發言哀斷。……近世讀者多以意疏解，或有嫌其舉典，擬不於倫者；殆不知其淺暗矣。」他又說：「寄情遙遠，所謂怨深文綺，得風人溫厚之旨矣。」〔註 3〕這樣看來，在這首詞的理解上劉永濟和張惠言、鄭文焯之間連綿一線，一脈相承。唐圭璋先生在《朱祖謀治詞經歷及其影響》裏說：「劉君永濟對屈賦及《文心雕龍》均深有研究，近見其所著《宋代歌舞劇曲錄要》、《詞論》、《唐五代兩宋詞簡析》諸書，知其於詞學研究，功力亦深。其自作《誦帚龕詞》兩百餘首，自序謂早年曾在滬上從朱、況二先生學詞，宜其詞之深造有得，不同凡響。」〔註 4〕劉永濟早年受到朱祖謀和況周頤的影響，對常州詞派的比興寄託理論當然比較容易接受，在閱讀姜夔這首詞的時候對張惠言以及鄭文焯的觀點有所認同似乎也就不令人奇怪了。這似乎也的確應證了對現代詞學的一個普遍的判斷，就是認為從晚清到新文化運動，詞這個文類成為了唯一一個沒有受到白話文運動衝擊的文類，它依然保持了自己的傳統。劉永濟和朱祖謀、況周頤的關係無疑代表了這樣一種傳承關係的延續。可是，我們只要稍微注意到劉永濟的歷史語境就會發現對姜夔這首詞的評價在現代學術史上存在著一個分裂。王國維在《人間詞話》裏說：「白石《暗香》、《疏影》格調雖高，然無一語道著，視古人『江邊一樹垂垂發』等作何如耶？」王國維的觀點得到了胡適以及胡雲翼等人的認同。但是，王國維的觀點也受到了像龍榆生、沈祖棻、唐圭璋、萬雲駿等學者的批評。例如早在唐圭璋先生發表《評〈人

〔註 3〕鄭文焯《大鶴山人詞話》，孫克強、楊傳慶輯校，南開大學出版社，2009 年版，第 101 頁。
〔註 4〕唐圭璋《詞學論叢》，上海古籍出版社，1986 年版，第 1025 頁。

間詞話〉》裏面就說:「余謂王氏之論列白石,實無一語道著」,「《暗香》、《疏影》兩詞籍梅寄意,懷念君國,尤爲後世所傳誦。或謂『昭君不慣胡沙遠,但暗憶,江南江北』與梅無關,不知唐王建詩云:『天山路邊一枝梅,年年花發黃雲下。昭君已沒漢使回,前後征人誰繫馬。』白石正用王建詩,並非無關。且江南是偏安王朝,江北是淪陷區,白石『但暗憶,江南江北』,亦豈無因?宋于庭謂『白石念念君國,似杜陵之詩』,譚復堂亦以爲『有騷辨之餘』,皆非虛言。」〔註 5〕在這裡,我們可以明顯地看出,唐圭璋的觀點完全是對鄭文焯觀點的直接引用。除了唐圭璋之外,另一位吳梅的弟子萬雲駿對王國維的觀點進行了更爲系統的批駁。王水照記錄下萬雲駿先生 1987 年在復旦大學助教進修班上對於王國維的批評,同年萬雲駿先生還發表了《對王國維「境界說」的兩點疑問》和《王國維〈人間詞話〉「境界說」獻疑》兩篇文章,但是王水照說:「均不及講演之直率、酣暢。他用二元對立的簡潔形式,把雙方觀點的分歧表達無遺。」〔註 6〕萬雲駿的觀點是這樣的:

　　一、宗尚:重顯(鮮明之美,直覺型)輕隱(朦朧之美,品味型)。其表現爲:(甲)輕比興貴賦體;(乙)輕密麗尚疏淡;(丙)斥琢煉尚自然;(丁)貶「間隔」主直露。其結果爲:(甲)揚韋抑溫,尊後主;(乙)揚歐秦蘇辛,抑賀吳王張,於周前後矛盾;(丙)尚晚唐五代北宋,抑南宋。

　　二、根源:(甲)獨尊小令而貶抑長調;(乙)重鍊句而忽視煉章;(丙)重詞中有畫,而忽視詞中之「畫中有詩」。(參見葉燮詩論)

　　三、矛盾:(甲)理論與鑒賞的矛盾;(乙)觀點與觀點之間的矛盾。

〔註 5〕唐圭璋《評〈人間詞話〉》,《斯文》第 1 卷 21、22 期,1941 年。
〔註 6〕王水照《況周頤與王國維:不同的審美範式》,《文學遺產》2008 年第 2 期,第 9 頁。

　　四、參考：（甲）只取明白如話，不取慘淡經營；（乙）
只取放筆直幹，不取曲折迴環；（丙）於愛國詞，只取抗金
恢復，不取黍離麥秀。〔註7〕

我們可以看到無論唐圭璋還是萬雲駿，都發覺到《人間詞話》在論
及姜夔時候的問題。可是，唐圭璋和萬雲駿兩位先生沒有自覺到一
種立場和王國維發生論辯，我們現在似乎可以說無論唐圭璋還是萬
雲駿是屬於晚清朱祖謀、況周頤這一脈的詞學傳統裏面的，他們當
然不會承認王國維對《疏影》一詞的說法，但是為什麼他們自己從
來就沒有明確說過他們是站在常州詞派理論傳統上對王國維進行批
評的呢？對這個問題我們一個自然而然的回答可能是，既然他們都
承認了常州詞派理論對於姜夔《暗香》、《疏影》的解讀，都提到了
比興寄託，那麼還有什麼疑問認為他們不是受到常州詞派理論呢？
這似乎成為了一個多餘的問題。我在這裡繼續以劉永濟為例。在我
們上面提到的幾位現代學者那裏，劉永濟無疑是最為用心於姜夔《疏
影》詞的解讀的，他對《疏影》詞的理解在張惠言以及鄭文焯的基
礎上又往前推進了一步。這是唐圭璋以及萬雲駿兩位先生都未曾注
意的。但是激起我們興趣的是，就是這樣一位被唐圭璋認作為彊村
詞學傳人的學者，居然沒有像唐圭璋、萬雲駿等人一樣看出王國維
《人間詞話》裏面的問題。王國維對姜夔的批評和他的「境界說」
有極為緊密的關係，羅鋼就認為：「王國維的批評並非無的放矢，姜
夔的《暗香》、《疏影》均以梅花為歌詠的對象，但詞中無一語直接
及於梅花，也沒有對梅花形態的任何具體描寫，只是一連串關於梅
花典故的連綴，因此王國維批評它們『無一語道著』。尤其使王國維
不滿的是，兩首詞竟然沒有提供一幅梅花的形象畫面，難怪王國維
要舉出杜甫詠梅的詩句『江邊一樹垂垂發』來加以對比，因為後者

〔註7〕王水照《況周頤與王國維：不同的審美範式》，《文學遺產》2008 年
　　　　第 2 期，第 8～9 頁。

才眞正做到了『語語都在目前』。」〔註8〕劉永濟不僅沒有對《人間詞話》這一問題進行深入的批評而且還居然對王國維的「境界說」大爲推崇。在提到王國維不能理解《暗香》、《疏影》的「題外之致」的時候，劉永濟只是淡淡地說，王國維不過是犯了一個歷史上其它人像劉公勇一樣的錯誤而已。〔註9〕如果按照王水照的看法況周頤和王國維屬於兩種不同的審美範式，那麼在劉永濟這裡他們之間不僅沒有矛盾而且可以互爲通融。他說：「所謂詞境、意境、境界者，況君之言最微妙，王君之言最明晰，合參自見。」〔註10〕這是劉永濟留給我們的第一個問題。或許通過這個問題我們可以重新理解究竟在什麼意義上劉永濟能夠說是常州詞派理論的一個繼承者。如果說晚清以來從國粹運動一直到後來的整理國故運動慢慢將講學術劃分成了新舊，那麼在什麼意義上構成了詞學上兩代學術人之間的連續性以及差異。我們總不能憑藉經驗的判斷，說哪一部份是傳統，哪一部份是現代的。恐怕諸如此類的一個外在性的區分，在對於他們的文本沒有精細研讀的前提下可能是站不住的。劉永濟的例子就已經給我們所習慣的劃分提出了挑戰。我們或許應該跳出傳統與現代的思路框架，重新思考傳統是什麼以及它在現代學術史上具體的語境之中的意義。

　　我們緊接著劉永濟對《暗香》、《疏影》的解讀追索下去，又將發現他留給我們的另一個問題。劉永濟在《默示錄》裏面認爲夏承燾在《暗香》、《疏影》的解讀上有點節外生枝，他說：「近人夏承燾復侈一說，謂：『白石此詞亦與合肥別情有關，如『歡寄與路遙』、『紅萼無言耿相憶』、『早與安排金屋』等句，皆可作懷人體會。又二詞作於辛亥之冬，正其最後別合肥之年。（自注：時所眷者已離合肥他去，

〔註8〕 羅鋼《本與末── 王國維「境界說」與中國古代詩學傳統關係的再思考》，《文史哲》2009 年第 1 期，第 17 頁。
〔註9〕 參看劉永濟《詞論》，中華書局 2007 版，第 160 頁。
〔註10〕 劉永濟《詞論》，中華書局 2007 版，第 137 頁。

參前秋宵）范成大贈以小紅，似亦爲慰其合肥別情。」〔註11〕夏承燾的好朋友龍榆生晚年在給學生授課，講到詞之比興的時候也提到了夏承燾對《暗香》、《疏影》的考證和解釋，他說：「我們試把張惠言、鄧廷楨、鄭文焯、夏承燾諸人的說法參互比較一下。我覺得《暗香》『言己嘗有用世之志』，這一點是對的。」他接著又說：「至於《疏影》一闋，爲『傷心二帝蒙塵，諸后妃相從北轅，淪落胡地』（鄭文焯語）而發，我認爲是無可懷疑的。」〔註12〕可見龍榆生對夏承燾最爲得意的白石詞考證在某種意義上是有所批評的。不過，在這兩首詞上和夏承燾發生直接對立的還是劉永濟，因爲夏承燾在考證中對劉永濟的說法是提出了直接批評的。這一點我們在上一章裏面已有提及，這裡就不再贅述。劉永濟對夏承燾的批評回應說：「夏君謂靖康之亂去白石作詞時已六七十年，不應涉及，而以今人詠物，忽入光緒庚子八國聯軍之事爲可詫，則甚不可解。白石《揚州慢》詞，亦不忘舊事而作。靖康之亂，在當時士大夫稍有心者，無不引以爲深恥。六七十年便可忘之邪？即如今人遊頤和園，詠園中花木亭臺，而涉及英法聯軍焚圓明園事（1860年），亦極自然，原無可詫。」〔註13〕這是劉永濟晚年的一段筆記，在他生前並沒有公開發表，他和夏承燾之間的分歧究竟是一個平常的學術論爭還是有他們自己各自隱蔽的理路？夏承燾和劉永濟能夠讀出《暗香》、《疏影》的「言外之意」，認爲它們的確是經典之作，這樣看來無論他們是不是自覺，在面對這兩首詞他們都是站在常州詞派理論立場上的。我們好奇的是，如果說夏承燾讀這首詞是用常州詞派比興寄託理論來讀的，而劉永濟也是用常州詞派比興寄託理論來讀的，那麼怎麼兩個人讀出來的東西不一樣？我在上一章就已經提到過，這個分歧不可能僅僅是一個考證問題，看劉永濟還是夏承燾哪一個人考證的更加準確。問題到了這裡其實就是逼著劉永濟去

〔註11〕劉永濟《文學論 默識錄》，中華書局 2007 版，第 276 頁
〔註12〕龍榆生《詞學十講》，北京出版社，2005 年版，第 167、168 頁。
〔註13〕劉永濟《文學論 默識錄》，中華書局 2007 版，第 276 頁

考慮背後的東西。然而，在這裡，劉永濟並沒有直接指明到比興寄託上，來說明他自己的最爲根本的理由。

這些疑問連接上一個他與《人間詞話》的奇妙關係，是不是在告訴我們一些歷史的故事，那些故事在一種極爲寬容的古今中外互爲通融的學術語境裏面反而被遮蔽了，留下這些細微的斷裂和缺口讓我們去尋找由此開始的另一種歷史。爲了理解這些疑問，我們不得不走向歷史的縱深處去尋找可能的答案。

4.2　重建古文學的閱讀傳統

錢穆在 1935 年 11 月發表了一篇長文《近百年來之讀書運動》，在文章的開始他寫道：「每一時代的學者，必有許多對後學指示讀書門徑和指導讀書方法的話。循此推尋，不僅使我們可以知道許多學術上的門徑和方法，而且各時代學術的精神、路向和風氣之不同，亦可藉此窺見。」〔註14〕中國的現代性與晚清以來的讀書運動關繫緊密，而讀書運動背後涉及到的又是諸如政治、思想、文學教育這樣的話題。在 20 世紀東亞國家裏面，無疑很少有一個國家像中國一樣，有如此豐富的歷史文獻和經典，並且在晚清的歷史轉折時刻充分地調動起了各種文獻的能動性。在對於它們的重新闡釋裏面，也包含了中國現代性的特殊性，很多問題就是從這些重新的閱讀中產生出來的。羅伯特・達恩認爲閱讀能夠改變歷史的進程，他列舉了路德對保羅的閱讀，馬克思對黑格爾的閱讀以及毛澤東對馬克思的閱讀：「那些時刻在一個更爲深廣的進程中顯得非常突出 —— 人們總是永無休止地去尋找他周圍世界以及內心世界的意義。如果我們能夠理解一個人如何是怎樣閱讀的，那麼我們就能夠更進一步弄懂他是如何理解生活的；同時，通過那種歷史的方式我們甚至也能夠滿足我們自己對於某些

〔註14〕錢穆《近百年來諸儒論讀書》，《學龠》，九州出版社 2010 年版，第 85 頁。

意義的探求。」〔註15〕中國現代性一個非常重要的特點就是通過對過往的各種經典重新閱讀來實現的，我之所以在這裡用閱讀不是用闡釋，是因爲閱讀比闡釋更加強調歷史的語境。錢鍾書回憶自己少年時候閱讀小說的經歷說：「商務印書館發行的那兩小箱《林譯小說叢書》是我十一二歲時的大發現，帶領我進了一個新天地、一個在《水滸》、《西遊記》、《聊齋誌異》以外另闢的世界。我事先也看過梁啓超譯的《十五小豪傑》、周桂笙譯的偵探小說等等，都覺得沉悶乏味。接觸了林譯，我才知道西洋小說會那麼迷人。我把林譯裏哈葛德、歐文、司各特、迭更司的作品津津不厭地閱覽。假如我當時學習英文有什麼自己意識到的動機，其中之一就是有一天能夠痛痛快快地讀遍哈葛德以及旁人的探險小說。四十年前（引者注：1923年），在我故鄉那個縣城裏，小孩子既無野獸電影可看，又無動物園可逛，只能見到「走江湖」的人耍猴兒把戲或者牽一頭疥駱駝賣藥。後來孩子們看野獸片、逛動物園所獲得的娛樂，我只能向冒險小說裏去追尋。」〔註16〕顯然，我們如果討論錢鍾書對於林紓翻譯的評論的時候，僅僅局限在一種文本闡釋上，無疑就忽略了其背後的豐富的歷史語境。錢鍾書說的「我故鄉那個縣城」、「接觸了林譯，我才知道西洋小說會那麼迷人」、「商務印書館發行的那兩小箱《林譯小說叢書》」這些都包含了單純的林譯小說文本之外的豐富的歷史訊息。

重新閱讀不是一個單純的闡釋問題，而是一個豐富的社會、思想、歷史等諸多資源互動的過程，是一個挑戰以往權威的過程，不斷提出新問題、不斷打破原先的預設以及對原先的預設提出或隱或顯的挑戰的過程。我們可以有非常多的角度來討論晚清以來的這個變化，例如許多以前邊緣的文本成爲讀書人以及學者的閱讀研究對

〔註15〕Robert Damton , 'history of reading' , Peter Burke ed. *New Perspectives on Historical Writing*, The Pennsylvania state university Press，2001，P.178.

〔註16〕錢鍾書《林紓的翻譯》,《七綴集》,三聯書店，2002年版，第80～81頁。

象，像《山海經》在晚清的重新「出現」就是一件極為重要的事情，羅志田就曾寫過一篇長文《〈山海經〉與中國近代史學》「通過考察近代中國學人對《山海經》這一帶爭議的舊籍是否可以（及怎樣）用為史料的態度轉變，初步探討民國新舊史料觀的錯位、傳統觀念怎樣在『現代』學術裏通過轉換表現形式而延續、以及與此相關的學術傳統之中斷與更新等問題。」〔註 17〕不過在所有變化之中最為重要的還是經典位置的變化，這個變化的過程極為複雜，不可能一兩句話就簡單地概括。例如《詩經》在古人看來當然是重要的經學著作，但是在新文化運動之後的《古史辨》的作者們看來《詩經》就絕對不是一個經學著作，他們所要破除的就是這個觀念，在他們看來《詩經》應該是史料、是文學等等。王汎森在以廖平和蒙文通為例子討論現代學術裏面經向史的過渡轉變問題的時候就提及到一個促成這種改變的一個因素：「斬斷綱宗，丟掉經學所蘊含的正統觀念」，他說：「陳寅恪（1890～1969）的《陳垣〈元西域人華化考〉序》云：『近二十年來，國人內感民族文化之衰頹，外受世界思潮之激蕩，其論史之作，漸能脫除清代經師之舊染，有以合於今日史學之真諦。』此處所謂『脫除清代經師之舊染』的主要內容之一便是丟掉經師的正統觀念，這種觀念所包括的範圍很廣，尊三代、尊周、尊孔、尊經、尊倫理綱常都是，這是一張無形的網，但卻是一張有力的網。」〔註 18〕上面我們所舉的只是經學的例子，除此之外還有更為廣泛的例子。具體到我們所議論的主題上來，最為值得仔細探究的無疑就是晚清開始的一場重建古文學的閱讀傳統的運動。這裡所說的運動，當然不是一個自覺的「運動」，而是指晚清以來無處不能感受的這樣一種趨向，這個趨向終於在新文化運動達到它的高

〔註 17〕羅志田《〈山海經〉與中國近代史學》，《中國社會科學》2001 年第 1 期，第 181 頁。

〔註 18〕王汎森《近代中國的史家與史學》，香港三聯書店，2008 年版，第 133 頁。

潮。在這個重建的過程中不會是一帆風順的，它受到或明或暗的抵制，但是這些抵制並沒有造成「回到傳統」的事實反而讓問題更加複雜。我們似乎可以這樣說，對於文本如何被閱讀的歷史重新進行探究，這樣一種工作的意義在於我們通過一種深入的刻畫可以重新描繪出歷史更爲深層次的問題，而這些問題可能已經被一層層的歷史認知模式遮蔽或者被視而不見得太久了。只有通過一種對於這個歷史過程的重新的深入的刻畫，那些抽象的歷史背景、社會語境以及政治思想等等才能說眞正被賦予了一種歷史的理解，也眞正地內在於了我們自己的歷史當中。

重建古文學的閱讀傳統，爲什麼要重建？如果一切都沒有變化，就沒有重建的必要。然而，在新文化運動之後，文言與白話、文人與平民、中西以及新舊成爲了所有人必須面對的基本問題，在這個基礎之上過去的文學作品呈現在我們面前的方式不可能和過去一樣了，古代紛繁複雜的文學批評典籍也不可能在原來的語境裏面被當做五四之後的古文學閱讀的資源。同時，古文學的經典也必須要接受重新的挑選，閱讀不可能再在士大夫傳統以及傳統政治倫理的框架下進行。1932 年 2 月至 4 月間周作人在輔仁大學講授「中國新文學的源流」，在課程的末尾他說道：「由於西洋思想的輸入，人們對於政治，經濟，道德等的觀念，和對於人生，社會的見解，都和從前不同了。應用這新的觀點去觀察一切，遂對一切問題又都有了新的意見要說要寫。然而舊的皮囊盛不下新的東西，新的思想必須用新的文體以傳達出來，因而便非用白話不可了。」〔註 19〕周作人說的是白話文與時代的關係，但是同時也點明了過去的古文學的處境。

在新文化運動之後的「後經典時代」，什麼樣的文學作品可以進入課堂，怎麼樣闡釋，都引起了極多的討論，例如教材編輯、作品選

〔註19〕周作人《中國新文學的源流》，華東師範大學出版社 1995 年版，第64 頁。

目、讀經是否必要等等，幾乎每一步的變動都會被討論。如果說新文化運動之後在古文學經典與現代白話文教育之間有著一個巨大的空白，那麼我們能不能說將新文化所打倒的對象恢復了，新文化運動就得到了修正？顯然，我們不可能用新舊或者中西簡單地去區分這當中的複雜性或者用「傳統創造性轉化」來講述傳統到現代的變化過程。我們需要去仔細探尋傳統是誰的傳統？哪些被認定爲傳統，又有哪一些被排斥在傳統之外？正因爲在一個預設的新舊、中西、傳統與現代的立場上去看問題會帶來混亂，難道贊成文言的就是舊，贊成白話的就是新？難道用了新名詞的就是新，用傳統學術概念的就是舊？所以我們有必要回到當時的語境，看看那些耳熟能詳的新舊、中西等這些詞彙在當時被作爲一個相互區分的方式時背後隱藏了怎樣的問題意識。此外，課堂上的教學實際上背後隱藏的仍然是授課教師的背後的學術思路，這兩者不是簡單的對應，相反這裡面有很大張力，有矛盾有調整。這裡面的史料極爲豐富，可以討論的空間極大，可惜至今仍然沒有被認眞地清理。

　　朱自清在《詩言志辨》裏面說「詩言志」、「比興」、「詩教」、「正變」「這四條詩論，四個批評的意念，二千年來都曾經過多多少少的演變」。言下之意就是這四個「批評的意念」一直活躍在這兩千多年的歷史裏面，這是一個非常敏銳而重要的觀察，一直到晚清它依然是一個非常具有活力的實踐理論，在新文化運動之後它雖然還很重要，但是其思想語境已經發生了複雜的變化。我在這裡以陶淵明作爲例子，陳沆在《詩比興箋》裏面以古體詩爲例來講重新恢復一種比興閱讀的重要性，他在講到陶淵明的時候說：「讀陶詩者有二蔽：一則惟知《歸園》、《移居》及田間詩十數首，景物堪玩，意趣易明。至若《飲酒》、《貧士》，便已罕尋。《擬古》《雜詩》，意更難測，徒以陶公爲田舍之翁，閒適之祖，此一蔽也；二則聞淵明恥事二姓，高尙羲皇，遂乃逐景尋響，望文生義，稍涉長林之想，便謂采薇之吟。豈知考其甲子，多在強仕之年。寧有未到義熙，預興易代之感？至於《述酒》、《述

史》、《讀山海經》，本寄憤悲，翻謂恒語。此二蔽也。宋王質、明潘
璁，均有《淵明年譜》，當並覽之。俾知蚤歲肥遁，匪關激成，老閱
滄桑，別有懷抱。庶資論世之胸，而無害志之鑿。」〔註20〕到了晚清
鄭文焯這裏顯然依然強調的是和陳沆一樣的思路。他在讀陶淵明的時
候說：「世士嘗謂有不平之感，但誦靖節詩，自然心平氣和，然玩索
其意內之言，如《飲酒》、《擬古》、《雜詩》及《詠荆軻》、《讀〈山海
經〉》、《讀史述》諸作，風力沉雄，骨氣奇逸，令人懼然發乎忠憤，
止夫幽貞。蓋其自高者固窮之節，而其隱切者故國之悲，湯文靖所謂
既無所託以行其志，每寄情於首陽、易水之間，惟忍於飢寒之苦，而
後能存節義之間，危行言遜，可以深悲其志也。吾願讀者以貞苦哀之，
勿徒以淡泊高之。」〔註21〕在另一則標明日期的寫於「辛亥十月」的
批註裏，鄭文焯說：「昔以風致自況者，今不幸而身世更共之恨，無
劉遺民輩相從於南村煙水間，一醉不知人間何世。」〔註22〕但是到了
新文化運動之後，情況發生了一些耐人尋味的變化，我僅以朱自清和
朱光潛的觀點作爲例子來說「比興」在新文化運動之後是怎樣變得複
雜的。

　　朱光潛在《詩論》裏面《陶淵明》一章說：「他心裏痛恨劉裕篡
晉，這是無疑的，不但《述酒》、《擬古》、《詠荆軻》諸詩可以證明，
就是他對於伯夷、叔齊那些『遺烈』的景仰也決不是無所爲而發。」
〔註23〕在這裏看來我們似乎以爲朱光潛是自覺到比興與陶淵明詩之
間的聯繫了，其實未必。他在這裏不過是將之當做陶淵明「情感生

〔註20〕《詩比興箋》咸豐五年刻本，《魏源全集》第 20 卷，嶽麓出版社，
　　　　2004 年版，第 492 頁。
〔註21〕鄭文焯批白鹿齋刻本《陶淵明全集》，上海圖書館古籍部藏。參見周
　　　　興陸《上海圖書館藏鄭文焯手批〈陶淵明全集〉》，《文獻》2005 年第
　　　　4 期，第 254 頁。
〔註22〕鄭文焯批白鹿齋刻本《陶淵明全集》，上海圖書館古籍部藏，參見周
　　　　興陸《上海圖書館藏鄭文焯手批〈陶淵明全集〉》，《文獻》2005 年第
　　　　4 期，第 253 頁。
〔註23〕朱光潛《詩論》，上海古籍出版社，2004 年版，第 184 頁。

活」來處理的。在提到陶淵明詩的時候，朱光潛說：「淵明在中國詩人中的地位是很崇高的。可以和他比擬的，前只有屈原，後只有杜甫。……淵明則如秋潭月影，澈底澄瑩，具有古典藝術的和諧靜穆。」〔註24〕他對陶淵明詩的評價是「靜穆」，絲毫未及比興。倒是他在討論到「詩與諧隱」的時候說了這樣一段話：「中國向來注詩者好談『微言大義』，從毛萇做《詩序》一直到張惠言批《詞選》，往往把許多本無深文奧義的詩看作隱射詩，固不免穿鑿附會。但是我們也不能否認，中國詩人好作隱語的習慣向來很深。屈原的『香草美人』大半有所寄託，是多數學者的公論。……阮籍《詠懷詩》多不可解處，顏延之說他『志在刺譏而文多隱避，百世之下，難以情測』。這個評語可以應用到許多詠史詩和詠物詩。陶潛《詠荊軻》、杜甫《登慈恩寺塔》之類作品各有寓意。我們如果丟開它們的寓意，它們自然還是好詩，但是終不免沒有把它們瞭解透徹。」〔註25〕結合這段話來看，朱光潛似乎明白了《述酒》、《詠荊軻》等詩的「言外之意」，但是他沒有將這個作為評價陶詩的一個藝術標準，覺得這樣的詩就是好詩。所以，他說：「我們可以說，讀許多中國詩都好像猜謎語。」〔註26〕既然如此，以比興說詩的陳沆在《詩比興箋》裏面對《述酒》進行分析的時候不僅詳細地說明了這首詩背後具體的所指以及用意，而且最後還說：「陳祚明謂此詩作《離騷》、《天問》讀，不必求解，豈非未逆其志歟？」〔註27〕這些顯然不可能得到朱光潛的認同了。我們可以再舉一個更為直接的例子來說明朱光潛對於比興的理解，朱光潛曾經寫了一篇《讀李義山〈錦瑟〉》，在這裡面他說：「一首詩的意象好比圖畫的顏色陰影濃淡配合在一起，烘託一種有情致的風景出來。李義山和許多晚唐詩人的作品在技巧上很類似西方的

〔註24〕朱光潛《詩論》，上海古籍出版社，2004 年版，第 192 頁。
〔註25〕朱光潛《詩論》，上海古籍出版社，2004 年版，第 31 頁。
〔註26〕朱光潛《詩論》，上海古籍出版社，2004 年版，第 32 頁。
〔註27〕《詩比興箋》咸豐五年刻本，《魏源全集》第 20 卷，嶽麓出版社，2004 年版，第 488 頁。

象徵主義都是選擇幾個很精妙的意象出來，以喚起讀者多方面的聯想。……詩的意象有兩重功用，一是象徵一種情感，一是以本身的美妙去愉悅耳目。這第二種功用雖是不切題的，卻自有存在的價值。」隨即他就用了《詩經》「興」的例子來說明，他說：「《詩經》中的『興』大半都是用這種兩重功用的意象。」〔註28〕而我們知道同樣是以比興說詩，用比興來理解這首李商隱《錦瑟》的張爾田卻說：「『滄海』『藍田』二句，則謂衛公毅魄久已與珠海同枯，令狐相業方且如玉田不冷。衛公貶珠崖而卒，而令狐秉鈞赫赫，用『藍田』喻之，即『節彼南山』意也。」〔註29〕在張爾田這裡這些朱光潛所說的「意象」不是有促成讀者聯想的美感，而是脈絡井井，意有所指。其實他們之間的分歧就在於，此比興已經不是彼比興了。在朱光潛這裡，比興已經是西方近代美學的某種例證了。所以，朱光潛對陶淵明詩雖然明明知道《詠荊軻》背後的政治含義，但是也不得不說不知道這一層也對詩的美感沒有妨礙，認爲「讀許多中國詩都好像猜謎語」。

我們曾經提到過，朱自清和浦江清說：「今日治中國學問皆用外國模型，此事無所謂優劣，惟如講中國文學史，必須用中國間架，不然古人苦心俱抹殺矣。即如比興一端，無論合乎眞實與否，其影響實大，許多詩人之作，皆著眼政治，此以西方間架論之，即當抹殺矣。」〔註30〕朱自清對比興背後「著眼政治」是非常清楚的，但是我們看到他在評論古直《陶靖節詩箋定本》的時候卻說：「陶詩裏可以確指爲『忠憤』之作者，大約只有《述酒》詩和《擬古》詩第九。……至於《擬古》詩第三、第七，《雜詩》第九、第十一，《讀山海經》詩，本書（指古直《陶靖節詩箋定本》——引者注）也都以史事比附，文外懸談，毫不切合，難以起信。大約以『忠憤』論陶的，《述酒》詩之外，總以《詠荊軻》、《詠三良》及《擬古》詩、

〔註28〕《朱光潛全集》第 8 卷，安徽教育出版社 1996 年版，第 409 頁。
〔註29〕張采田《玉谿生年譜會箋》，上海古籍出版社 2010 年版，第 199 頁。
〔註30〕朱自清《朱自清全集》第九卷，江蘇教育出版社，1997 年版，第 213 頁。

《雜詩》助其成說。……其實『三良』、『荊軻』都是詩人的熟題目：曹植有《三良詩》，王粲《詠史》詩也詠『三良』；阮瑀有《詠史》詩二首，詠『三良』及荊軻事。淵明作此二詩，不過老實詠史。未必有深意。」〔註31〕一直到1947年給蕭望卿《陶淵明批評》寫序的時候朱自清也不曾提過陶淵明詩與比興的關係，只是淡淡地對陶淵明詩的「平淡」和「質直」的特點予以了強調，而不提及「忠憤」。這也難怪他說：「『比興』的解釋向來紛無定論；可以注意的是這個意念漸漸由方法變成了綱領。」卻又在後面補充到：「文中解釋『賦』『比』『興』的本義，也只以關切《毛詩》的為主。……《毛詩》的解釋跟作詩人之意相合與否，我們也不論。因為我們要解釋的是『比興』，不是詩。」〔註32〕他在《詩言志辨》裏面說：「《楚辭》的『引類譬喻』實際上形成了後世『比』的意念。後世的比體詩可以說有四大類。詠史，遊仙，豔情，詠物。」〔註33〕這顯然是一個非常精當的對於四類比體詩的概括，然而這些精妙的理解，在他自己的閱讀世界裏面卻不能夠和作品相結合。結合他上面說的話，我們就不會奇怪了，因為他說他要解釋的是「比興」不是詩。

　　無論是朱自清還是朱光潛在讀舊詩的時候，發生了這些變化不是沒有緣由的。在解釋《古詩十九首》的時候，朱自清在日記裏面寫道：「晚訪葉、俞，余示以《古詩十九首》之新評注，似新意無多。」閱讀當中新意的缺失，並不是因為對於古詩的材料佔有不足帶來詩的典故以及字詞的闡釋困難。閱讀的新意是對於閱讀的創造性的追求。這是古文學的閱讀變成一個新教育和新學術之後的產物。這又和兩個重要的變化相關聯。一個變化是，對於閱讀的新意的追求是西方近代美學進入中國後產生的一個新問題。朱光潛說：「真正的欣

〔註31〕朱自清《陶詩的深度》，《朱自清說詩》，上海古籍出版社，1998年版，第231頁。
〔註32〕《朱自清說詩》，上海古籍出版社1998年版，第4、5頁。
〔註33〕《朱自清說詩》，上海古籍出版社1998年版，第83頁。

賞都必寓於創造，不僅是被動的接受。詩都以有限寓無限，我們須從語文所直示的有限見出語文所暗示的無限。這種『見』需要豐富的想像力。所謂『想像』就是把感官所接受的印象加以綜合填補，建立一個整個的境界出來。」〔註 34〕也就是說閱讀的新意其實背後所對應的就是西方近代美學裏面的「想像」的概念。想像成爲閱讀的新意的來源。另一個變化就是閱讀一首詩或者一首詞在新舊知識分子那裏的不同。朱自清的學生王瑤在 1947 年給清華大學中文系講授「漢魏六朝文」的時候就說：「傳統的研讀詩文的動機卻大半都是欣賞和模仿習作的興趣。……新文學發展起來以後，模仿的興趣大大減少了，甚至消滅了；於是研讀舊詩便只剩下了欣賞的興趣。」〔註 35〕同時他還說：「現在人並不需要工於古文辭，所以願意學習的人自然應該改換態度。我的意思是說如果學習的話，應該要培養一種歷史的興趣；這樣才可以使他有研讀的心理支持，不至於索然無味。所謂歷史的興趣其實就是研究瞭解的興趣和欣賞作品的興趣底綜合。」〔註 36〕正是因爲「研讀舊詩便只剩下了欣賞的興趣」和「現在人並不需要工於古文辭」，所以才需要「歷史的興趣」和追求一種閱讀的新意。而在傳統裏面並不存在這樣的閱讀的新意的問題。以黃節爲例，黃節在當時箋注了大量的漢魏詩，他閱讀那些詩是爲什麼呢？說起來是非常老套的沒有任何新意的，比如他花了大量的力氣去箋注阮籍的《詠懷》詩：「余亦嘗以辨別種族，發揚民義，垂三十年。甚於創建今國，豈曰無與？然坐視疇輩及後起者，藉口爲國，乃使道德禮法壞亂務盡。天若命余重振救之，捨明詩莫繇。天下方毀經，又強告而難入。故余於三百篇重振救之，以文章之美，曲道

〔註 34〕朱光潛《研究詩歌的方法》，《國文雜誌》1945 年 9 月第 3 卷第 4 期。
〔註 35〕王瑤《談古文辭的研讀》，孫玉石編《王瑤文選》，北京大學出版社 2011 年版，第 80 頁。
〔註 36〕王瑤《談古文辭的研讀》，孫玉石編《王瑤文選》，北京大學出版社 2011 年版，第 81 頁。

學者，蘄其進窺大義。不如是，不足以有詩也。」﹝註37﹞他在清華
大學中文系的課堂上還講：「嗣宗實一純粹之儒家也。內懷悲天憫人
之心，而遭時不可爲之世，於是乃混迹老莊，以玄虛恬淡，深自韜
晦，蓋所謂有託而逃焉者也，非嗣宗之初心也。此點自來無人見得。」
﹝註38﹞對於黃節來說費盡了氣力去箋注阮籍的詩目的就是在其中耙
梳出背後的儒家思想。他也不是簡單地將儒家的詩教生硬地套用在
阮籍的詩上，而經過他仔細閱讀後的心得。在黃節看來這時候閱讀
阮籍的詩不僅是表彰其背後的儒家思想同時還是對新文化運動對於
儒家簡單化批評的回應，是他自己對於晚清民族主義一以貫之的堅
守。也就是說在黃節這裡閱讀不僅是一位舊詩人的閱讀不僅是一位
學者的箋注，也是一種政治的倫理的行爲，是帶有價值判斷的行爲，
這就是他箋注阮籍詩的意義也是他閱讀阮籍詩的意義。可是在新文
化運動之後過去的文學是作爲一種文化的，同時也是作爲一種非功
利的審美的觀念開始佔據了主流，所以朱自清不可能再像過去那樣
讀詩同時也不可能將過去的各種箋注的羅列辨析與一首詩的閱讀之
間建立起積極的意義。他覺得「新意無多」，因爲新意在他的語境裏
面只能是借助於西方近現代的文藝批評和美學理論作爲後盾，在一
個文學與人生、與情感這樣的框架裏面展開聯想和想像。對一首詩
的閱讀能不能有創造性就看閱讀者在考證的基礎之上的想像與聯想
的能力了。

　　劉永濟也注意到了比興的重要性，比興作爲一個關鍵詞不斷地
出現在他的著述裏面的。可以這麼說，劉永濟論學的領域屢有變化，
但是這裡面有一條線就是比興。他和許多現代學者都發現了「比興」
是中國文學的一個核心概念。不過，也正是這個詞，在他那裏所起

﹝註37﹞黃節《阮步兵詠懷詩注自序》，《學衡》1926 年第 57 期。
﹝註38﹞蕭滌非《讀詩三札記》，《蕭滌非文選》，山東大學出版社 2006 年 11
　　　　月第 1 版，第 402 頁。

到的許多微妙的作用將他帶入到多重的歷史之中。

　　劉永濟曾在清華預備留美學校學習，打算出國學習森林專業，在海南島還參與過反清起義，他很早就寫過一本《文學論》的書，在考察現代中國文藝學學術歷史的時候出版於 1922 年的《文學論》當然是一本非常重要的書。這本書的理論性其實並不強，和那個時代的寫作「文學概論」潮流中的著述沒有十分脫穎而出的地方，但是這本書對於我們理解劉永濟自己的學術思路頗爲重要。這本在結構上非常趨新的書，似乎成爲了劉永濟自己新舊學術之間的一個橋梁。他通過這個「文學論」的橋梁將自己對於傳統文學的理解呈現在現代學術領域之中。他學術的起步和《學衡》雜誌有很重要的關聯，但是和吳宓等人不同的是，他似乎從來沒有感覺到來自新文化陣營的思想挑戰。我感覺這和他的學術位置有一定的關係，一位在湖南長沙明德中學任教的中學老師和處於學術中心的南京以及北京的《學衡》諸人在設定自己對話對象上當然稍有差異。劉永濟在《文學論》的一開始就寫到：「二十世紀之學術甚繁，其造詣之精，或可稱爲空前。然即以爲絕後，則徒爲有識者所竊笑。因人類文化之發展，莫不由含糊而漸近明晰，有簡略而漸進圓滿，由武斷漸趨精確。今日之明晰圓滿精確者，異日或更以爲含糊簡略武斷，亦不可知。」〔註39〕那麼，劉永濟所說的「異日」的學術比「今日」的學術又憑藉什麼而更加「明晰圓滿精確」呢？他認爲：「蓋學術之分科愈細，則所研究者愈精，其結果亦愈確。集合無數最精之研究，最確之結果，而後宇宙間之眞理，不難見其全體窮其究竟矣。」〔註40〕劉永濟相信學術分科越細化就越有利於學術研究的進步。這是一個非常重要的新的觀念，認爲學術的進步依賴於不同學科的進步。但是中國傳統學術觀念則是強調政、教、學的合一，強調的是通變的學術而不是專深的研究，或者換句話說一門一科的專深研究並不是中國傳統學者的最高追求。晚清學者張爾田在

〔註39〕劉永濟《文學論》，中華書局 2007 版，第 5 頁。
〔註40〕劉永濟《文學論》，中華書局 2007 版，第 5 頁。

給王國維的一封信裏面就說：「中國學術本係政、教、學三者合成，教其精神，學其血脈，而政譬則軀殼也。自政憂以來，軀殼亡矣。軀殼亡精神始無所麗，既無精神則血脈又安能灌輸？」〔註41〕張爾田這裡的緊張恰恰體現了中國學術開始失去一種整體性。不過，對於民國學術界來說像劉永濟這樣持有學術進步的新觀念才是主流。傅斯年在他的關於《詩經》的講義裏面這樣說：「『詩三百篇』自是一代文辭之盛，抑之者以爲不過錐輪，揚之者以爲超越李杜，皆非其實。文學無所謂進步，成一種有機體發展則有之。故一詩之美，可以超脫時間並非後來居上；而一體之成，由少而壯，既壯則老，文學亦不免此形役也。《詩經》之辭，有可以奕年永世者，《詩經》之體，乃不若五、七言之盛，則亦時代爲之耳。欣賞之盛，盡隨主觀，鳩摩羅什有言，嚼飯與人，令人作嘔。故講習《詩經》最宜致力者，爲文字語言之事……」〔註42〕劉永濟不會像傅斯年走得那麼遠，認爲「欣賞之盛，盡隨主觀」而去依賴一種現代語文學的方法去推動一種新研究。但是，劉永濟依然借助於西方學術的眼光來觀察中國的學術，我們在討論龍榆生的時候已經涉及到這個問題，某種意義上劉永濟依然是在王國維所謂「中西二學，盛則俱盛，衰則俱衰。風氣既開，互相推助」這一學術觀點的延長線上。他說：「蓋近世學者，於一事一物皆思明其原因，知其性質，不肯含糊武斷，故實事求是之風日盛，而哲學科學因之先後自拔於宗教，文學及其它藝術亦確然有以自見於世。歐洲之文藝復興，其明證也。」〔註43〕

　　劉永濟從不同的方面形成了他的「文學論」。他從學識之文與感化之文來理解文學的功能，從「文學的體制」來認識「文學之內部」，他說：「解剖文學之內部，乃分析文學，觀其如何組織之事也。……

〔註41〕《王國維未刊來往書信》，清華大學出版社，2010 年版，第 245 頁。
〔註42〕傅斯年《〈詩經〉講義稿》，《傅斯年全集》第 2 卷，湖南教育出版社
　　　　2003 年版，第 137 頁。
〔註43〕劉永濟《文學論》，中華書局 2007 版，第 8 頁。

體制之分，即由文學之內部組織完全發達而成。」〔註44〕他又從寫實派與浪漫派來理解近代文學的兩個派別，認為這兩個派別的區分在於「學識」與「情感」的彼此消長。劉永濟的看法非常豐富，例如他說：「彥和論文，重於情感，工於圖寫，明於內外，文質並稱，聲形俱要，文學之大概已是。其形文、聲文、情文之說，則頗與黑吉爾（Hegel）目藝、耳藝、心藝之論暗合。蓋文學與繪畫、雕刻、音樂初實同源，後乃分立，故皆屬於藝（art）。」〔註45〕他對劉勰《文心雕龍》的看法未必如此簡單，但是這無疑成為他把握劉勰文學思想的一個基本框架。他相信西方文學裏面的一些看法有助於來理解、整理我們自己的文學，所以他說：「統觀我國歷代文學之觀念，不可謂於學識、感化之界，無知之者。然而名不立者義不彰，雖心知其義，而語焉不詳，此所以終多混淆也。」〔註46〕除了他以黑格爾與劉勰做類比之外，他在探討文學體制的時候對 Richard Green Moulton 的學說也很服膺。他說：「今欲持總而御繁，則芝加哥大學文學教授毛爾登之說為精。毛爾登之言，雖為西方文學說法，而此事自有公共之性，亦可以借他人為鑒也。」〔註47〕不過，劉永濟也不是完全拘限在一個西方的文學架構裏面，就在討論「我國文學體制構成之源」的時候，他徵引了章學誠《文史通義·詩教》的觀點：「章實齋《文史通義·詩教》上篇，謂後世之文，『其源出於六藝，其體皆備於戰國。』而戰國之文，又皆出於六藝而源於詩教。」〔註48〕劉永濟認為章學誠：「窮源究委之功甚深。」〔註49〕然而，我們又總會感到劉永濟提出的像章學誠《文史通義·詩教》這些在當時的學術語境裏面應該是非常地珍貴的看法，好像總是在被提出來的

〔註44〕劉永濟《文學論》，中華書局 2007 版，第 21 頁。
〔註45〕劉永濟《文學論》，中華書局 2007 版，第 19 頁。
〔註46〕劉永濟《文學論》，中華書局 2007 版，第 19 頁。
〔註47〕劉永濟《文學論》，中華書局 2007 版，第 21 頁。
〔註48〕劉永濟《文學論》，中華書局 2007 版，第 27 頁。
〔註49〕劉永濟《文學論》，中華書局 2007 版，第 29 頁。

同時又隨即被淹沒在他那個非常鬆散的關於文學的論述裏。本來應該一個非常豐富的議題，可以不斷被闡發出新的意蘊的總是在關鍵處被他筆鋒一轉進入到一個簡單化的框架裏面。例如，劉永濟說：「大抵六朝以前，言志之旨多；唐宋而來，明道之誼切。老莊談玄而文多韻語，《春秋》記事而體用主觀，此學識之文而以感化之體為之者也。後世詩人，好質言道德，明議是非，忘比興之旨，失諷喻之意，則又以感化之文為學識之文之用矣。」〔註50〕他在這裡實際上是將「比興」當作了觀察中國文學歷史變化的一個座標，這裡面本來有非常大的闡釋空間，通過這個觀察反而可以形成一種獨特的「文學史觀」但是他明顯受限於「感化之文」與「學識之文」這樣一個簡單的分類方式之中，將一個複雜的問題簡單化了。同時，我們也不能夠感覺到劉永濟那些對文學的看法有一個潛在的對話的對象，一個背後的用意。像他那樣一位專門研究古典文學的學者在新文化運動之後居然在論學的思路裏面沒有一點緊張。就是說他沒有意識到自己的學術遇到了什麼樣的挑戰和「障礙」，和我們前面提到的龍榆生不同，龍榆生深深地意識到以胡適為代表的白話文運動對他所身處的詞學傳統的所提出的挑戰，也和夏承燾不同，夏承燾似乎沒有懂得和他一起論學多年的老輩張爾田背後的一些學術思路，而劉永濟真的在新舊之間遊刃有餘。即使同一個陣營裏面和他關係比較親密的陳寅恪、吳宓等人雖然也持有會通中西的學術理想，但是至少他們對白話文運動持有一定異議，在劉永濟這裡居然沒有成為一個問題。他說：「詩無新舊，惟其是」。〔註51〕

　　我之所以花費這麼長的篇幅來討論劉永濟的這本少作，想強調的是，從《十四朝文學要略》到《文心雕龍》再到研究屈賦、唐人絕句、宋詞、元曲等，雖然劉永濟的具體的論學對象多有變化，但是其早年的「文學論」的思路依然如影隨形。他對於比興的闡述也

〔註50〕劉永濟《文學論》，中華書局 2007 版，第 19 頁。
〔註51〕劉永濟《舊詩話》，中華書局 2007 版，第 463 頁。

是在「文學論」的框架裏面呈現出來的。劉永濟認爲：「古人所謂比興，皆文學之方法也。所謂言外之意，即文字所不能表現之自然也。此不能表現之自然，借比興而使人領悟無餘。故不必全表現之，而表現已全。此等處於詩詞中用之更多，且必如此而後能溫柔敦厚。」〔註52〕又說：「比、興、賦爲古人作詩三法……亦我國文學之原質也。其體制之變遷，則亦由三者分合分合所致也。」然後他就以毛爾登的方法來解說比、興、賦：「比爲索物以託情，描寫之事也。以比明實際之事理，則屬於學識類；以比抒中心之情緒，則屬於感化類。興爲觸物以起情，反射之事也。因所觸起實際之理，則屬於學識類；因所觸動心中之情，則屬於感化類。賦爲敘物以言情，表演之事也。所敘爲實際之事，則屬於學識類；所敘爲想像之事，則屬於感化類。」〔註53〕在校釋《文心雕龍・比興》的時候，他說：「比者，著者先有此情，亟思傾瀉，或嫌於逕直，乃索物比方言之。興者，作者雖先有此情，但蘊而未發，偶觸於事物，與本情相符，因而興起本情。前者屬有意，後者出無心。有意者比附分明故顯，無心者無端流露故隱。」〔註54〕甚至在1960年代講到「文學作品有無中間性的問題」這個左翼文學理論的題目時候，他還舉出李商隱《登樂遊原》說：「李商隱《樂遊原》的二十個字，從表面上看似尋常，他說：『向晚不適意，驅車登古原。夕陽無限好，只是近黃昏。』他這詩中的無限好是指什麼？與黃昏相近的夕陽和黃昏又指什麼？他的意不適是爲了什麼？這二十字雖是就眼前景物說，何以與意不適相聯？這樣一追究，便不是毫無關係的作品了，也就是不尋常了。（程夢星注即以武宗事說之，謂商隱此詩爲武宗憂也。）」〔註55〕暫且不論他所舉的例子與階級意識的中間性問題是否牽強，但是他舉的例子倒是非常特

〔註52〕劉永濟《文學論》，中華書局2007版，第59頁。
〔註53〕劉永濟《文學論》，中華書局2007版，第32頁。
〔註54〕劉永濟《文心雕龍校釋》（上冊），中華書局，2007年版，第127頁。
〔註55〕劉永濟《默識錄》，中華書局2007版，第242～243頁。

殊，他讀出了或者說認同了李商隱這首詩不是一首簡單的對於人生的抒發情感的詩，而是有所寄託，其中的夕陽和黃昏都有所指。不過他在《唐人絕句精華》對這首詩的說明還不是非常願意按照程夢星的說法，而更偏向於紀昀所說的：「百感茫茫，一時交集，謂之悲身世可，謂之憂時事亦可。」他認爲：「紀說最妥，程氏指實爲武宗憂，亦非不可，特專從帝王個人作想，實乃封建文士之習使然，詩人當時未必便如此，不如紀說概括性較大，意味較深也。」〔註56〕雖然劉永濟用新的文藝觀闡釋比興寄託可以說是毫無障礙，但是我們將會看到「文學論」將成爲一道道牆，當他每有一個想法的時候，就會自然形成一道牆，阻止著那個想法繼續生長，以至於連成一條清晰可見的線條，與那些實際上它所否定的批評的歷史直接對質。

　　關於「文學論」的表達能夠讓劉永濟站在一個新的立場上去與前輩競爭，但是這是一把無形的「雙刃劍」，讓他獲得新知的同時，也遮蔽了一些東西。同時，「文學論」緊密相連的還有文化這一新的視角的引入。在《文學論》裏面，我們可以看到劉永濟是這樣構建起它們之間的關係的：「文學者，民族精神之所表現，文化之總相也，故嘗因文化之特性而異。」〔註57〕我們可以這樣說，在劉永濟的學術世界裏面，文學論是他的文化論的一個產物。在我們現在看來，劉永濟非常重要的文章是他的文學史以及詞曲研究的一系列的著述，那些關於《楚辭》、《文心雕龍》以及宋詞的研究已經成爲相關研究的經典之作。他的關於文化的觀點可能會顯得並不那麼重要。這裡的區別在於，我們如果直接無條件地將他預設爲某個具體研究領域裏面的重要一員，那麼那些和具體研究不相關聯的論述當然可以單獨地剝離開來，但是我們一旦將他作爲從 1920 年代走過來的一位學者來看待的時候，他的那些著述與那些關於文化的論述就是緊密相連。我們只有讀懂它們之間的內在關係，才能理解劉永濟的意義究竟是什麼，也

〔註56〕劉永濟《唐人絕句精華》，人民文學出版社，1981 年版，第 220 頁。
〔註57〕《文學論》，中華書局 2007 版，第 97 頁。

才能將他的著述當做一個他遼闊的思想背景中的產物。劉永濟說：「年來雖國粹、國故之說嘗聞於耳，而其所謂『國粹』，究未必便粹；其所謂『國故』，又故而不粹，故亦無甚影響。此則時會未至，非一二人之力所能爲也。」〔註58〕他又說：「近日之咎我國文化者，或病其靜止，或其籠統，或且謂其無用，欲拉雜而摧燒之。而美之者，又稱其富獨立之精神，秉中和之德行。」〔註59〕同時，他也觀察到在辛亥革命產生的政治變革之後在文化思想等方面不但沒有煥然一新，而是歧義紛呈。他看到：「豢養星相雜流者而侈談讀經，提倡大刀拳術者而高唱尊孔，膜拜喇嘛活佛者而維護禮教，醉心聲色勢利者而尚論關、洛，黷財好貨予智自雄者乃假愼終追遠之誼以誇耀鄉里，譎詐無行依附權勢者，乃託敬老崇賢之說以簧鼓愚蒙。以穿鑿附會治古學而古學日晦，以淺見膚聞保國粹而國粹日亡」。〔註60〕1920 年代以後，對於文化的談論已經非常普遍，上海的《學燈》以及南京的《學衡》等都從文化入手，但是同時一種對於「文化」的理解方式卻被忘記了。正如有論者在分析《學衡》對「文化」一詞的運用時所說的：「《學衡》素以『文化』爲本位，而刻意與政治拉開距離；這與《新青年》注重密切結合『文化』與『政治』，試圖通過『文化運動』而推進『社會運動』的觀念大不相同。」〔註61〕文化作爲一種政治話語，曾經是很清楚的，例如章太炎在《中華民國解》（1907 年）裏面說：「故欲知中華民族爲何等民族，則於其民族命名之頃而已含定義於其中。以西人學說擬之，實採合於文化說，而背於血統說。華爲花之原字，以花爲名，其以之形容文化之美，而非以之狀態血統之奇，此可於假借會意而得之者也。」汪暉在分析 1910 年代的「思想戰」的時候說：「將政治問題納入文明問題中加以處理，亦即將政治、經濟、軍事、制度

〔註58〕 《文學論》，中華書局 2007 版，第 97 頁。
〔註59〕 《文學論》，中華書局 2007 版，第 98 頁。
〔註60〕 《文學通變論》，中華書局 2007 版，第 416 頁。
〔註61〕 張源《從「人文主義」到「保守主義」──〈學衡〉中的白璧德》，北京三聯書店，2009 年版，第 196 頁。

和技術等問題收攝於『文化』、『文明』或『思想』問題之內加以展開；由此，對戰爭的反思與對共和危機的探索也全部被彙集到有關新舊思想與東西文明的反思之中。」〔註62〕但是，在 1920 年代文化與政治的關係發生了微妙的變化，不僅文化與政治的關係沒有了，而且文化本身所應該具有的主體性也沒有了。文化開始具有自己一套從西方知識論裏面形成的論述。例如梁啓超的文化論述就是在新康德主義的影響下形成的，但是梁啓超也不得不面臨著和新康德主義同樣的矛盾。正如施耐德（Axel Schneider）所分析的：「一方面，他強調個別歷史中固有的意義是人類自由意志的表達，它同時爲中國認同提供基礎。另一方面，他尋求能將中國納入世界歷史的普遍一致性，以供今人借鑒和指出未來的方向。」〔註63〕劉永濟所面對的那些「文化」的各種不同立場的論爭其實也就產生於這個背景之中。但是，正如上面我們所看到的劉永濟對於當時文化論爭的看法，不僅沒有深入地介入到那些論爭當中，去將那些爭論放置到一個學術思路裏面來考察，而且他將那些論爭簡單地處理成一種「態度」問題而超然其上，完全不去細查那些論爭的內在意涵。那些論爭本來產生了非常豐富的問題，那些所產生的新的問題恰恰是構成劉永濟討論文化問題的最爲直接的思想語境，他卻認爲中西文化的論爭某種意義上來說根本沒有必要，被他當做一種偏頗的態度而取消了。他認爲那些認爲「文化」不能相通的人是因爲「進化論」與「循環論」之間的矛盾：「進化說者，謂文化之發展，如螺旋焉，其進無止。循環說者，謂文化之發展，如環周焉，終而復始。論者遂以進化歸美西方文化，而轉病東方文化爲循環。惟其進化，故常動而前邁。惟其循環，故常止於一境。於是又以靜止之義，釋東方文化。」〔註64〕這種對於文化這一視野的有限

〔註62〕汪暉《文化與政治的變奏 —— 戰爭、革命與 1910 年代的「思想戰」》，《中國社會科學》雜誌 2009 年第 4 期，第 134 頁。

〔註63〕施耐德《眞理與歷史》，關山、李貌華譯，社會科學文獻出版社，2008年版，第 252 頁。

〔註64〕劉永濟《文學通變論》，中華書局 2007 年版，第 422 頁。

理解和它所生產出來的「文學論」一起讓劉永濟面臨許多問題。

我們知道劉永濟在上海曾經受到況周頤的親自指點，他對況周頤的詞學頗為服膺。對於況周頤的詞學，他的好友朱祖謀對《蕙風詞話》非常讚賞，按照龍榆生的說法：「彊村先生推為千年來之傑作」〔註65〕，不過朱祖謀的話未必可以當真。朱祖謀的性格溫潤對人向不批評。倒是和況周頤、朱祖謀都有交往的張爾田對《蕙風詞話》的批評值得注意，因為從張爾田的話更加能夠看出一些我們現在已經不大注意到的晚清詞學內部的分歧。張爾田的觀點見於他和夏承燾的通信之中。在給夏承燾的信中，他直接指出《蕙風詞話》「標舉纖仄」：「愚昔年即不以為然。而彊老極推之，殊不可解。彊老與蕙風合刻所為詞曰《鶩音集》，愚亦頗持異議。嘗有論詞絕句，其彊村、蕙風兩首云：『矜嚴高簡鶩翁評，此事湖州有正聲。臨老自刪新樂府，絕憐低首況餐櫻。』『少年側豔有微辭，老見彈丸脫手時。欲把金頻度與，莫教唐突道潛師。』即詠其事。彊老當日見之，頗為憮然。」〔註66〕除了張爾田，夏敬觀也曾在1942年發表《〈蕙風詞話〉詮評》一文對況周頤有所點評，不過他評論的立足點是在對學詞者的指點，因此主要還是圍繞寫詞的技法的討論上發表極為精細的議論。夏敬觀在對《蕙風詞話》的評點裏有兩條評點應該注意。因為他評點到況周頤一條非常重要的詞話，況周頤在《蕙風詞話》裏說：「詞貴有寄託。所貴者流露於不自知，觸發於弗克自己。身世之感，通於性靈，即性靈，即寄託，非二物相比附也。橫亙一寄託於搦管之先，此物此志，千首一律，則是門面語耳，略無變化之陳言耳。於無變化中求變化，而其所謂寄託，乃益非真。昔賢論靈均書辭，或流於跌宕怪神，怨懟激發，而不可為訓。必非求變化者之變化矣。夫詞如唐之《金荃》，宋之《珠玉》，何嘗有寄託，何嘗不卓絕千古；何庸為是非真之寄託耶？」〔註67〕夏

〔註65〕龍榆生《龍榆生詞學論文集》，上海古籍出版社，1997年版，第436頁。
〔註66〕《夏承燾集》第5卷，浙江古籍出版社，第433～434頁。
〔註67〕屈興國《蕙風詞話輯注》，江西人民出版社，2000年版，第246頁。

敬觀評論說：「此論極精。」但是夏敬觀或許忘記了他在同一篇文章
裏面所說的另一段話：「文辭至極高之境，乃似有神經病人語，故有
可解而不可解之喻。然非胡說亂道，其間仍有理路在，但不欲顯言，
而玄言之。不欲徑言，而迂迴以言之耳。又往往當言不言，而以不當
言者襯之。其零亂拉雜，只是外表覺得難喻，而內極有序，非眞零亂
拉雜也。此境爲已有成就而能深入者道，初學者勿足以語此。」〔註
68〕夏敬觀這裡顯然不是完全同意況周頤的觀點。只是因爲擔心初學
者誤入歧途，所以強調要先有感觸才能作詞。關鍵是，他沒有說「即
性靈，即寄託」可以作爲評判一首詞好壞的標準，而僅僅是作爲對初
學者所指示的法門而已。不過劉永濟對況周頤這段話的解釋就不一樣
了。他說：「自毗陵張皋文氏以意內言外釋詞，選詞二卷，以指發古
人言外之幽旨，學者宗之，知詞亦與古詩同義，其功甚偉。然張氏但
知詞以有所寄託爲高，而未及無所寄託而自抒性靈者亦高，故介存齋
有空、實之辨也。」〔註 69〕這裡他不僅明確說「自抒性靈者亦高」而
且還將之與周濟的「無寄託」等同起來。和劉永濟同時的另一位詞家
詹安泰就曾經對周濟的「無寄託」說有一個說明：「世固有貌爲寄託
而中無所有之詞，未有眞誠有所寄託而絕不用意者（情感流露於不自
知者有矣；意有所屬，而謂不自知，其誰信者？）」〔註 70〕詹安泰所
說的應該是一個常識，劉永濟只要認眞考慮一下，就不會不認識到這
個問題。

　　然而重要的是，在劉永濟這裡不是認眞考慮的事情，而是他將
「無寄託」當成了一個獨立的概念提出來了。他說：「作者當性靈流
露之時，初亦未暇措意其詞果將寄託何事，特其身世之感即存在於
性靈之中，同時流露於不自覺，故曰：『即性靈，即寄託』也。……
由其性靈兼得其寄託，而此所寄託，即言其言外之幽旨也，特非發

〔註 68〕夏敬觀《〈蕙風詞話〉詮評》，《同聲月刊》1942 年第 2 卷第 2 號。
〔註 69〕劉永濟《詞論》，中華書局 2007 年版，第 138 頁。
〔註 70〕詹安泰《論寄託》，《詞學季刊》第 3 卷第 3 號，1936 年 9 月。

於有意耳。」〔註71〕況周頤的這句「即性靈即寄託」在常州詞派的
理論框架裏面是非常容易處理的，張爾田對他的批評就很明顯。爲
什麼這句話會在劉永濟這裡特別地放出光芒？他爲什麼會對「有意」
與「無意」如此地在意？我們或許可以在一些概念上看到劉永濟這
種區分在傳統文學觀念上有一個非常強勁的脈絡，而認爲是一種傳
統的延續，又或者看到這是受到西方文學思想的影響，我們很難在
文本上找到一個印證的依據，但是這的確是一種風氣的變化。劉永
濟並沒有像他的朋友朱光潛走得那麼遠，朱光潛在他最得意的學術
著作《詩論》裏面對中國傳統詩學概念的理解背後隱藏的是他深厚
的對於西方美學理論的學術背景，但是在劉永濟這裡我們看不到他
對哪一位西方美學家的精深的專研。用劉永濟自己的話來說，我們
可以將他一些新的變化看做是一種「風會」。他是這樣提出「風會」
這個概念的：「文藝之事，言派別不如言風會。派別近私，風會則公
也。言派別者，則主於一二人，易生門戶之爭；言風會，則國運之
隆替、人才之高下、體制之因革，皆與有關焉。」〔註72〕這種「風
會」的變化，因爲它本身具有的一定的模糊性給人文學術研究提出
了挑戰，但是這似乎又是中國傳統文史中一個習見的重要概念。〔註
73〕波科克（J.G.A.Pocock）在討論18世紀晚期歐洲思想史的時候提
到：「1789年前後，這個急速成長的世界被打進了一個楔子，我們
冷不防開始聽到對商業社會的大聲貶斥，因爲商業建立在無情的理
性計算和培根、霍布斯、洛克和牛頓的冷酷的機械哲學基礎之上的。
這種戰略上的倒轉是怎樣發生的？這個問題到現在也沒有完全弄清

〔註71〕劉永濟《詞論》，中華書局2007年版，第139頁。
〔註72〕劉永濟《詞論》，中華書局2007年版，第119頁。
〔註73〕臺灣「中央研究院」史語所王汎森院士對民國學者劉咸炘史學中「風」
　　　　的概念予以了特別的關注，但是他對劉咸炘的「風」的概念的論述
　　　　還沒有形成最終的文章。可參考王汎森在復旦大學文史研究院「執
　　　　拗的低音」系列演講之《風：一種被忽略的史學概念》，
　　　　http://v.163.com/movie/2011/3/4/0/M70M8MCLI_M70MAML40.html

楚。這可能與一種行政觀念學的興起有關，在其興起的過程中，孔多塞、哈特利（Hartley）和邊沁試圖在一種高度還原主義前提的基礎上建立一門立法科學。」〔註74〕波科克在這裡說的也是一種「風會」的變化。這種變化非常複雜以至於現代學術的實證研究可能無法完全描述這個問題的複雜性。

在說到況周頤的「詞境」以及王國維的「境界」、「寫境」、「造境」、「有我之境」、「無我之境」等概念的時候，劉永濟似乎不費吹灰之力地將這些都吸納在一個心與物、情與理地框架裏面去解決：「蓋神居胸臆之中，苟無外物以資之，則喜怒哀樂之情無由見焉；物在耳目之前，苟無神思以觀之，則聲音容色之美無由發焉。是故神、物交接之際，有以神感物者焉，有以物動神者焉。以神感物者，物固與神而徘徊；以物動神者，神亦隨物而宛轉。迨神、物交會，情、景融合，即神即物，兩不可分，文家得之，自成妙境。知此，則情在景中之論，有我、無我之說，寫實、理想之旨，詞境、意境之義，皆明矣。」〔註75〕就這樣那些豐富的概念被一個抽象的心與物的關係所概括了。在談到詞學歷史上的「清空」、「質實」問題的時候，他的思路也和前者一樣：「清空、質實之辨，不出意、辭之間。蓋作者不能不有意，而達意不能不鑄辭。」由此可見，本來在不同語境裏面富於意義的區分，在劉永濟這裡被一個抽象的討論所取代了。他所承接的這股「風會」，不是其它就是我們在前面所提到的他所熱衷的「文學論」。已有學者注意到了劉勰的《文學雕龍》與劉永濟《詞論》之間的關聯〔註76〕，然而我們所需要做的可能恰恰不是認同而是反思。周勳初在回憶 1950 年代的大學文學課堂的時候說：

〔註74〕約翰・波考克《德性、權利與風俗——政治思想家的一種模式》，應奇、劉訓練編《公民共和主義》，東方出版社，2006 年版，第 55 頁。

〔註75〕劉永濟《詞論》，中華書局，2007 年版，第 137 頁。

〔註76〕參看陳水雲《劉永濟〈詞論〉與〈文心雕龍〉之相關性考辨》，《中國韻文學刊》，2004 年第 1 期。

「汪辟疆先生教韻文選，講到韓愈、李商隱的詩時，可以立即寫一首韓詩風格、玉谿生詩風的詩來給學生看看，但在講解時，卻無法說清，因而學生大爲不滿，反對他來上課。」〔註77〕周先生所要反思的是 1950 年代的蘇聯文藝理論對於古代文學研究的影響。在另外一篇文章裏面周先生還提到當時編寫的由文學理論家以群審定的《文學的基本原理》一書：「這書以毛澤東《在延安文藝座談會上的講話》爲綱，可在論及文學的特點時，仍然不脫前此理論的範疇，大談形象等等，而這是西方學界總結 19 世紀小說、戲劇的創作經驗提出來的。」〔註78〕周勳初先生所指出的問題不僅在 50 年代，這在 1980 年代以至於現在的古典文學研究裏面依然聽到它的回響。其實，即便用中國文學本身的理論資源也不一定代表更爲傳統，像劉永濟這樣用《文心雕龍》的框架來解釋詞學理論的努力是不是也同樣包含有更爲隱秘的西方影響呢？晚清以來的新舊學者無論對於傳統的經史子集著述的性質有多麼不同的論述，但是對於《文心雕龍》無疑是分歧最小。章太炎辛亥前曾經在日本「國學講習會」講授《文心雕龍》〔註79〕，他的弟子，在文學觀念上更和劉師培接近的黃侃也曾在北大的課堂上講授《文心雕龍》。作爲新文學重要資源的章太炎和劉師培雖然對於《文心雕龍》的闡述各不相同，但是有一個特點，他們是在構建一個新的「文學」傳統裏面來展開對《文心雕龍》的闡述的，這和後來將之當做爲一個普遍的文學（文化）理論的經典是不一樣的。但是，我們也可以看出駢散兩個不同的文學流派都將之作爲一部經典之作。新文學的旗手胡適更是明白清楚地說：「我們可以說這兩千年中只有七八部精心結構，可以稱做『著作』的書，——如《文心雕龍》、《史通》、《文史通義》等，——其餘的只是結

〔註77〕周勳初《餘波集》，南京大學出版社，2008 年版，第 309 頁。
〔註78〕周勳初《重視中國古典文學研究的特點》，《文學遺產》2006 年第 2 期，第 5 頁。
〔註79〕參見周興陸《章太炎講解〈文心雕龍〉辯釋》，《復旦大學學報》（社科版），2003 年第 6 期。

集，只是語錄，只是稿本，但不是著作。」〔註80〕梁啓超1924年在給范文瀾《文心雕龍講疏》所寫的序言裏面也毫不吝嗇對這本書的褒獎：「吾國論文之書，古鮮專籍。東漢之桓譚《新論》、王充《論衡》、雜論篇章，時有善言，然《新論》已佚，而讀者不過數言，《論衡》雖存，而議論或涉偏激。自此以後，摯虞《流別》，李充《翰林》，爲論文之專籍矣；而亦以搜輯殘缺，難窺全豹，學者憾之。若夫曹丕《典論》號爲辨要，陸機《文賦》，亦稱曲盡；然一則掎摭利病，密而不周，一則泛論纖悉，實體未賅。求其是非不謬，華實並隆，析源流，明體用，以駢儷之言，而有馳騁之勢，含飛動之采，極瑰瑋之觀者，其惟劉彥和之《文心雕龍》乎！」〔註81〕《文心雕龍》成爲一部「文學論」的著作，對於詩文詞曲賦等文體具有理論指導的權利，這是一個具有現代性意義的事件，也就說中國文學本身也有一個抽象的認識框架。無論中國傳統文學的文本資源多大意義上參與了這個框架的建立，有一點是無疑的，那就是中國文學資源是在一個西方的認識框架下進行分配、重組的。這個西方的認識框架未必是一一對應的具體理論，而是在《文心雕龍》在新文化運動之後被經典化的過程中展示出來的。這裡面體現了一種新的不同與傳統的對《文心雕龍》的闡釋結構。劉永濟將《文心雕龍》與詞學的勾連無疑在這個闡釋結構之中。除了我們所提到的受到新的「文學論」資源的影響之外，劉永濟也處於這樣一個時代風會之中，就是辛亥革命之後的一系列政治上的、思想上的影響。這使得他不可能再從政治上去認可儒家的價值，說得更加清楚一點就是，在他那裏必然開始遇到一個區分，將儒家的價值從政治制度上剝離開來，而形成一種文化的視野。劉永濟也是有意無意地將文學的變化放置在

〔註80〕胡適《五十年來中國之文學》，《胡適古典文學研究論集》，上海古籍出版社，1988年版，第123頁。

〔註81〕參看王運熙《范文瀾的〈文心雕龍講疏〉》，《江蘇大學學報》（社會科學版），2003年第2期，第73頁。

晚清政治變化以及其後續的脈絡裏面來觀察的。在《文學通變論》裏面首先談的不是文學本身，而是晚清以來的政治變化，並且指出這裡面的趨新的思想潮流主要表現在「提倡科學」和「改革政治」。〔註82〕周勳初在分析黃侃《文心雕龍札記》的時候有一段話非常有趣：「季剛先生早年參加革命，曾為民國的建立作出過貢獻。他的思想，雖然不能說已經形成了完整的資產階級思想體系，但從他與封建專制主義政權的鬥爭中，卻也可以看出他的思想有其民主主義的一面。文學思想上的自然觀，正是政治思想上進步因素的反映。」〔註83〕這些話從 1980 年代以後的學術界看來差不多是在當代中國前三十年濃鬱的政治氣氛裏成長起來的學者所持有的學術語言，因此這些帶有很強政治性的分析只被當作一種「慣性」的表態而被忽略，但是在我看來在對於黃侃強調文學的真實情感的來源問題上還是一個有說服力的解讀，它的關鍵之處是將一種文學理解與政治革命相勾連。在那個風雲變幻的革命年代，很多青年的政治意識被激起，劉永濟也是如此，他不僅參加了 1911 年左右清華留美預備學校的一次抗議活動並因此退學，而且在辛亥革命的時候「由北京趕到海南島，動員和協助任瓊崖道道臺地四哥滇生起義。」〔註84〕如果說這是一種時代的風會，我們大致可以看到「情感」重新居於文學問題中一個顯眼的位置，未必只是一個單一的知識論的問題，它和理論資源、政治革命有著微妙的互動，它有時候只是一種囿於時代的政治意識的表徵。

如果劉永濟像我們前面所分析的這樣，他對於「文學論」以及文化的論述，都是落實在了他自己的時代語境裏面，即使他堅守了一些基本的傳統文學觀念但是似乎不過是經過新的解釋而已，那麼劉永濟

〔註82〕劉永濟《文學通變論》，中華書局 2007 年版，第 414 頁。
〔註83〕周勳初《周勳初文集》第 6 卷，江蘇古籍出版社 2000 年版，第 20 頁。
〔註84〕程千帆《憶劉永濟》，《桑榆憶往》，上海古籍出版社 2000 年版，第 72 頁。

只有一些簡單的學科史上的意義而已。然而，劉永濟在 1949 年以後完成的關於唐五代兩宋詞的兩種講義讓我們看到了一些特別的東西。這兩本講義就是在他身後出版的《唐五代兩宋詞簡析》和《微睇室說詞》。在武漢跟隨劉永濟多年的晚輩程千帆，給這兩部講義做過簡明扼要的說明。程千帆說：「先生早年講詞選，曾編《誦帚庵詞選》四卷，選錄較多。到了老年，由博返約，又擷唐宋詞的精華，寫成《唐五代兩宋詞簡析》」，「1960 年，先生爲青年教師講授南宋婉約派詞，以吳文英爲重點，並前溯周邦彥、姜夔、史達祖，後及王沂孫、周密、張炎，以見此派源流，撰成《微睇室說詞》二卷」。〔註 85〕他在講義裏面所展示出的特質不應該是一句傳統方法就可以打發的。如果劉永濟是傳統的，那麼他爲什麼還出現了我們上面提到的矛盾。如果說他又是受到所謂現代學術影響的，那麼我們是不是就要將之解釋成爲中西會通呢？我想，劉永濟在這兩本講義裏面所展示出的問題遠比我們在抽象的傳統與現代的視野裏面所看到的問題豐富得多。

4.3　兩種傳統的矛盾

如果按照劉永濟所認爲的「未及無所寄託而自抒性靈者亦高」，可是他對詞體的特質卻是有一個明確的看法：「它是以比興爲主的，不如用賦體的可以明顯敘說。因此，我們如果要知道詞中所包含的人民生活和社會意義，有時要從它表現的反面，或者從它的文字之外去體會，以作者所處的時代去印證。以前文論家所謂『言外之意』，所謂『言在此而意在彼』，便成了讀詞的方法。」〔註 86〕這兩者之間難道不矛盾嗎？劉永濟的這個觀點看似非常平允，他的學生輩沈祖棻也有類似的看法：「比興只是歷史悠久的和經常被使用的藝術表現方法之一，而決不是惟一的方法；沉鬱也只是美好的風格之一，而

〔註 85〕程千帆《憶劉永濟》，《桑榆憶往》，上海古籍出版社 2000 年版，第 76 頁。

〔註 86〕劉永濟《唐五代兩宋詞簡析》，中華書局 2007 年版，第 9 頁。

決不是惟一的美好風格。……在詞史上，可以看到，有很多的傑作
是用賦體寫的，它們的風格也是多種多樣的。在這種大量存在的事
實面前，陳廷焯等的看法就無法掩蓋其片面性。」〔註87〕如果我們再
往上推衍，不用太遠，我們可以發現吳梅也有類似的看法，吳梅在《詞
學通論》裏面說：「余謂詞本於詩，當知比興固已。究之《尊前》、《花
外》，豈無即景之篇？必欲深求，殆將穿鑿。皋文與止菴，雖所造之
詣不同，而大要在有寄託，尙蘊藉，然而不能無蔽。故二家之說，可
信而不可泥也。」吳梅的《詞學通論》是他的授課講義，其中絕大多
數的詞學觀點都是來自於晚清詞家陳廷焯的《白雨齋詞話》。在這裡
爭論吳梅是常浙合流還是就是常州詞派是沒有意義的。我想強調的是
一種差異，吳梅對張惠言、周濟的修正和劉永濟對他們的修正是不能
放在一個意義上去理解的，雖然兩者在表述上似乎是完全一致的。如
果我們將之理解成完全是對等的，那麼我們就不能理解吳梅在評論溫
庭筠的時候說：「唐至溫飛卿，始專力於詞。其詞全祖風騷，不僅在
瑰麗見長。……飛卿最著者，莫如《菩薩蠻》十四首。……今所傳《菩
薩蠻》諸作，固非一時一境所爲，而自抒性靈，旨歸忠愛，則無弗同
焉。張皋文謂皆感士不遇之作，蓋就其寄託深遠者言之。即其直寫景
物，不事雕繢處，亦夐絕不可追及。」〔註88〕而無論劉永濟還是沈祖
棻都沒有在這個常州詞派理論上最容易引起爭議的溫庭筠《菩薩蠻》
的問題上堅持張惠言的觀點。劉永濟在讀《菩薩蠻》（小山重疊金明
滅）的時候只是說：「全首以人物之態度、動作、衣飾、器物作客觀
之描寫，而所寫之人之心情乃自然呈現。」〔註89〕沈祖棻則對李冰若
《栩莊漫記》裏面的話頗爲認可：「張惠言《詞選》欲推尊詞體，故
奉飛卿爲大師，而謂其接迹《風》、《騷》，懸爲極軌。以說經家法，

〔註87〕沈祖棻《清代詞論家的比興說》，《宋詞賞析》，中華書局 2008 年版，
　　　　第 308～309 頁。
〔註88〕吳梅《詞學通論》，國立第一中山大學出版部，1927 年版，第 64 頁。
〔註89〕劉永濟《唐五代兩宋詞簡析》，中華書局 2007 年版，第 12 頁。

深解溫詞。實則知人論世，全不相符。溫詞精麗處，自足千古，不賴託庇於《風》、《騷》而始尊。」〔註90〕其實張惠言讀溫庭筠的依據不過就是中國傳統的比興寄託，而要推到「知人論世」的層面上，那麼沈祖棻對姜夔《暗香》《疏影》的解釋也不一定站得住。不管吳梅樣對常州詞派理論做出了什麼樣的「補充說明」，但是有一點他非常明確，在溫庭筠等作家作品的評論上與常州詞派理論是合若符節的，即使在論述清代詞人蔣鹿潭的時候說他：「盡掃葛藤，不傍門戶，獨以風雅爲宗，蓋託體更較皐文、保緒高雅矣」，在具體的寫作上更是獨步，「鹿潭不專尚比興，《木蘭花》、《臺城路》，固全是賦事；即一二小詞，如《浪淘沙》、《虞美人》，亦直本事，絕不寄意幃闥，是眞實力量，他人極力爲之，不能工也。」〔註91〕這個也不代表他否定了常州詞派理論對於整個詞史的重構：「以《國風》、《離騷》之旨趣，重鑄溫、柳、周、辛之面目。」沈祖棻對於宋詞的閱讀基本上遵守了自己的看法，除了姜夔《暗香》《疏影》這樣幾首少數的詞之外，她基本上沒有在常州詞派比興寄託的理論裏面去閱讀宋詞。但是劉永濟則不同，我們看到他在文學論以及文化論的框架裏面對比興做出解釋，另一方面，他在兩本講義裏面所展開的閱讀實踐對比興做出了顯然是新的解釋。

　　在閱讀唐五代兩宋詞的時候，劉永濟可以說是勝義紛呈。我舉幾個例子來說明。在讀牛嶠《憶江南》、《前調》兩首的時候說：「凡詠物之詞，非專止描寫物態，必須寄託人情」。〔註92〕在讀馮延巳《謁金門》詞的時候說：「馮詞首句，無端以風吹池皺引起，本有諷意，因中主已覺，故引中主所作閨情詞中佳句，而自稱不如，以爲掩飾。意謂我亦作閨情詞，但不及陛下所作之佳耳。二人之言，爭鋒相對，非戲謔也。試以史稱馮作相時，不滿於『人主躬親庶務，宰相備位』

〔註90〕沈祖棻《清代詞論家的比興說》，《宋詞賞析》，中華書局 2008 年版，第 291 頁。

〔註91〕吳梅《詞學通論》，國立第一中山大學出版部，1927 年版，第 212 頁。

〔註92〕劉永濟《唐五代兩宋詞簡析》，中華書局 2007 年版，第 17 頁。

之語證之，二人言外所指之意，自然分明。此雖詞家故事，而吾人讀詞之法亦可於此得之。」〔註93〕從這些閱讀實踐我們可以看到，劉永濟那些在文學論框架裏面對比興的解釋可以說在這些具體的解釋實踐裏面都被他自己的閱讀實踐推翻了。但是他從來沒有在這些閱讀實踐裏面，對比興概念做出新的說明。我們一個大膽的解釋是，劉永濟大概不覺得這裡存在著什麼問題，也就是說他的矛盾在他那裏沒有成爲一個問題。他也沒有說像浦江清那樣將自己「文學論」的知識結構中形成的比興說帶入到閱讀實踐當中。在這裡，我舉一個溫庭筠在現代詞學歷史中被重新發現的例子。溫庭筠的詞被重新發現，浦江清等新派學者有充分的自信來駁斥張惠言在《詞選》裏面對溫詞的解讀〔註94〕，這不能不說浦江清除了處於整理國故之後的現代學術的科學化大潮之中獲得的話語權便利之外，一個更爲重要的原因是受到了西方文學理論的啓發。用浦江清的話來說就是：「古人認爲詩詞只可以意會而不能求甚解者，因爲詩詞的語言是特殊的，需要讀者特殊的修養。現代的詩學理論家以及從事於形而下的文法、修辭、章句的分析者，用意即在幫助讀者的修養。」〔註95〕這樣，我們可以看到在過去不會被充分閱讀的詞句現在可以鋪陳說明，講得繪聲繪色。例如，在讀溫庭筠《菩薩蠻》之中「小山重疊金明滅，鬢雲欲度香腮雪」一句的時候，浦江清說到：「朱孟實先生在《詩論》裏說：繪畫是空間的藝術，故主描繪而難於描述，其敘述也化動爲靜，在變動不居的自然中抓住某一頃刻。詩是時間的藝術，故長於敘述而短於描繪，其描寫物體亦必採取敘述動作的方式，即化靜爲動。如『巧笑倩兮，美目盼兮』，『池塘生春草』、『塔勢如湧出，孤高聳天宮』，『鬢雲欲度香腮雪』，『千樹壓西湖寒碧』，皆是其例。此說本德人萊森之詩畫異質說而推闡之者。」

〔註93〕劉永濟《唐五代兩宋詞簡析》，中華書局 2007 年版，第 31 頁。
〔註94〕參考浦江清《詞的講解》，《浦江清講中國文學》，鳳凰出版社 2010 年版，第 64～65 頁。
〔註95〕浦江清《詞的講解》，《浦江清講中國文學》，鳳凰出版社 2010 年版，第 64 頁。

〔註 96〕浦江清的新見無疑是受到了朱光潛的啓發，追根溯源也就是德國美學家萊辛「詩畫」說的影響。他不僅不拒絕西方美學的概念，而且非常認同。不過，浦江清在分析第二首中「水晶簾裏頗黎枕」的時候說：「因中文可省略述語，故描寫靜物靜景較易，上引萊森之《詩畫異質說》及朱孟實先生之《詩論》，謂詩人描寫景物，必須採取動作的方式，化靜爲動者，按之中國詩詞又不盡然了。」〔註 97〕他還說：「中國之藝術，有共同之特點，如山水畫之不講透視，詞曲不論觀點，皆不合科學方法，而爲寫意派之作風。」〔註 98〕儘管浦江清好像在講述一種中國傳統的特殊性，其實這只是一種「類別」意義上的區分，在實踐中從來就不曾妨礙過他用西方的學術資源來具體地分析中國古典作品以及對中國自身的概念系統進行「暗度陳倉」地轉換。

　　在現代詞學歷史中，對溫庭筠《菩薩蠻》十四首的解讀可以說幾乎很少見到出浦江清之右的論述，作爲一位從東南學術語境之中成長起來的學者，他對新文化運動之後所形成的新學術不是一味地贊成，所以他在對古典詩詞進行閱讀的時候，從未忘記或者放棄中國古典詩學裏面固有的資源，特別是「比興」、「情景交融」等。然而，不得不讓我們注意的是，那些固有的概念已經是在西方學術資源的照耀之下重新闡釋成的了，這樣，即使他所強調的中國詩學自身特點的前提是以西方理論的眼光來提問和實踐的。同樣是依據比興寄託來解釋溫庭筠的《菩薩蠻》，張惠言讀出的與浦江清讀出的截然不同。原因就在於浦江清對傳統的「比興」的理解。他認爲：「比興也是一個思想的跳躍，是根據類似或聯想以爲飛度的憑藉，這是屬於思想因素本身的，不關於語言的。比興在詩詞的語言裏有代替

〔註 96〕浦江清《詞的講解》，《浦江清講中國文學》，鳳凰出版社 2010 年版，第 70 頁。

〔註 97〕浦江清《詞的講解》，《浦江清講中國文學》，鳳凰出版社 2010 年版，第 72 頁。

〔註 98〕浦江清《詞的講解》，《浦江清講中國文學》，鳳凰出版社 2010 年版，第 86 頁。

邏輯的作用，比興是詩詞的思想的一個邏輯。」〔註99〕又說：「詩詞主抒情，但如只是空洞地說出那情感，作者固有所感，讀者不能領略那一番情緒。作者要把這情緒傳遞給別人時，必須找尋一個表達的藝術。假如他能把觸發這一類的情緒的事物說出，把引起這一類的情緒的環境烘託出來，於是讀者便進到一個想像的境界裏，自然能體驗著和作者所感到的那個相同的情緒，所以詩詞裏有『賦』，有『比』，有『興』。」〔註100〕正是這些對傳統比興的重新闡釋並且作為一種方法論來閱讀溫庭筠的詞，溫庭筠才被浦江清闡釋成屬於傳統的一部份而又看到了和傳統不同的部份。我們如果跳出文學的領域，把目光放大到整個現代人文學術，我們不得不承認這樣一個基本的事實，現代學術的形成相當大的程度上得益於西方相關學術資源。用余英時先生的話來說，就是：「現代『國學』與傳統考證之間的一大區別即在『概念化』（conceptualization）之有無或強弱。『概念化』是達到『綱舉目張』的不二法門，系統的知識由此而建立。」〔註 101〕無疑在文學裏面，比興作為一個傳統詩學的關鍵詞被提出來，然而這個比興是一個現代學術的概念。在這個似舊實新的觀念裏面傳統詩詞的閱讀方式被重新調整，而看起來那些調整不過是在尊重傳統的前提之下進行的。在浦江清看來比興只是一種抒情方式，不存在什麼需要深求的地方，是非常之清楚的共有的一種人生的情感。要想體會出來，浦江清以為似乎並不難。而在我們前面幾章提到過的張爾田、龍榆生等這些學者看來，需要艱難地求索的過程，無疑劉永濟在他的閱讀實踐中也是這樣認為的。又比如鄭文焯曾經說到王鵬運閱讀吳文英《賀新郎·陪履齋先生滄浪看梅》的事

〔註99〕浦江清《詞的講解》，《浦江清講中國文學》，鳳凰出版社 2010 年版，第 55 頁。

〔註100〕浦江清《詞的講解》，《浦江清講中國文學》，鳳凰出版社 2010 年版，第 50 頁。

〔註101〕余英時《原「序」：中國書寫文化的一個特色》，《中國文化史通釋》，北京三聯書店，2011 年版，第 143 頁。

情：「半塘先生云：初讀此詞，不得其解。後見說部中謂滄浪爲韓蘄王別墅，始知君特意之所在。詞中多感詠當時遺事，藉看梅以發思古幽情，良有以也。」〔註102〕王鵬運難道不知道比興寄託的理論，但是他仍然不懂這首詞。只是在反覆研索之後才豁然開朗。這也就是說只有在閱讀實踐之中，比興寄託才能不斷地成爲一種價值選擇，一種閱讀原則，一種活的傳統。同時，劉永濟的閱讀實踐裏面對比興寄託的運用而不是單純的概念闡釋，還傳遞了一個最爲重要的訊息。劉永濟在晚年的一條名爲「詩人託興之言不可泥看」的筆記裏面寫道：「詩詞中有託物寄興之辭，每變化無方。晏殊有《踏莎行》二首，皆用春風、行人、楊柳，而意有別。其一曰：『垂楊只解惹春風，何曾繫得行人住。』其一曰：『春風不解禁楊花，濛濛亂撲行人面。』二詞皆有春風、行人，所指者同，惟一用『垂楊只解惹春風』，一用『春風不解禁楊花』，一用『何曾繫得行人住』，一用『濛濛亂撲行人面』，二語迥然不同。蓋皆託意韓琦、范仲淹被謫事，非泛泛詠楊花、垂楊也。口『垂楊只解惹春風』乃指言官雖有諫阻人君者，終難救謫去之人。曰楊花『濛濛亂撲』而『春風不解禁』之，則此楊花乃進讒之人，觀『濛濛亂撲』可知。」〔註103〕這段話說明劉永濟深得比興寄託之三昧。這無疑是說即便能夠知道比興寄託作爲一種理論原則也不代表能夠將之在一種閱讀實踐裏面展開。在劉永濟對於唐五代兩宋詞的閱讀實踐裏面，最爲特別的地方也就是他將比興眞的作爲一種閱讀原則，不斷地去探索那些閨情、詠物等詞之外的寄託。我認爲，無論是龍楡生還是夏承燾，都沒有像他那樣在具體的詞作閱讀實踐上走得那樣地遙遠和堅定。例如他對晏幾道《前調》（二月和風到碧城）的解讀：「此詞通首詠柳，細味之皆含諷意。……作者意中必有所指之人，必係權勢煊赫於一時

〔註102〕　鄭文焯《大鶴山人詞話》，孫克強、楊傳慶輯校，南開大學出版社　　　　　2009 年版，第 189 頁。
〔註103〕　劉永濟《默識錄》，中華書局 2007 年版，第 282 頁。

者。」隨即他引證《宋史・呂夷簡傳》的材料認爲：「此詞所諷，當
指呂氏。」〔註104〕像這樣的闡釋在他的講義裏面可以說是觸目皆是。
我們如果只是大而化之地用所謂常浙合流來說劉永濟或者民國詞學
的發展的話，那麼我們就忽略了劉永濟最爲核心的一個特點或者說一
個最爲核心的關鍵之處就是他守住了常州詞派的立場。這個他沒有明
說，他也不可能明說，他也不願意承認，相反按照他的認知他不僅不
能說自己是站在常州詞派立場之上的而且還得有意識地讓自己站在
一個客觀的標準上去看詞學歷史。但是，在他的閱讀實踐裏面我們可
以看到他最爲重要也最爲核心的地方還是對常州詞派傳統的認同。

　　劉永濟這種閱讀實踐中對於比興原則的處理，對於我們來說還
有更多意義。它構成了對於我們當下學術研究思路的一個反思。因
爲我在第二章講到夏承燾的時候，曾經提到過張爾田的對李商隱的
闡釋。所以，我這裡繼續以李商隱來例子來說明問題。在這裡常州
詞派的比興寄託與李商隱詩歌所提出的問題是同質的。這一點我也
在第二章做出過說明。宇文所安在他新近的關於晚唐詩的著作裏
面，談到李商隱詩歌的複雜性問題時說：「中國傳統社會後期占主導
的闡釋傳統是從詩人生活中找到詩篇中最終指向人類的以歷史爲根
基的特定價值。現代評論家們在否定根據推測的傳記背景做出早期
闡釋時，常常說詩篇缺乏『深意』。即使這些評論家在否定清代一些
牽強附會的闡釋時顯然很正確，但失去那樣的闡釋便使詩篇失去了
傳統意義上的『嚴肅性』，從而喪失了更重要的價值。」〔註105〕但
是宇文所安不想再在一個「豔情」與「比興」之間選擇了，他說：「研
究李商隱朦朧詩的最好方法，不是去試圖評價某種特定參照結構，
無論是豔情的還是政治的，也不要試圖爲特定詩篇構建場景，而是
詳細分析這樣一首詩如何既指向一個隱藏的所指，又阻止一種輕易

〔註104〕　劉永濟《唐五代兩宋詞簡析》，中華書局 2007 年版，第 47 頁。
〔註105〕　宇文所安《晚唐詩》，賈晉華譯，北京三聯書店 2011 年版，第 340
　　　　　頁。

的連貫性。也就是說，我們應該擱置某種最終的經驗所指對象的問題，將詩歌視作意義形成的一個過程。」〔註106〕那些幫助宇文所安擺脫爭論的新的歷史場景的建構，其實也是宇文所安所主觀選取的。我在這裡沒有草率地批評宇文所安的意思，這也不是這篇論文的重點所在。我的意思是一些類似的現代學術的研究不是解決了過去的問題，而是巧妙地甚至有時候是修辭般地避開了它們，將它們當做一個過去的應該擺脫的對象，同時也是一種新的學術想像力的開始。不過，在那些新意之外，重新回到那些「復古」的「沒有新意」的閱讀上去的時候，在這樣的語境裏面亦未嘗不構成我們新學術的一種內在的對話方式。宇文所安提倡構建一些歷史背景的東西，也就是一種歷史細節的東西，例如他很敏銳地強調唐代詩歌傳播的問題，強調詩歌抄本這一物質形式的問題，他給我們帶來新鮮的視角的同時，他在處理具體詩篇的時候也無疑也犯了一個歷史主義的錯誤，他巧妙地躲避了歷史上無法解開的爭論，對於過去的中國傳統的閱讀者來說無非是選擇用比興或者豔情來處理李商隱詩歌裏面的一些作品，並且將之作為李商隱的特點之所在，從來沒有一個閱讀者想到過去逃避，他們的閱讀本身就是要將自己置身於歷史之中，要去尋找到作者的意圖而不是在一個巧妙的對閱讀史的評論之中獲得「研究」的意義。但是這些對宇文所安來講又不會構成一種負擔，在說到斷代史的寫作問題時，他回應到：「我不想批評這種觀念，因為這是一種歷史真實，而現在人的思維也同樣是歷史真實。從這種角度看，我不用承擔這樣的歷史，所以我更自由些。」〔註107〕宇文所安避免在閱讀實踐中依託一種意義判斷，這只是現代學術裏面客觀化追求的一個表徵而已。悖論的是，這種追求同樣出現在構

〔註106〕　宇文所安《晚唐詩》，賈晉華譯，北京三聯書店 2011 年版，第 356頁。
〔註107〕　《宇文所安談文學史的寫法》，《東方早報・上海書評》2009 年 3月 8 日。

成對這一種思路批評的劉永濟那裏。

在閱讀王沂孫《齊天樂》（詠蟬）時候，劉永濟對端木埰的解讀提出了批評：「雖似可比附，實非可盡信。」這個批評倒是平情合理，關鍵是劉永濟緊接著說：「蓋端木生當清末，目睹朝廷於庚子八國聯軍入京之後，仍然歌舞昇平，心有感觸，故於讀此詞時一發泄之，遂不免攙入個人主觀感覺也。」〔註 108〕端木埰的解釋見於王鵬運的四印齋《花外集跋》，端木埰的解釋在晚清非常著名，他對王沂孫的這首詞固然有句句比附的不足，但是這並不妨礙後來者像詹安泰等人對它的肯定。對於端木埰來說讀王沂孫這首詞的意義無疑正是在於對自己所處政治語境的一個回應。劉永濟這裡批評端木埰的比較特殊之處是，他將這個意義作為主觀的不合理的成分給否定了。和這個一樣的問題同樣存在於劉永濟那裏：常州詞派有何意義，它的歷史性也就是在現代學術語境裏面需要面臨什麼問題跡這些提問題被劉永濟以一個普遍主義的「文學論」取代了，儘管這個「文學論」並沒有用一個絕對的西方文化資源或者絕對的中國傳統文化資源來建構它。他說：「文藝之事，析之有三端焉：一者，人情；二者，物象；三者，文詞。文詞者，人情、物象所由之以見者也；人情、物象者，文詞所依之以成者也。三者之相資，若形、神焉，不可須臾離也。故偏舉之，則或稱意境，或稱詞境；統舉之，則渾曰境界而已。」〔註 109〕劉永濟只將注意力放在了一種科學的閱讀方法上，他曾經說：「蓋研誦文藝，其道有三：一曰，通其感情；二曰，會其理趣；三曰，證其本事。三事之中，感情、理趣，可由其詞會通，惟本事以世遠時移，傳聞多失，不易得知。」〔註 110〕他在這裡非常特別地將「本事」列為「研誦文藝」的重要項目之一，其實是他一貫的思路，在《十四朝文學要略》

〔註 108〕 劉永濟《微睇室說詞》，中華書局 2007 年版，第 236 頁。
〔註 109〕 劉永濟《詞論》，中華書局 2007 年版，第 137 頁。
〔註 110〕 劉永濟《詞論》，中華書局 2007 年版，第 138 頁。

裏面他就說：「詩貴婉諷，文或隱避，語有本正而若反，詞有意內而言外。苟非生與同時，遊與同處，將何從探其用心，得其本事耶？」〔註 111〕他列舉了《鄭風》二十一首、《離騷》、阮籍《詠懷詩》、李白《蜀道難》、韋應物《滁州西澗》、溫庭筠《菩薩蠻》、蘇軾《卜算子》（缺月疏桐）作為例子說：「雁山遼水之間，錦帳薰籠之側，江湖魏闕之地，蒹葭白露之時，荊棘禾黍之中，衡門宛丘之下，憂喜之事萬端，而啼笑之情無兩。所以思君懷友之作，可託之男女怨慕之詞；愛國憂時之心，可寄之勞人思婦之事。」〔註 112〕還比如在分析史達祖《雙雙燕》的時候說：「邦卿《詠燕》餘語皆題中精蘊，惟『紅樓歸晚，看足柳昏花暝』，得題外遠致。讀之覺所詠之物與詠物之人融而成一，而『柳昏花暝』四字中，包含無限之事，此無限之事，或不能說，或不忍說，或不敢說，而又不能不存之胸中，不能不形之筆墨，而『昏暝』二字，適足以盡之。」〔註 113〕他對「柳昏花暝」還有一個更為細緻的說明：「考史為韓侂胄中書省堂吏。凡韓有所作為，史無不知者，其間不少『昏』、『暝』之事，皆所『看足』者。史雖『看足』韓之『昏』、『暝』，而不早引退，卒之韓敗，史亦遭黥面之辱。」〔註 114〕從中我們可以看到他用比興寄託來讀史達祖這首詞真是非常之精彩。但是，我們看不到他自己與這些「本事」的探索以及用比興寄託來讀那些作品有什麼關係？也就是說他閱讀的意義究竟在哪？這個問題在端木埰那裏不會構成一個問題，因為對於端木埰來說那麼不厭其煩地細析王沂孫的詞，對其言外之意進行研索，這個過程是雙重意義的，既讀懂了王沂孫詞本身又賦予自己這個閱讀本身以意義。在端木埰對王沂孫詞的分析裏面，在「蟬」這個物的後面不僅有王沂孫在還有他自己這個「蕭條異代不同時」的端木埰在。然而，對於劉

〔註 111〕　劉永濟《十四朝文學要略》，中華書局 2007 年版，第 37 頁。
〔註 112〕　劉永濟《十四朝文學要略》，中華書局 2007 年版，第 39 頁。
〔註 113〕　劉永濟《詞論》，中華書局 2007 年版，第 159 頁。
〔註 114〕　劉永濟《微睇室說詞》，中華書局 2007 年版，第 219 頁。

永濟來說，在他心中始終橫亙著一個現代學術的框架。他因為這個框架區分了比興寄託的主觀部份和客觀部份，甚至他將文學納入到了一個普遍主義的閱讀規範當中。「本事」也就與他所一直所強調的「以意逆志」聯繫在一起，無論是在講到屈賦還是講到吳文英詞的時候，他都不厭其煩地重申他對於「以意逆志」的理解。劉永濟將它當做成一種現代學術研究「方法」而不是一個不斷地在變化的歷史語境裏面能夠生產出「意義」的方式。在這裡劉永濟將自我從閱讀當中抽離出來，這必然導致他既可以接受現代文藝的方法，又可以接受傳統的比興寄託理論。既然如此，回到我們在引論當中所提到的兩個矛盾，他當然不會站在常州詞派的比興寄託這樣一種政治閱讀的價值立場之上去反駁夏承燾，也不會看出王國維的問題。吳梅的弟子萬雲駿在談到周邦彥詞的時候有一段論述：「『倚欄一霎酒旗風，任撲面桃花雨。』（一落索）『梅風地溽，虹雨苔滋，一架舞紅都變。』（過秦樓）『渭水西風，長安亂葉，空憶詩情宛轉。』（齊天樂）『風雪驚初霽，水鄉增春寒。』（紅林檎近）這四季節序的變化，『歲有其物，物有其容，情以物遷，辭以情發。』這些不但詞中作為自然環境而存在，不但作為物我交融的抒情手段而存在，而且也常常寄託著身世之感、家國之思於其中。我們對此不宜逐句比附穿鑿，破壞詞的形象的完整性，但在古代比興傳統影響下的唐宋詞人，在唐代特別是在晚唐，『以豔情寓慨』創作實踐影響下的唐宋詞人，能夠說他們在寫閨房花草之中絕無寄託嗎？」〔註 115〕萬雲駿在這裡顯然有點論證急迫了，但是誰說「古代比興傳統影響下的唐宋詞人」這句話是可以得到客觀論證的呢？誰又說「他們在寫閨房花草之中」就必有寄託呢？〔註 116〕劉永

〔註 115〕　萬雲駿《清眞詞的比興與寄託》，施蟄存主編《詞學》第 2 輯，上海古籍出版社，第 4～5 頁。
〔註 116〕　這種犀利的質問可以參看林玫儀對羅忼烈的批評，參看林玫儀《論清眞詞之寄託》，《宋代文學與思想》臺灣大學中文研究所主編，臺灣學生書局 1989 年版，第 327～361 頁。

濟沒有發覺王國維的問題和萬雲駿沒有真正說清楚自己的理據是同一個問題。在現代學術的框架之內這些問題都是無法解決的，當他們踏入到現代學術的遊戲規則的場域裏面的時候，就注定了他們是一個失敗者。他們沒有人敢掀翻現代學術的規則，說比興寄託就是我的立場，我就是如此來閱讀詞的。

　　不過，劉永濟也並沒有說讓閱讀本身失去意義，他依然在他的現代文藝的知識譜系裏面加入了「文化」這個具有價值判斷的視角。但是，將他自己從一個主體的問題上抽離出去的時候，這個「文化」本身也是非常抽象了，變成了一個純粹的知識立場的展示。劉永濟也將溫柔敦厚、比興等作為文化的一部份來思考。這種特殊性的建構本身是值得反思的。就像宗白華對於中國畫的特殊性的描述，就引起學者的反思：「以遊移式的視點來畫出一種『無窮的空間和充塞這空間的生命〔道〕』。這種論點在 20 世紀 30 年代的中國文化界中相當流行。它固然是對中國繪畫的形象在主張繪畫革命者的各種惡評中稍微有所補濟，將一般西人所持的『中國畫無透視』之刻板印象修正為『中國畫有另種不同於西方的透視』，但其得失之卻還值得爭論。」這個爭論就是：「中國方面的論者雖然援引了西方的論點，認識到中國繪畫中特有的『另一種』透視觀與空間意識，但是，如此一來實無異於放棄了傳統反對以『形似』論畫的基本立場，而改以西洋畫的『再現』議題為根本的論述中心。」〔註 117〕可是恰恰是那樣的一種文化論可以在新文化運動之後賦予劉永濟的學術視野以意義和價值。在這一點上，他和陳寅恪、朱自清的思路可以說是一樣的。過去的文學經典在現在一個現代學術框架之內如果要尋求意義的途徑，只能是人文主義的或者說文化民族主義的表述方式，在這裡面閱讀的主體的歷史性和

〔註 117〕　石守謙《對中國美術史研究中再現論述模式的省思》，范景中、曹意強主編《美術史與觀念史》第 4 卷，南京師範大學出版社，第 6頁。

獨特性、特殊性顯然就沒法被認可也無法被描述。朱自清認為：「經典訓練的價值不在實用，而在文化。有一位外國教授說過，閱讀經典的用處，就在教人見識經典一番。這是很明達的議論。」〔註 118〕他也曾經和陳寅恪討論過關於大學國文的選文，他在日記裏面說：「上午陳寅恪先生來談，選文應能代表文化，普魯士教育部曾選希臘文選一部，由委員會選定，歷多年而成，牛津大學即採用之。」〔註 119〕那時候陳寅恪剛寫了一篇《吾國學術之現狀及清華之職責》。在這篇文章裏面陳寅恪說：「國文則全國大學所研究者，皆不求通解及剖析吾民族所承受文化之內容，為一種人文主義之教育，雖有賢者，是不能不以創造文學為旨歸。殊不知外國大學之治其國文者，趨向固有異於是也。」〔註 120〕然而，人文主義教育的這個角度則有可能依然是一種西方普遍主義的論述的翻版。如果說「選文應能代表文化」，那麼是不是像朱自清、浦江清他們在閱讀實踐當中所展現出來的就是一個樣板？如果那樣的話，我們的確看到了許多矛盾。可以說從《學衡》開始，就追求一種人文主義的價值目標。至今無論在中國還是西方，人文主義還是一個閱讀和人文學術研究的核心追求，羅蒂認為文學閱讀當中一旦失去了一種浪漫主義的質素，一種啟示價值，那麼：「人文學科的學習將會繼續產生知識，但是它可能不再產生希望。人文主義教育可能變成 19 世紀 70 年代的改革以前牛津和劍橋大學裏的情況：僅僅是用於准許進入上層社會的旋轉門」〔註 121〕。此外，他還認為：「我們應該高興地承認，經典書目是暫時的，檢驗標準是可代替的。但是，這不應該使我們丟棄經典觀念。我們應該認為文學經典

〔註 118〕 朱自清《經典常談》，北京三聯出版社 1980 年版，第 5 頁。

〔註 119〕 《朱自清全集》第 9 卷，江蘇教育出版社 1997 年版，第 263 頁。

〔註 120〕 陳寅恪《吾國學術之現狀及清華之職責》，《金明館叢稿二編》，北京三聯書店 2001 年版，第 362 頁。

〔註 121〕 理查德‧羅蒂《文學經典的啟示價值》，范欣譯，理查德‧羅蒂《哲學、文學和政治》，上海譯文出版社，2009 年版，第 123 頁。

是偉大的，因爲它們啓發了許多讀者，而不是認爲文學經典啓發了許多讀者，因爲它們是偉大的。」〔註 122〕然而，我們來探討我們自己的閱讀歷史的時候，不能簡單地接手西方的人文主義教育的話題。我們首先考慮的可能不是文學經典是不是能產生希望，能不能變成一個「想像的共同體」的中介物，而首先需要去清理我們自己在新文化運動以來在西方人文主義論述的啓發之下形成的一套處理過去文學經典的方式以及其內在的矛盾。如果說人文主義的話語，曾經在應對新文化運動造成的文化斷裂上起到了將一部份傳統價值保留下來的作用，但是我們是不是也應該重新去探討那個過程中出現的問題來形成對這個知識譜系的反思。我認爲前面的所分析的劉永濟的內在矛盾就給予了我們重新認識這些問題的一個歷史性的視野。

最後，我還想再強調一下劉永濟在 1960 年秋天講授吳文英詞的講義。在這個講義裏面，劉永濟沒有回應新文化運動以來對於夢窗詞的質疑，也沒有將他的文學論帶入到夢窗詞的文本分析當中，他討論的對象主要是陳洵的《海綃說詞》裏面對於夢窗詞的分析。他和陳洵一樣在非文學論框架之中的比興寄託的理念之下，研討夢窗詞的結構以及其言外之意。在這裏劉永濟似乎像是一位沒有受到過新文化運動影響的舊學者，沒有受到過任何現代學術的挑戰。他不需要去問讀它們的意義也不需要去思考學術以及歷史語境的變遷給這種閱讀帶來的變化。這樣看來，我們的確看到了陳洵和劉永濟這兩代人之間內在的本質聯繫，常州詞派的比興寄託作爲一個「活的傳統」在他們之間沒有改變。在這裏閱讀一首詞就是閱讀一首詞本身，它不再去回應文學框架中的結構、不再去考慮是否具有閱讀的新意和創新性、不再考慮是否要擔當起文化的意義或者人文主義的意義。劉永濟說：「藉此將吳詞細讀」，「因爲要講授，就與個人自己欣賞不同。自己欣賞，遇

〔註 122〕　理查德・羅蒂《文學經典的啓示價值》，范欣譯，理查德・羅蒂《哲學、文學和政治》，上海譯文出版社，2009 年版，第 123 頁。

著難於理解的，常常用陶潛『不求甚解』或杜甫『讀書難字過』的話自恕了。」〔註123〕這裡劉永濟所說的「不求甚解」，我絲毫不覺得是一種文人式的瀟灑姿態，而是對詞之比興寄託深有興味之言。用陳廷焯的話說就是：「意在筆先，神餘言外，極虛極活，極沉極鬱，若遠若近，可喻不可喻，反覆纏綿，都歸忠厚。」〔註124〕但是，我們只有看到了之前的變化才能理解這裡的不變的東西，因爲那些理所當然的前提，用我們現代學術語言來說就是那些政治的、倫理的前提以及歷史的主體都已經發生了變化，換句話說就是：「一切都必須在理性的法庭面前爲自己的存在作辯護或者放棄存在的權利」。雖然我們在上面描述了這種不變的在變化中的意義，但是我們似乎還是不能在現有的學術框架裏面直接去復述劉永濟那個閱讀實踐本身所包含的豐富意涵。退一步說，或許我們所能做的就是在理解了這個不變的「活的傳統」之後，能爲我們的閱讀文學經典提供一種新的可能性，並且理解獲得這個新的可能性背後所背負的新文化運動以來那段歷史。

　　毫無疑問的是，劉永濟一生都在追求一種文化的連續性。但是，他不像吳宓具有鮮明倔強的態度也不像陳寅恪那樣在學術裏面時時存有那樣一種抱負和關懷。他似乎一直在最大限度地將自我的價值追求從學術之中抽離出來，他無疑是我所見的他那一代詞學家裏面最爲大膽地在閱讀實踐當中展示出比興寄託活力的學者，但是他沒有自覺到那種實踐所顯示出來的東西和他本身的歷史語境形成了怎樣的批判關係和對話形式。洛維特在分析布克哈特的時候說：「連續性的意義就在於自覺地延續歷史傳統，因爲針對不斷更新的革命意志，必須保持傳統。布克哈特的基本體驗就是自法國革命以來歐洲身處其中的那種傳統的迅速崩潰，面對眼前那種與歐洲傳統中一切有價值的東西決裂的畏懼，則是他對自己的歷史任務的自我理解的基礎。他的歷史研究和對連續性的近乎拼命的堅持，是對他那個時代的革命潮流的一

〔註123〕 劉永濟《微睇室說詞》，中華書局 2007 年版，第 121 頁。
〔註124〕 陳廷焯《白雨齋詞話》，上海古籍出版社 2009 年版，第 190 頁。

種強烈的反應。」〔註 125〕顯然，像布克哈特的那種連續性的自覺意識是劉永濟所不具備的。吳宓在 1961 年南下看望陳寅恪，路經武漢，他在 8 月 26 日的日記裏面記錄下了他和老友劉永濟聊天的感受：「今日上午 8～10 與弘度兄談，知弘度兄等生活之供應，心情之舒暢，改造之積極，對黨之讚頌與佩，皆遠在宓之上者也。」〔註 126〕吳宓用這一連串的排比句記錄下當日的感受，顯然這和幾日之後在廣州見到陳寅恪的感受大不相同。我想，這樣一種對於現實政治的理解和處理，不代表劉永濟對自己一種文化連續性的追求的放棄或者背離，我不知道那是否有他性格上的原因，然而從他的一生的學術歷程來看，我恰恰以為這才是劉永濟，這看似矛盾的東西是他學術理路的內在邏輯的展開。

〔註 125〕　洛維特《世界歷史與救贖歷史》，李秋零、田薇譯，北京三聯書店
　　　　　　2002 年版，第 28 頁。
〔註 126〕　《吳宓日記續編》第 5 卷，北京三聯書店 2006 年版，第 151 頁。

第 5 章　東海西海，心理攸同？
——葉嘉瑩詞學理論的內在困境

　　作爲 1940 年代教會大學輔仁大學的畢業生，葉嘉瑩（1924～）對中國古典詩詞的知識積纍很大一部份來自於她的老師顧隨的引導以及她對新文化運動之後最著名的詞學著作《人間詞話》的研習。在她的身上記錄著 20 世紀新學術面對中西文化問題時的某一種完整的思路。這條思路從現代中國一直延宕到現在，就是希望在傳統派和西化派之間走出一條既能認同中國文化傳統之精髓又能吸取西方優秀文化的學術和文化觀念。在葉嘉瑩的晚年她重新開始了與中國傳統的詞學理論最重要的代表常州詞派的積極對話，並且對常州詞派的比興寄託說有了「瞭解之同情」。如果說並不存在一個本來的既得的傳統，而傳統都是我們在具體的語境當中不斷建構起來的，也是在我們和過去的對話中形成的，那麼這中間的複雜性就值得我們重新探知。現在我們似乎不能草率武斷地認爲與傳統已經不可對話，或者倔強地認爲我們與傳統之間可以直接地對話，而是應該重新對我們所熟悉的「傳統」本身提問，是什麼樣的歷史、政治以及理論資源讓一些東西被歸納進傳統而另一些東西則被排除在了傳統之外。如果我們將葉嘉瑩這個詞學上的變化過程不斷地往後推進一個歷史的場景裏，在這個場景之中的葉嘉瑩會向我們講述更多的東

西。

　　葉嘉瑩 1960 年代末在哈佛燕京學社圖書館裏面完成了成名之作
《王國維及其文學批評》以後，作為對於王國維的認同的邏輯上的必
然，她寫了一篇批評中國傳統詞學理論最重要的代表常州詞派的文
章。但是，在 1980 年代和繆鉞先生合作《靈谿詞說》之後，她開始
系統地重新思考自己的詞學見解，也就是在這個時候她又一次走近了
常州詞派。這一次她對常州詞派的詞學理論有了新的理解。在分析周
邦彥以及他之後的南宋慢詞的時候，王國維《人間詞話》中批評南宋
詞的立場顯然失去了效用，不可作為分析的依憑。在葉嘉瑩看來，王
國維是用讀五代北宋那些直接感發的令詞的方法來讀這一類慢詞，當
然是不能覺得它們的好處，她提出了一個「賦化之詞」的分類。同時，
也正是在閱讀這一類慢詞的時候，是她在理論和文本上離常州詞派最
近的機會之一。在讀周邦彥以及他之後的慢詞的時候，葉嘉瑩大量地
徵引了常州詞派的論述和評點，表示了欣賞、贊同。不過她所提出的
「賦化之詞」眞的能夠解釋清楚周邦彥之後的慢詞的好處嗎？常州詞
派的理論家周濟在評柳永的《雨霖鈴》（寒蟬淒切）時候說：「清眞詞
多從耆卿奪胎，思力沉摯處，往往出藍。」按照葉嘉瑩的理解，周邦
彥的詞是因為一種所謂的賦體寫作方式來寫詞而造成了一種思力上
的出色。這裡所謂的「思力沉摯」是指一種鋪敘的寫法上的變化？
為了詳細地討論其中的原委，我們就先從常州詞派最為推舉的「千古
詞宗」的周邦彥的一首代表作《蘭陵王》分析起。

　　　　柳陰直，煙裏絲絲弄碧。隋堤上、曾見幾番，拂水飄
　　綿送行色。登臨望故國，誰識、京華倦客。長亭路、年去
　　歲來，應折柔條過千尺。　　閒尋舊蹤迹，又酒趁哀弦，
　　燈照離席。梨花榆火催寒食。愁一箭風快，半篙波暖，回
　　頭迢遞便數驛，望人在天北。　　淒惻，恨堆積。漸別浦縈
　　回，津堠岑寂，斜陽冉冉春無極。念月榭攜手，露橋聞笛，
　　沉思前事，似夢裏、淚暗滴。

　　對於詞的第一部份，葉嘉瑩認爲：「此詞之開端數句，表面雖似乎僅爲對柳之物態的鋪陳敍寫，並無直接感發之力，然而一加思索，便可以體會出其意味之無窮。」〔註 1〕而第二部份則上啓第一部份的送別之情，下啓第三部份的別後之情。〔註 2〕雖然葉嘉瑩似乎非常贊同周濟、陳廷焯對於周邦彦的評點，對於詞的言外之意有所體悟，但是正是他們在言外之意的理解上的分歧，讓我們看出了葉嘉瑩與常州詞派貌合神離之處。在葉嘉瑩看來這首詞的好處在於用一種賦筆或者說鋪陳描摹的曲折筆法來寫離別之情和宦場沉浮的感喟，讓人感覺到一種言外之意，意蘊深厚的美感。在常州詞派的陳廷焯看來是因爲周邦彦寫自己的淹留之故「欲露不露」而只寫淹留之苦、淹留之感所以讓人覺得興味無窮，非常深厚。同樣覺得興味無窮，那麼這兩者有何不一樣的地方呢？

　　我們將目光放置在葉嘉瑩對於《蘭陵王》結尾的理解上。對於這首詞的最後一句：「沉思前事，似夢裏，淚暗滴」，葉嘉瑩認爲這句話的兒女私情與這首詞的第一段所寄了的宦場沉浮的感喟並不合拍，她以柳永的《八聲甘州》爲例，認爲這是「婉約詞人的一般特色」。她曾經在分析「長亭路，年去歲來，應折柔條過千尺」這句詞的時候，引用過陳廷焯的一則詞話：「美成詞極其感慨，而無處不鬱，令人不能遽窺其旨」，對陳廷焯的評點葉嘉瑩是引爲知音的：「這話不失爲對周詞的吟味有得之言。」這則詞話曾被她在對周邦彦詞的分析中大幅引用過兩次。可是就在這一則詞話裏面，陳廷焯對《蘭陵王》的結尾明確地大爲褒獎：「遙遙挽合，妙在才欲說破，便自咽住，其味正自無窮。」是什麼造成了葉嘉瑩對於陳廷焯這句極爲重要的評點的「視而不見」而得出一個和陳廷焯完全相反的結論呢？我們可以再讀一遍被葉嘉瑩所稱讚的這一則《白雨齋詞話》：

　　　美成詞極其感慨，而無處不鬱，令人不能遽窺其旨。

〔註 1〕葉嘉瑩《唐宋詞名家論稿》，北京大學出版社 2008 年版，第 167 頁。
〔註 2〕葉嘉瑩《唐宋詞名家論稿》，北京大學出版社 2008 年版，第 168 頁。

如《蘭陵王》〔柳〕云：「登臨望故國，誰識京華倦客」二
語，是一篇之主。上有「隋堤上，曾見幾番，拂水飄綿送
行色」之句，暗伏倦客之根，是其法密處。故下接云：「長
亭路，年去歲來，應折柔條過千尺。」久客淹留之感，和
盤托出。他手至此，以下便直抒憤懣矣，美成則不然。「閒
尋舊蹤迹」二疊，無一語不吞吐。只就眼前景物，約略點
綴，更不寫淹留之故，卻無處非淹留之苦。直至收筆云：「沉
思前事，似夢裏、淚暗滴。」遙遙挽合，妙在才欲說破，
便自咽住，其味正自無窮。

問題就在於這個「旨」字。葉嘉瑩以爲「長亭路，年去歲來，應折柔
條過千尺」或者整首詞裏面所隱藏的「旨」就是「年年歲歲無盡無休
的送行離別，也就是無盡無休的宦海沉浮。」而陳廷焯說的非常清楚
這句詞是寫「久客淹留之感」，用陳洵的話來說就是這句詞的上一句
和下一句都是爲「『京華倦客』四字出力」。(《海綃說詞》)陳廷焯所
說的「不能遽窺其旨」，其實就是「若隱若現，欲露不露，反覆纏綿，
終不許一語道破」的意思，這正是清眞詞的妙處所在。在陳廷焯看來
這個「旨」本來就是「欲露不露」，正因爲這樣才使得整篇詞顯得沉
鬱、興味無窮。就這首詞來說「旨」就是「淹留之故」，但究竟是什
麼作者始終不明說，這就造成了一種反覆纏綿的興味，處處都似乎有
了一種吞吐之致。一直到詞的結尾，似乎剛要直接說出「淹留之故」
卻又收住，從而造成了一種「其味正自無窮」的審美感受。只有理解
了這個「旨」才能夠眞正把握和理解這首詞內在的結構和深厚味道所
在。葉嘉瑩理解的「旨」和陳廷焯的「旨」顯然不一樣。在陳廷焯這
裡「旨」也就是比興寄託，他認爲這首詞是有寄託的，但是周邦彥表
現得「欲露不露」所以難以猜測究竟，這是造成這一首詞纏綿悱惻的
根源。可是葉嘉瑩顯然覺得這個「旨」「不能遽窺」的原因不在於周
邦彥有什麼特別的事情或者寄託欲露不露，而是周邦彥的一種賦體的
寫作方式的特色，讀詞的人只需要以一種思索去體會它的言外之意就
可以體會到周邦彥的「旨」，這個「旨」不是寄託而是一種情感，一

種在鋪陳描摹中隱晦表達出的宦海沉浮之感喟。既然有了這樣的認識，葉嘉瑩就只能通過語言形式的分析來建立《蘭陵王》和詞體的幽微要眇的審美特質之間的關係，所以她解讀起來就頗為順暢，她輕易地從這首詞的第一句就一下子把握住了整首詞的意蘊，基本上每一句詞都指向對於宦海沉浮的感喟。在結構上無非是從寫別前之情到到寫別後之情，一直到詞的結尾「念月榭攜手，露橋聞笛，沉思前事，似夢裏、淚暗滴」葉嘉瑩才發現按照她的解釋文本出現了斷裂。她感覺到「結尾數句的寫情之語，似不免過於直敘，缺少了馮、李、晏、歐諸家詞寫情時之意象環生的感發之力」。即便她又接著說如果用思索去探求的話，最後這幾句詞「極為沉痛深摯」，這種解釋其實說得已經是非常勉強和隨意了，說明她根本不懂這個「旨」的真正意思。就在同一則詞話裏面陳廷焯說到：「大抵美成詞一篇皆有一篇之旨，尋得其旨，不難迎刃而解。否則病其繁碎重複，何足以知清真也。」葉嘉瑩恰恰就犯了陳廷焯所批評的毛病。葉嘉瑩在評論周邦彥的詞之後，還推薦了俞平伯所寫的一篇舊文《辨舊說周邦彥〈蘭陵王〉詞的一些曲解》（1961 年）。閱讀完俞平伯的文字，我們驚訝地發現在那篇文章裏面俞平伯說：「他（陳亦峰）就不得不承認自己看不懂，所謂『不能遽窺其旨』。這裡可見他有了根本的誤會，否則不會看不懂。……其實寫了這麼一大篇的歌詞，始終『不寫』、『不說破』，從文學的技巧上恐怕也是不容易辦到的。」〔註3〕和陳廷焯如此相異的詞學見解能夠被葉嘉瑩同時接納，結合我們上面的分析，就不值得奇怪了。

　　分析到這裡我們可以回答一開始的疑問了：葉嘉瑩覺得賦體這種寫作手法是造成周邦彥《蘭陵王》幽深要眇的原因，而陳廷焯認為比興寄託才是產生這首詞興味無窮的原因，既然源頭不一，那麼對於「興味無窮」、「幽微要眇」的內涵當然也就貌合神離，以致在整首詞的內

─────────

〔註 3〕俞平伯《辨舊說周邦彥〈蘭陵王〉詞的一些曲解》，《文學評論》，北京，1961 年第 1 期。

在結構和情韻的理解上都最終南轅北轍。不過任務到這裡遠遠還沒有結束，在這裡我們需要溯源追本，追問究竟是什麼讓葉嘉瑩輕易地修改了這個「旨」的意思，還讓她感覺到自己對常州詞派對於南宋詞的評點的理解好像是知音見賞一般。這樣想來，她與常州詞派的關係就不能不引起我們進一步分析的興趣。葉嘉瑩對於常州詞派的重視源於她要去探尋詩與詞這兩個文類的區別究竟在哪兒？她對於詩與詞的區別曾經在不同場合多次提到，下面是她比較典型的一段論述：

> 中國的詩之妙處，外國要從語言學，從外表、從技巧、從手法來分析；而中國是講興發感動的，只說這個人，如杜甫是忠愛纏綿。但是忠愛纏綿不代表他的詩好，中國真正的好詩是要有忠愛纏綿的內涵，並能用語言把忠愛纏綿的內涵恰如其分地表現出來。所以中國詩一定注重的是興發感動，這是毫無疑問的。而且不管哪一派的詩家，不管是嚴滄浪的興趣、王漁洋的神韻，主要重視的都是詩歌本身興發感動的作用，所以詩人的本質是重要的，你有了好的東西如何表現。而詞不是詩人言志的，不能夠用讀詩的方法來欣賞和評述詞。所以當詞一出現，這些詩人文士就感到困惑了，不知道什麼樣的作品才是好詞。〔註4〕

她認為詩歌是言志抒情，注重興發感動的而詞則主要是一種幽微要眇的，引人生言外之想的審美特質。她關於詩詞之別的想法在張惠言那裏都找到了回應，這也是她對張惠言的《詞選》有了重新理解的重要緣由。在《對常州詞派張惠言與周濟二家詞學的現代反思》（1996 年）中她對自己 1970 年代初的一篇文章《常州詞派比興寄託之說的新檢討》進行了補充：「張氏說詞的許多誤謬和拘限，可以說乃是完全由於受到傳統文論比興寄託之說的限制的緣故，至於他所提出的『意內言外』之說，則既掌握了詞之美感的一種特殊品質，而他所提出的『興於微言』之說，則也顯示了他對於詞之語言符號

〔註 4〕葉嘉瑩《清詞在〈花間〉兩宋詞之軌跡上的演化》，《南京大學學報》（哲社版）2009 年第 2 期，第 105 頁。

－206－

之作用的一種敏銳的感受和掌握的能力。」〔註 5〕葉嘉瑩在這裡對張惠言的觀點所作出的評論，應該說放棄了張惠言最核心的概念「比興」說。也就是說相隔近二十年，葉嘉瑩的看法有一個根本的一致性就是對張惠言的比興寄託大爲不滿。我們還可以從她對常州詞派另一位理論家周濟常被稱引的一段詞話的分析中看出她對否定比興寄託說的堅持。周濟在《介存齋論詞雜著》裏面說：「感慨所寄，不過盛衰：或綢繆未雨，或太息厝薪，或己溺己饑，或獨清獨醒，隨其人之性情、學問、境地，莫不有由衷之言。」〔註 6〕葉嘉瑩認爲：「周氏此一則詞說所提出的雖是寄託之內容的問題……卻無一不是屬於賢人君子幽約怨悱的感情心態，而這其實也就正涉及了詞在美感方面的一種特殊的品質。」〔註 7〕在這裡她非常明確地將詞的幽約要眇的審美特質定位在「賢人君子幽約怨悱」的感情心態上而不是在寄託的內容上。就在同一本詞話裏面，周濟還提出了「有寄託」與「無寄託」的說法：「初學詞求有寄託，有寄託，則表裏相宣，斐然成章。既成格調，求無寄託，無寄託則指事類情，仁者見仁，智者見智。」〔註 8〕她明白雖然周濟的「無寄託」說似乎「補救」了張惠言《詞選》裏面以寄託之內容來說詞的比附方式，但是這個「無寄託」還是來自於「有寄託」，這未免讓葉嘉瑩覺得十分遺憾。如果我們把葉嘉瑩對於周濟的批評從正面來理解的話，葉嘉瑩倒是在一個相反的方向上把握住了常州詞派的最根本的理論綱領──比興寄託說。可惜，葉嘉瑩是在和這個綱領分道揚鑣的時候發現它的。其實，早在《論詞學中之困惑與〈花間〉詞之女性敘寫及其影響》（1991 年）這一篇長文裏面葉嘉瑩就對張惠言之後常州詞派裏面最

〔註 5〕葉嘉瑩《詞學新詮》，北京大學出版社，2008 年版，第 140 頁。
〔註 6〕參見《清人選評詞集三種》，尹志騰校點，齊魯書社 1988 年版，第 192 頁。
〔註 7〕葉嘉瑩《詞學新詮》，北京大學出版社 2008 年版，第 143 頁。
〔註 8〕參見《清人選評詞集三種》，尹志騰校點，齊魯書社 1988 年版，第 193 頁。

爲重要的兩位理論家周濟和陳廷焯提出了認同和不滿，這段長言對於探明葉嘉瑩和常州詞派的關係極爲重要，所以我引用如下：

　　周、陳二氏之說，當然不失爲對小詞之富含感發作用與多層意蘊之特質的一種體會有得之言。至於他們所犯的錯誤，則就其明顯之原因言之，乃是因爲他們都受了張惠言的比興寄託之說的影響，因此遂將讀者所引發的偶然之聯想，強指成了作者有心之託喻。而如果就其根本的內在之原因言之，則實在乃由於他們對小詞中之女性敍寫所可能造成的雙性人格之作用未能有清楚的認知。〔註9〕

讀完上面一段話我們就比較清楚，她對常州詞派的認同在於，她認爲常州詞派的理論家們都體會到詞體的一種幽微要眇，言外之意的審美特質，但是那些理論家們錯誤地將比興寄託作爲這種審美特質的源泉。既然如此，那麼葉嘉瑩必須重新來解釋清楚究竟是什麼才是產生了詞體這種幽微要眇的美感的源頭。同時又是什麼樣的自信心和理論立場讓她對常州詞派理論家能夠既認同又批評？這兩個問題有著同一個答案。她通過對於西方女性主義著述的研讀，以「近世倚聲塡詞之祖」《花間集》爲例認爲，詞和詩相比具有獨特的幽微要眇、引人生言外之想的原因在於：第一，《花間集》裏面的女性形象是無家庭倫理身份的「本無託喻之心，而極富象喻之潛能的女性形象」；第二，詞的女性化語言，所謂「詩莊詞媚」；第三，《花間詞》包含有「由男性作者使用女性形象與女性語言來創作所形成的一種特殊的品質」。〔註10〕這樣，作爲詞體之祖的《花間集》所具有的雌雄同體（androgyny）的性質一直從《花間集》爲代表的歌辭之詞、蘇軾爲代表的「詩化之詞」影響到周邦彥爲代表的「賦化之詞」，正

〔註 9〕葉嘉瑩《詞學新詮》，北京大學出版社 2008 年版，第 93～94 頁。

〔註10〕對這三點的詳細闡述可以參見葉嘉瑩《詞學新詮》，北京大學出版社 2008 年版，第 67～86 頁。葉嘉瑩多次在文章裏面反覆闡述自己的這個思路，和這裡的闡述基本相同，其不同之處也僅在於闡述上的繁簡之別。

如她自己所言後兩種詞「雖然不再完全保有《花間》詞之女性與雙性的特質……卻都各自發展出了一種雖不假借女性與雙性，卻仍具含了與《花間》詞之深微幽隱富含言外意蘊之特質相近似的、另一種雙重性質之特美」。〔註11〕葉嘉瑩由此「成功」地重新闡釋了常州詞派的理論核心比興寄託說，並且倒置了常州詞派内部的理論上的邏輯關聯。在常州詞派看來是一首詞本身所内含的比興寄託帶來了一首詞的低回要眇。她卻倒置過來認為：「張惠言所提出的興於微言，以相感動之說，就正表示張氏的比興寄託之說，原是由微言之興發感動而產生的。」〔註12〕比興寄託由產生詞體審美特質的原因，變成了葉嘉瑩所闡釋的詞體審美特質來源的結果。就是在這裡她和常州詞派發生了一個最為關鍵性的分叉。她將為這次對於常州詞派的理論改寫做出很多支離破碎的彌補工作。對於這個問題，我將另文討論。

　　從上述葉嘉瑩的觀點來看，張惠言、周濟、陳廷焯等這些常州詞派的理論大家們雖然體會到了非常關鍵的詞體的審美特質，可沒有弄清楚源頭所在，既然常州詞派的詞話是傳統詞學裏面最重要的評詞來源，那麼他們根據「比興寄託」所寫的一系列詞話還有價值嗎？葉嘉瑩認為是可以的，如果說在「歌辭之詞」和「詩化之詞」裏用比興寄託的方式來說詞作者的有心寄託是大謬不然的，那麼在「賦化之詞」有心寄託的一部份詞裏面常州詞派終於得到了救贖。用她的話來說就是「張惠言的比興寄託之說特別適用於第三類賦化之詞之有心安排託意的一些作品。」也就是說，在「賦化之詞」裏面葉嘉瑩終於和常州詞派站在了一起，全面地認同了常州詞派的價值，不管是對於詞體的認知還是比興寄託的說詞方式。傳統詞學裏面的最有價值的一部份看起來好像在一位現代學人的學術工作裏得到了繼承。

〔註11〕葉嘉瑩《詞學新詮》，北京大學出版社 2008 年版，第 100 頁。
〔註12〕葉嘉瑩《詞學新詮》，北京大學出版社 2008 年版，第 139 頁。

　　葉嘉瑩大致認爲在兩方面常州詞派的理論特別有價值，第一，對詞體的一種幽微要眇的審美特質的體會。第二，是對於詞與世變之間的關係的闡述。在《論詞之美感特質之形成及反思與世變之關係》裏面寫道：「常州詞派之後繼及其影響之深遠，並非是一些偶然的機緣，而是與清中葉以後以至晚清之世變，有著密切之關係。……周氏之說（即周濟的「詩有史，詞亦有史」）實在可以說是對詞之特質的一種深有體會之言。」〔註13〕對於後一點葉嘉瑩極爲重視，她對於世變與詞的歷史發展關係可以說完全受到常州詞派的理論啓發，她寫了多篇從「詞史」說來分析晚清史詞、汪精衛詞、陳曾壽詞的文章。不過，基於我們上面分析周邦彥的代表作《蘭陵王》的經驗，我們還是懷疑葉嘉瑩是眞的明白了常州詞派的本意了嗎？爲了打消這個疑問，我們還是從她解讀的一首周邦彥《渡江雲》（晴嵐低楚甸）開始看起。這篇解讀的文章收入在被葉嘉瑩自己認爲「我所出版過的各種論詞之作中論說最具系統、探討也最爲深入的」《唐宋詞名家論稿》一書中。在一開始她就旗幟鮮明地對俞平伯父親俞陛雲的《唐宋詞選釋》裏面的解讀非常不滿，認爲「未能得其眞義」。俞陛雲認爲這首詞「善寫客愁」，葉嘉瑩則採羅忼烈的說法「當是入都途中水路過荊南作」，認爲這首詞是有寄託的，上半闋寫的是政局的轉變，而下闋寫的是新舊黨爭之多變。不過奇怪的是，爲什麼對於周邦彥詞最有心得的周濟、陳廷焯、朱祖謀、陳洵等諸位詞家對於這首詞都沒有予以注意呢？難道是葉嘉瑩自己發現了這首詞的獨特的藝術價值？葉嘉瑩之所以將這首詞當做周邦彥的一首代表作提出來，一個重要的原因是這首詞確有寄託，其作用在於確證周邦彥詞寫作上的一種隱微曲折的賦體風格。但是我們看到周邦彥這首詞雖有寄託但是整首詞看起來顯得辭意浮露缺少深厚的興味，不是周詞當中的佳者，例如裏面的「愁宴闌、風翻旗尾，潮濺烏紗」即是

〔註13〕葉嘉瑩《詞學新詮》，北京大學出版社 2008 年版，第 212、215 頁。

如此，和常州詞派推尊周邦彥的期待相距甚遠，所以幾乎所有常州詞派的諸大家才都不會經意這首詞。問題還是在於葉嘉瑩她雖然讀懂了這首詞的寄託之意，認爲不瞭解這首詞的寄託之意有些地方就不可以理解，這些知識資源都是來源於常州詞派，但是她沒有明白不是凡有寄託的詞都是好詞，陳廷焯在《白雨齋詞話自序》中就說：「夫人心不能無所感，有感不能無所寄，寄託不厚，感人不深，厚而不鬱，感其所感，不能感其所不感。」也就是說她沒有明白爲什麼常州詞派會講「寄託」，是簡單的指明作者的用意，是將詞的釋讀當作一種簡單的考證？寄託與文本的關係究竟是在比興上還是一種寫作修辭的變化上？說到這裡，我們可以再聯繫上面對於周邦彥《蘭陵王》的分析，葉嘉瑩不承認那首詞有寄託，但又認同陳廷焯的分析，所以帶來了一系列的誤會和歧義。那麼，現在她又主動認爲王沂孫的詞是最符合常州詞派的比興寄託說的，我們當然會懷疑這一正一反的背後會不會隱藏著同一個不變的觀念？爲了更加清楚地說明這個問題，我們繼續看她對王沂孫著名的一首《天香》〔龍涎香〕（孤嶠蟠煙）的解釋：

> 孤嶠蟠煙，層濤蛻月，驪宮夜採鉛水。汎遠槎風，夢深薇露，化作斷魂心字。紅瓷候火，還乍識、冰環玉指。一縷縈簾翠影，依稀海天雲氣。幾回殢嬌半醉，翦春燈、夜寒花碎。更好故溪飛雪，小窗深閉。荀令如今頓老，總忘卻、尊前舊風味。謾惜餘薰，空篝素被。

和常州詞派的莊棫、陳廷焯等人的看法相同，葉嘉瑩認爲這首詞在字面之外隱含了易代之悲。對於這首詞，莊棫、陳廷焯認爲是因謝太后事而發，對此王國維已經證明這個考證不準確，經過夏承燾在《樂府補題考》裏面的考證認爲《樂府補題》是因楊璉眞伽發宋陵之事而作，莊棫、陳廷焯和夏承燾雖有不同然而他們都認爲這首詞是因事而發，不單單是寬泛的對於南宋覆亡的悲慨。葉嘉瑩在閱讀這首詞的時候，已經非常明顯表示對於夏承燾的考證的認同，但是她還是不願意明確

地說這首詞的題旨就是因宋少帝趙昺崖山之事而發，而只願意說這是寫士大夫的亡國之恨。現代學者對於常州詞派解讀宋詞的方法常有批評，認爲其中常常有不合史實的地方。葉嘉瑩對於此類論說當然早有所知，所以她在早年的《常州詞派比興寄託之說的新檢討》一文裏面對此申說甚詳，認爲要言出有據，不可妄加比附。這看法單獨看起來當然是極爲正確的。但是在這裡，夏承燾的考證明明已經得到了她的認同，但是她爲什麼還是動搖去尋找另外一種亡國之痛這樣一種似乎更爲寬泛的說法呢？在這裡使她發生動搖的原因是什麼？這充分說明原因不是在於詞的本事能否得到考證的問題，這不過是一個追求「客觀科學」的普遍主義的現代意識形態的幌子，一定另有他因造成了她另外的選擇。在這裡陳廷焯的一段話值得認眞對待：「《詞選》云：碧山詠物諸篇，並有君國之憂。自是確論。讀碧山詞者，不得不兼時勢言之，亦是定理。或謂不宜附會穿鑿，此特老生常談，知其一不知其二。古人詩詞有不容鑿者，有必須考鏡者，明眼人自能辨之。否則徒爲大言欺人，彼方自謂超識，吾則笑其未解。」然而，在以清楚明白、科學客觀爲價值標準的現代意識形態之下，常州詞派所追求的那種「沉鬱」、「煙水迷離」的審美感受在現代學術裏面就變得困難重重。

　　葉嘉瑩或隱或顯地流露了她在這裡與常州詞派的不同：「以碧山之時代和身世，就其所用之詞彙、典故以及作品中的意象，所可能引起的一些有關託意的聯想而已。我們的這種解說方式，是完全以詩歌本身所具有之感發的力量爲依據的，也就是說就詩歌本身所表現的感發之力而言，**已足夠提示我們**（注：黑體爲引者所加），作者在寫作時很可能更懷有一種表面之文字以外的感動，這種感動才是寫寄託之詞的一種基本要素。」〔註14〕是什麼讓她那麼覺得「已足夠提示我們」？是一首詞裏面的詞彙、典故和作品中的意象。那麼這和她所理解的「寄託」有什麼關係呢？這就涉及到她對中國傳統詩學一個核心

〔註14〕葉嘉瑩《迦陵論詞叢稿》，北京大學出版社 2008 年版，第 193～194 頁。

範疇「比興」的理解。葉嘉瑩認為：「比與興二種寫作方式，其所代表的原當是情意與形象之間的兩種最基本的關係。比是先有一種情意然後以適當的物象來擬比，其意識之活動乃是由心及物的關係，而興則是先對一種物象有所感受，然後引發起內心之情意，其意識之活動乃是由物及心的關係。前者之關係往往多帶有思索之安排，後者之關係則往往多出於自然之感發。像這種情意與形象之間的關係，可以說是古今中外之所同然。」〔註15〕她在這裡將「比興」當做兩種不同的寫作方式來看待，而其中的「比」在她看來是等同於常州詞派的比興寄託的，常州詞派的「寄託」在這裡被解釋成「感動才是寫寄託之詞的一種基本要素」。然而，在常州詞派的理論背景裏面，比興與寄託之間是互相依存的關係。正如詹安泰所說：「有寄託之詞，大抵體屬比興，而矢口直陳不與者，既無所假借，其盤鬱于中者，舉宣洩乎外，一望了然，固不關乎寄託者。」〔註16〕為什麼常州詞派要逆推詞的寄託所在，就是因為不如此則不能體會詞的「比興」。所以對於詞之「本事」的發明就不單單是一種歷史的考證而是領會一首詞的「煙水迷離」的妙處感受到興味無窮必要的途徑。在常州詞派裏面也就經常比興寄託連用。從上面的葉嘉瑩與常州詞派的對比中，我們可以發現在葉嘉瑩這裡本來常州詞派理論裏面的寄託與比興的關係也就是「意內而言外」的關係沒有了，變成了直接的「情與物」的關係。物只是情的一個媒介，情與物的關係實際上是獨立的。既然詠物詞的「寄託」是一種情意，而這種情意在葉嘉瑩看來是通過一種思索的方式表現出來的，所以只要弄懂了詞彙、典故以及意象就可以聯想起「情意」，也就可以把握一首詞的「寄託」了。這樣看來，上文提到的葉嘉瑩的動搖就可以理解了：葉嘉瑩既然沒有覺得楊璉眞伽發宋陵這個「本事」與詞的文本本身所具有的一種「比興」上的關係，那麼她當然對夏承燾這條非常重要的考證表現的興趣僅僅是一種表面的史學的認知，其

〔註15〕葉嘉瑩《詞學新詮》，北京大學出版社 2008 年版，第 32 頁。
〔註16〕詹安泰《詹安泰詞學論集》，汕頭大學出版社 1997 年版，第 224 頁。

作用僅僅是一種佐證，這種佐證的意義在於在物與情之間建立一種實證的聯想關係。

　　情與物的關係由常州詞派的內在的比興關係變成了一種聯想的關係。所以我們看到的葉嘉瑩的解說始終是一個「擺脫」文本的過程，一個不斷聯想到情感離文本而去的過程。葉嘉瑩對於南宋的詠物詞的「情與物」的關係有一個區分，這個區分對於我們理解她對於「比興寄託」的看法也很有幫助。她認為周邦彥的詠物詞是「脫離詩化而真正達到詞化的一位作者」「為後來南宋詞人詠物者開啓了無數變化的法門」〔註17〕，可是她沒有詳細解釋過她所褒獎的周邦彥的詠物詞而是全部引用了常州詞派對他的評論，但是她倒是說清楚了另一位南宋詠物詞的大家姜夔詞中「物與情」的關係：「在姜氏詞中之物，往往只是其一己觀念中某些時、空交錯之情事中的一種提醒和點染的媒介。」〔註18〕她舉了《疏影》（苔枝綴玉）為例，「昭君、胡沙、深宮等字樣，遂更可以使讀者生一層託喻之想，以為可以暗寓北宋之亡，徽、欽二帝被虜，諸后妃相從北去之感慨。……不過，姜氏還只不過是字面上有此點染暗示而已。」〔註19〕這個解釋看起來沒有什麼問題，也講清楚了字面以外的意思。然而我們可以對比一下鄭文焯對於這首詞的解釋：「此蓋傷二帝蒙塵，諸后妃相從北轅，淪落胡地，故以昭君託喻，發言哀斷。」前者是由昭君等詞彙想到了北宋之亡，而後者則是先有「傷二帝蒙塵，諸后妃相從北轅，淪落胡地」再以「昭君」為託喻，這看起來是無關緊要的一正一反而已，但是在葉嘉瑩這裡顯得非常重要，因為恰恰可以看出葉嘉瑩對於「比興寄託」的理解與常州詞派的差異：前者顯然是一種聯想的關係，而後者則是「意內言外」，點出了這首詞的「比興寄託」的手法。

　　在這裡隨即還有一個問題值得討論，葉嘉瑩一再說到「聯想」，

〔註17〕葉嘉瑩《唐宋詞論稿》，北京大學出版社 2008 年版，第 286～287 頁。
〔註18〕葉嘉瑩《唐宋詞論稿》，北京大學出版社 2008 年版，第 288 頁。
〔註19〕葉嘉瑩《唐宋詞論稿》，北京大學出版社 2008 年版，第 291 頁。

那麼我們要問這裡的「聯想」是不是自然生成的？顯然是因爲葉先生預先受到了常州詞派對於王沂孫詞的解釋的影響。可是，她在解釋「比興」的時候就已經去除了從文本內部來理解常州詞派意義上的「比興」的可能性，那麼她只有借助於聯想的方式來架構起常州詞派這種解釋的合理性。此時，她採取了一種「倒放電影」的方式來說王沂孫的詠物詞，好像她從一開頭就和常州詞派站在了一起，本來這一切都應該是天衣無縫的，然而正是在她討論的過程中露出了破綻。因爲寄託由產生比興的原因，在這裡成了一種「聯想」的結果。我們還可以舉兩個例子來說明她知道了常州詞派的結論卻用另外的方式來推導所帶來的問題。第一個例子，我們重新回到上面引用的王沂孫那首詞。其中有一句詞：「荀令如今漸老，總忘卻尊前舊風味」，葉嘉瑩認爲是：「一筆翻轉，遂將前面所寫的春夜剪燈之種種溫馨美好之情事，驀然全部掃空，使人頓生無限悲歡今昔之感，這正是王沂孫在以思索安排爲主之鋪陳中，仍能富於直接之感發之又一證明。」〔註20〕而陳廷焯則認爲這句詞：「必有所興。但不知其何所指。讀者各以意會可也。」也就說這句詞不是簡單的字面的感發，而是運用了比興寄託的手法。此外，陳廷焯曾經將同在南宋末年的家國巨變之中的張炎和王沂孫比較，認爲：「玉田詞感傷時事，與碧山同一機軸，只是沉厚不及碧山。」如果果眞如葉嘉瑩所說「感動是寄託之詞的一個基本要素」，那麼同在詞裏感傷時事的張炎和王沂孫怎麼會有高下之分呢？顯然這裡葉嘉瑩將寄託僅僅解釋成「感動」或者一種情感是站不住腳的。

　　現在我們知道了葉嘉瑩對於比興寄託的理解，這也可以回答我們曾經在上文提到的葉嘉瑩爲什麼會將常州詞派的比興寄託說的合理性牢牢地限定在南宋的詠物詞上。因爲只有在南宋的詠物詞裏面最能夠找到她所理解的「比」的對應物，這也是她引用周濟「詠物

〔註20〕葉嘉瑩《唐宋名家詞論稿》，北京大學出版社 2008 年版，第 297 頁。

最爭託意」(《宋四家詞選序論》) 這句話的原因所在，倒不是說她真的理解了周濟這句話的意思，因爲周濟說「最爭託意」但是沒有說只有詠物詞才是有託意的。這樣，她讀不出論文一開始所引用的周邦彥《蘭陵王》那首詞的託意也是情理之中的事情。

我們轉了一個很大的圈子，才回到葉嘉瑩的詞學理論的一個基柱上來，但是這一圈是很有必要的。它讓我們看到了那麼多破碎的矛盾，促使我們不得不重新來反思她的一些根本的論點。因爲單獨地看起來或者說抽象地看起來，她似乎的確可以給我們展現出一個關於文本詮釋的烏托邦。然而就在文本的實踐中，最美好的東西失去了它朦朧的一面，傳統的理論中眞正不可化約的地方開始顯示出某種力量，而傳統的眞正力量就在於它總是在被我們以爲獲得它征服它的地方提出它的問題和抵抗。葉嘉瑩認爲「賦化之詞」裏面還有一個高下之分，例如王沂孫就不比周邦彥與吳文英。她曾經說過這樣一句話：「詞學中之比興寄託』之說，遂也從五代北宋之本無託意而可以引人生比附之想的情況，轉入爲一種縱有喻託之深意，而卻以使人難於指說爲美的情況了。」這是對周濟的無寄託以及陳廷焯所說的「極虛極活，終不許一語道破」的認同。看起來她已經完全和常州詞派站在了一起.不過通過上面的分析，我們不能不懷疑這只是一個理論的烏托邦。

我們上面的討論還有需要有一點補充，葉嘉瑩對於「比興」的闡釋實際上就是爲了融合常州詞派和王國維的兩種不同的詞學理論。如果說常州詞派的比興寄託說對應的是她對於「比」的解釋，那麼王國維的「境界說」就正好對應著「興」的解釋。她將詞分成歌辭之詞、詩化之詞和賦化之詞同樣是爲了調和常州詞派和王國維之間的不同。然而王國維的「境界說」實際上與西方哲學家叔本華的「直觀說」緊密相關，王國維曾經將中國的比興概念對等於叔本華的「直觀」〔註21〕。葉嘉瑩雖然沒有像王國維那樣站在叔本華的

〔註21〕參見羅鋼《本與末 —— 王國維「境界說」與中國古代詩學傳統關係

哲學立場上非常徹底地將「直觀」作爲文學作品的最大優點，這使她避免了王國維那樣的明顯錯誤，不過這樣的避免只能說是一種幸運，因爲她並不清楚王國維那種錯誤的原因。所以王國維思考問題的基本結構還是牢牢地掐在了葉嘉瑩的思考之中。就在葉嘉瑩將王國維的「境界說」與「興」聯繫起來的時候，也將內含於這個概念中的「直觀」也留存了下來。所以，當她用「形象與情意」來調和王國維和常州詞派的時候，那些促成王國維將「形象」、「情」、「景」作爲自足獨立概念來使用的背後那套西方知識資源開始暗暗地起作用了。除非能夠有機會再重新回到王國維的「本源」，否則仍然和王國維共享著最爲本質的東西。其實不僅是葉嘉瑩，很多閱讀過王國維《人間詞話》的浸淫在舊學之中的學者們都或多或少批判地繼承了王國維的想法，例如黃濬說：「靜庵所舉隔與不隔之義精，然須知不隔者，僅爲畢篇之晶粹，即清眞亦不能首首皆如『葉上初陽乾宿雨』也。」〔註22〕雖然他不會像王國維那樣認同「不隔」的詞是好詞，但是他很欣賞這個分類方式。所以這裡的問題已經不僅是對王國維的「不隔」的批評而是涉及到當《人間詞話》開始作爲一種理論經典的合法性建立的時候，傳統的詩詞忽然出現了一類叫做「不隔」的作品，但是在過去的批評話語的框架裏面這一類作品是自然而然被壓抑的。這個分類不是中國傳統本身的劃分，而是來自於被隱藏的叔本華理論。所以，一旦將這個分類不知不覺地和中國傳統詩學一起互用的時候，所隱含的矛盾將和上面提到的「境界說」一樣將會一觸即發。類似的例子還有，胡適在《詞選》裏面說：「這時代的詞側重詠物，又多用古典，他們沒有情感，沒有意境，卻要作詞，所以只好詠物。這種詞等於文中的八股，詩中的試帖，這是一班詞匠的笨把戲，算不得文學。」葉嘉瑩認爲是因爲胡適提倡白話，不知道所詠之物的情事以及對於其中的典故沒有耐心探究的緣故。

的再思考》，《文史哲》，2009 年第 1 期，第 20～21 頁。
〔註22〕黃濬《花隨人聖庵遮憶》上冊，中華書局 2008 年版，第 31 頁。

但是在面對端木埰對王沂孫《齊天樂》〔蟬〕的釋讀的時候，葉嘉瑩似乎又和胡適站到了一個立場上，認爲胡適對於端木埰觀點的評論：「信口開河，白日見鬼」是可以說得通的。〔註23〕是什麼讓他們殊途同歸？一個最爲簡潔明瞭的解釋就是他們都對中國傳統的比興概念有了不同程度的陌生和摒棄。這可以看出一些現在被認爲最爲堅持傳統的學者是如何地在調和不同立場中不知不覺地面對著一個個沒有覺察的分裂，這些沒有覺察的分裂正是整個近代以來中國文化所處困境的寫照。

〔註23〕葉嘉瑩《迦陵論詞叢稿》，北京大學出版社 2008 年版，第 192 頁。

第6章　結　語

　　我在這本書中重點討論了一些新文化運動之後不大被放到整個現代學術思想脈絡裏面去考察的詞學學者，但是我覺得他們有意或者無意提出的問題建構了一個獨特的學術視野，讓我們從他們的各不相同或者相類似的矛盾、對知識立場的堅守當中看到對我們身在其中的「現代學術」這個大項目能夠重新提問的可能性。「不識廬山眞面目，只緣身在此山中」，有時候或許正是對既往同在「此山」中的學者的新的闡述倒讓我們有機會見到「廬山眞面目」。現在諸多著述甚至包括不斷變化、與時俱進的各類通論性質的教材已經讓那些曾經被遺忘的學者及其著述回到歷史中來，進入到研究者或者普通的讀者視野裏面，同時各種資料彙編將不同時期的史料平行地並列在一起，無論你是講述一個學術不斷進步的故事還是謙虛地將古人和現代人的見解做出某種意義上的融彙，它們無疑提供了很多的資源。我們往往交錯在不同的歷史表述裏面，我們從那些描述裏面得到滋養。儘管如此，我們還是必須去面對我們自己所擔負的立體多面的歷史，從中去尋找到一個新的學術理路。我以爲有這樣三個問題，值得我們不斷地繼續思考。

　　第一，我們可能需要注意在分析晚清民國一些思想家或者學者的立場、觀點的時候不僅注意到一個大致的思想劃分，例如在面對新文

化運動及其遺產時候的看法。但是，我們不能夠簡單地讓我們的論述始終局限在這樣的起點上，更爲重要的是我們需要找到那些具有深度的學者自我結構問題的方式。或許只有通過這樣一種內在的探索，我們才能夠眞正地明白許多外在的政治、學術傳統如何運作，如何獲得眞正的生命力。

在五四之後，如何去閱讀我們的過去的確面臨著紛繁的問題。不同的人去重新閱讀的背後的動力都不一樣，即便是我們所謂一個傳統內部的也不一樣。在他們那裏形成了各種各樣的區分，例如在錢穆那裏，他區分了經史子集傳統內部的等級關係：「在中國全部學術史上，集部終不能與經子史三部爭勝。今始以近代之藝術觀念言之，下與書家畫家媲美，則仍爲遠勝矣。此亦不可不知。即如清代，先之如王漁洋名擅一世，亦僅爲一詩人。後之如鄭子尹，詩學超經學之上，然其詩雖好，終不入學術之林。如古文，明代之歸有光嶄露頭角，亦不能入學術史。中國學術史上，詩文終是另一格，此亦不可不知。」〔註1〕錢穆的這些話當然不是一個新鮮的判斷，我們也不必將之當做一個價值判斷或者陳腐之言，然而我們可以從他的話裏面看到在一位五四之後以堅守傳統爲己任的學者他心目中的學術圖景。我們再可以看在前面的章節裏面已經提到的張爾田和黃節，這兩位在五四之後堅守傳統，對新文化運動都有所批評，回到傳統，某種意義上就是回到儒家，但是儒家傳統在他們學術思想內部的結構方式不會是單一的。張爾田對進化思想、對宗教、哲學的學術區分也不是不認同，但是我們不能只看到他也有新的部份或者說他實際上只是一個新舊雜陳的學術人物，而是需要探索那些所謂的新的因素的參入背後的意圖，他不僅僅是一種知識的創造，實際上也能動地在他的歷史語境裏面提出了他的問題。在這個意義上簡單的新舊之分就不一定再具有特別的意義。黃節他在注解阮籍詩歌的時候就說他「重注」阮籍詩的緣由在於：「惟

詩之爲教，最入人深。」這一點我在第三章已經有簡單的討論。不過
同樣值得注意的是，黃節「重注」的事業（包括爲謝靈運、鮑照等做
注），又不單單是注重儒家的義理，這裡面涉及到他對於詩之比興的
理解。我們如果細研他的「重注」，我們可以看到他如何在一種實踐
中講詩之比興這個「綱領」與儒家義理以及他的歷史語境勾連起來
的。換句話說，我們要理解黃節對儒家傳統的堅守，可能不能僅僅描
述他的一些對儒家道德價值觀的直接的陳述，我們必須去重新理解他
將前面所提及的三個方面重新勾連在一起的方式。錢穆在《讀〈詩經〉》
裏面也描述了他對於比興的理解，但是我們可以注意到他的理解基本
是受限在朱熹的視野裏面，而且他將比興推衍得非常廣泛，變成了他
的「文化」意義上的一個表徵。他的講法和黃節不同，和我們在第二
章講到的張爾田也不同，雖然他們都可以寬泛地歸結到一個五四之後
反傳統的脈絡裏面。我們大概只有重新結構他們的各自問題意識，閱
讀過去的不同方式，然後再跳出他們的思路，經過這樣的一個迂迴大
概才能跳出過去的語境裏面所形成的理解現代學術思想的一些範
式，去尋找一個新的具有政治性的歷史觀。

　　第二，民國以來許多學者注意到的我們過去的許多觀念、範疇，
無法在現代學術裏面得到一個準確的描述。到現在，問題不僅沒有得
到緩解似乎也更爲艱難。我可以先舉一個美術史上的例子，關於中國
畫的討論一個最爲核心的概念就是「筆墨」。張仃說：「中國畫，它的
形象、題材、構圖……都可以變化，唯其筆墨。」那麼什麼是筆墨
呢？張仃又說：「『筆墨』這個詞的內涵，用話語表達不易表達清楚」。
他只得說：「要是把中國畫的筆墨僅僅理解爲明暗的渲染，僅僅理解
爲西畫意義上的造型手段，或者僅僅理解爲宣紙上隨便一種點或線、
塊、面，如果是這些情況，那就缺乏討論這個問題的基礎。當然尤其
不能把筆墨理解爲毛筆加墨汁。」〔註2〕但是究竟什麼筆墨，張仃沒

〔註2〕張仃《關於「筆墨等於零」》，張仃《筆墨乾坤》，李兆忠編，山東畫
　　　報出版社，2011 年版，第 123 頁。

有辦法在一個西方學術語言的話語中描述清楚。從我自己在這本書裏面所處理的一個問題爲例，我在論文裏面基本上避免用一種概念史的方法來處理常州詞派理論的比興寄託問題。從歷史的角度看，我當然可以從詩騷談起，從一種儒家詩學的核心範疇談起，然後接續清代的學術背景一路而下建立起一個比興寄託在中國詩學裏面源遠流長的線索。從知識歷史的角度，我想已經有許多優秀的學者做過這樣的工作，例如朱自清的《詩言志辨》。但是，我覺得將常州詞派比興寄託直接便利地歸結到儒家詩學的脈絡裏面，不能夠回應我們自己所擔負的學術歷史中產生的問題。如果存在著一個簡單地對比興寄託的認同，就不會產生出我在論文中所分析到的那麼多的問題和矛盾。此外，我們不能因爲現代學術歷史中存在著一種學術語言上的分裂，而認爲我們只能不斷依靠零零散散地描述各個學科裏面存在的這樣的分裂來獲得一種學術研究的深度。我想，這樣一種模式已經佔據了學術研究裏面的一塊領地已經太久了，而這種描述無疑是會源源不斷被發現的，我們今天可以發現這個詞用法改變了，明天也可以發現那個概念用法改變了。我們需要重新思考那種分裂的積極意義。這個積極意義不是對於歷史本身來說的，而是對於我們來說，通過對那種分裂、困境的重寫來將那些斷裂總體化而不是碎片化或將它們簡單地放到一個傳統與現代的或者中西的框架裏面去認識，而是將斷裂本身放在一個歷史語境裏面去考察，這樣才能將我們的問題意識獲得一個根植於我們自身的歷史意識，才能認識到那些斷裂與矛盾的複雜性和歷史性本身就是諸如新舊之間的常州詞派理論展開問題的一種獨特的運動方式。

　　最後，我以爲現代學術本身就是一個矛盾體的運動，現代學術得以產生的一個前提就是與過去的斷裂意識。我們需要對這種現代學術本身的矛盾本質有新的探索。我們現在所謂的激進與保守、新與舊等等這些區分，在某一個歷史意識形態的場景裏面當然是其理論意義，但是我們不能用碎片化的歷史事實來完全代替一種理論化的思考。如

果以片面的歷史事實來質疑一種總體性的論述，未必能夠提出具有深度的問題，不過從另一個方面來看，如果沒有那些細微的碎片的對於新的歷史事實的發現可能也不能產生出新的理論表述，產生出新的歷史運動。問題是，我們不能滿足於對於所謂歷史邊緣者或者新的歷史材料的發現，關鍵是在這些新的材料對於既往歷史觀或者研究範式提出挑戰的時候，我們是否能夠將之理論化，將它們當做一種新的總體化思考的開始。我的意思是，我們可能不是再去對現代學術本身進行流派的思想的劃分，去描述一種對立，這些已經有了許多研究，我們似乎還應該在如何講述不同學術思想之間的關係上做出努力。如何在我們的歷史語境裏去探索它們之間的關係，而不是簡單的讓它們在歷史裏面「一分為二」。我們既要去理解那些描述背後的意圖，也要跳出來去理解那些描述的政治性，似乎只有我們在這兩個任務之間尋找到一種新的關係的時候，我們對於現代中國本身的歷史性才能獲得一種新的理解，也在這個意義上，我們才能說歷史中那些曾經的對立者有了和解的可能。

　　以上就是我結合本書已經給出的個案討論，對這三個問題給出的大致描述以作為這本博士論文的一個結束。

參考文獻

一、中文期刊

1. 《詞學》
2. 《詞學季刊》
3. 《出版周刊》
4. 《大公報‧文學副刊》
5. 《獨立評論》
6. 《風雨談》
7. 《國粹學報》
8. 《國文月刊》
9. 《國文雜誌》
10. 《申報‧文史周刊》
11. 《斯文》
12. 《同聲月刊》
13. 《新潮》
14. 《小說月報》
15. 《學術世界》
16. 《學衡》
17. 《亞洲學術雜誌》

二、中文論著

1. 曹伯言整理：《胡適日記全編》，合肥：安徽教育出版社，2001 年版。
2. 陳水雲：《清代詞學發展史論》，北京：學苑出版社，2005 年版。
3. 遲寶東：《常州詞派與晚清詞風》，天津：南開大學出版社，2008 年版。
4. 陳平原主編：《中國文學研究現代化進程二編》，北京大學出版社，2002 年版。
5. 陳平原主編：《觸摸歷史與進入五四》，北京大學出版社，2005 年版。
6. 陳平原主編：《早期北大講義三種》，北京大學出版社，2005 年版。
7. 陳平原主編：《中國現代學術之建立》，北京大學出版社，1998 年版。
8. 陳引弛編校：《劉師培中古文學論集》，北京：中國社會科學出版社，1997 年版。
9. 陳廷焯：《白雨齋詞話》，上海古籍出版社，2009 年版。
10. 陳寅恪：《金明館叢稿二編》，北京三聯書店，2001 年版。
11. 陳寅恪：《陳寅恪集·詩集》，北京三聯書店，2009 年版。
12. 程千帆：《桑榆憶往》，上海古籍出版社，2000 年版。
13. 傅傑編：《王國維論學集》，昆明：雲南人民出版社，2008 年版。
14. 傅斯年：《中國古代文學史講義》，上海世紀出版集團，2008 年版。
15. 傅斯年：《傅斯年全集》，長沙：湖南教育出版社，2003 年版。
16. 范景中、曹意強主編：《美術史與觀念史》，南京師範大學出版社，2005 年版。
17. 馮友蘭：《三松堂自序》，北京：人民出版社，1998 年版。
18. 馮浩：《玉谿生詩集箋注》，上海古籍出版社，1979 年版。
19. 顧學頡校點：《介存齋詞話 復堂詞話 蒿庵詞話》，北京：人民文學出版社，1959 年版。
20. 高陽：《高陽說詩》，瀋陽：遼寧教育出版社，1998 年版。
21. 郭沫若：《中國古代社會研究》，石家莊：河北教育出版社，2000 年版。
22. 何俊編：《余英時學術思想文選》，上海古籍出版社，2010 年版。
23. 賀照田主編：《學術思想評論》，瀋陽：遼寧大學出版社，1998 年版。
24. 黃侃：《黃季剛詩文鈔》，武漢：湖北人民出版社，1985 年版。
25. 黃濬：《花隨人聖庵遮憶》，北京：中華書局，2008 年版。

26. 黃志浩：《常州詞派研究》，北京：中國社會科學出版社，2008 版。

27. 胡適選注：《詞選》，北京：中華書局，2007 年版。

28. 胡適選注：《國語文學史》，合肥：安徽教育出版社，2006 年版。

29. 胡適選注：《胡適文集》，北京大學出版社，1998 年版。

30. 胡適選注：《胡適古典文學研究論集》，上海古籍出版社，1988 年版。

31. 胡小石：《胡小石文史論叢》，南京大學出版社，2008 年版。

32. 況周頤著、屈興國輯注：《蕙風詞話》，南昌：江西人民出版社，2000 年版。

33. 《近代中國史料叢刊》，臺北文海出版社，1969 年版。

34. 劉永濟：《文學論・默識錄》，北京：中華書局，2010 年版。

35. 劉永濟：《文心雕龍校釋》，北京：中華書局，2007 年版。

36. 劉永濟：《唐人絕句精華》，北京：人民文學出版社，1981 年版。

37. 劉永濟：《唐五代兩宋詞簡析》，北京：中華書局 2007 年版。

38. 劉永濟：《微睇室說詞》，北京：中華書局，2007 年版。

39. 劉永濟：《詞論》，北京：中華書局，2007 年版。

40. 劉永濟：《十四朝文學要略》，北京：中華書局，2007 年版。

41. 劉禾：《跨語際實踐》，北京三聯書店，2002 年版。

42. 龍榆生：《詞學十講》，北京出版社，2005 年版。

43. 龍榆生：《唐宋名家詞選》，上海開明書店，1934 年版。

44. 龍榆生：《中國韻文史》，上海古籍出版社，2002 年版。

45. 龍榆生：《龍榆生詞學論文集》，上海古籍出版社，1997 年版。

46. 梁啟超：《先秦政治思想史》，天津古籍出版社，2003 年版。

47. 羅志田主編：《20 世紀的中國：學術與社會》（史學卷），濟南：山東人民出版社，2001 年版。

48. 羅森著，孫心菲等譯：《中國古代的藝術與文化》，北京大學出版社，2002 年版。

49. 洛維特著、李秋零、田薇譯：《世界歷史與救贖歷史》，北京三聯書店 2002 年版。

50. 魯迅：《魯迅全集》北京：人民文學出版社，2005 年版。

51. 馬化騰輯注：《王國維未刊來往書信集》，清華大學出版社，2010 年版

52. 木山英雄：《文學復古與文學革命》，北京大學出版社，2004 年版。

53. 理查德‧羅蒂著、范欣譯：《哲學、文學和政治》，上海譯文出版社，2009 年版。

54. 彭玉平：《人間詞話疏證》，北京：中華書局，2011 年版。

55. 浦江清：《浦江清文錄》，北京：人民文學出版社，1956 年版。

56. 浦江清：《浦江清講中國文學》，南京：鳳凰出版社，2010 年版。

57. 屈興國：《蕙風詞話輯注》，南昌：江西人民出版社，2000 年版。

58. 錢穆：《中國史學名著》，北京三聯書店，2000 年版。

59. 錢穆：《八十憶雙親 師友雜憶》，北京三聯書店，1998 年版。

60. 錢穆：《國史大綱》，北京：商務印書館，1996 年版。

61. 錢穆：《國學概論》，北京：商務印書館，1997 年版。

62. 錢穆：《文化與教育》，北京三聯書店，2009 年版。

63. 錢穆：《學籥》，北京：九州出版社，2010 年版。

64. 錢穆：《晚學盲言》，北京三聯書店，2010 年版。

65. 錢鍾書：《七綴集》，北京三聯書店，2002 年版。

66. 《宋代文學與思想》臺灣大學中文研究所主編，臺灣學生書局，1989 年版。

67. 孫康宜：《詞與文類》，北京大學出版社，2004 年版

68. 孫玉石編：《王瑤文選》，北京大學出版社，2011 年版。

69. 孫克強：《清代詞學》，北京：中國社會科學出版社，2004 年版。

70. 孫克強：《清代詞學批評史論》，上海古籍出版社，2008 年版。

71. 沈祖棻：《宋詞賞析》，北京：中華書局，2008 年版。

72. 沈祖棻：《沈祖棻全集》，石家莊：河北教育出版社，2000 年版。

73. 沈祖棻：《唐宋詞賞析》，石家莊：河北教育出版社，2000 年版。

74. 施蟄存主編：《詞籍序跋萃編》，北京：中國社會科學出版社，1994 年版。

75. 施耐德著，關山、李貌華譯：《眞理與歷史》，北京：社會科學文獻出版社，2008 年版。

76. 唐圭璋：《詞學論叢》，上海古籍出版社，1986 年版。

77. 唐圭璋：《詞話叢編》，北京：中華書局，1986 年版。

78. 譚新紅：《清詞話考述》，武漢大學出版社，2009 年版。

79. 吳梅：《吳梅全集‧理論卷》，石家莊：河北教育出版社，2002 年版。

80. 吳梅：《詞學通論》，廣州：國立第一中山大學出版部，1927 年版。

81. 吳宏一：《清代詞學四論》，臺灣聯經出版事業公司，1979 年版。

82. 吳宏一：《溫庭筠〔菩薩蠻〕詞研究》，臺灣清華大學出版社，2009 年版。

83. 吳宓：《評顧隨無病詞味辛詞》，《吳宓詩話》，北京：商務印書館，2005 年版。

84. 吳宓：《吳宓日記續編》，北京三聯書店，2006 年版。

85. 巫鴻著，梅枚、蕭鐵、施傑等譯：《時空中的美術——巫鴻中國美術史文編二集》，北京三聯書店，2009 年版。

86. 王國維：《王國維文學論著三種》，北京：商務印書館，2004 年版。

87. 王國維：《王國維未刊來往書信》，清華大學出版社，2010 年版。

88. 王鍾翰：《王鍾翰清史論集》，北京：中華書局，2004 年版。

89. 王汎森主編：《中國近代思想史的轉型時期》，臺灣聯經出版公司，2005 年版。

90. 王汎森主編：《中國近代思想與學術的系譜》，吉林：吉林出版集團有限責任公司，2011 年版。

91. 王汎森主編：《近代中國的史家與史學》，香港三聯書店，2008 年版。

92. 萬雲駿：《試論宋詞的豪放派與婉約派的評價問題》，收入氏著《詩詞曲欣賞論稿》，北京：中國社會科學出版社，1986 年版。

93. 魏源：《魏源全集》第 20 卷，長沙：嶽麓出版社，2004 年版。

94. 汪暉：《現代中國思想的興起》，北京三聯書店，2008 年版

95. 蕭公權：《康有為思想研究》，北京：新星出版社，2005 年版。

96. 徐志嘯：《華裔漢學家葉嘉瑩與中西詩學》，北京：學苑出版社，2009 年版。

97. 夏曉虹編：《大家國學‧梁啓超卷》，天津人民出版社，2008 年版。

98. 夏承燾：《夏承燾集》，杭州：浙江教育出版社，1997 年版。

99. 謝桃坊：《宋詞辨》，上海古籍出版社，1999 年版。

100. 薛礪若：《宋詞通論》，南京：江蘇文藝出版社，2008 年版。

101. 蕭滌非：《蕭滌非文選》，濟南：山東大學出版社，2006 年版。

102. 楊旭輝：《清代經學與文學：以常州文人群體為典範的研究》，南京：鳳凰出版社，2006 年版。

103. 尹志騰校點：《清人選評詞集三種》，濟南：齊魯書社，1988 年版。

104. 余英時著，邵東方編：《史學研究經驗談》，上海文藝出版社，2011 年版。

105. 余英時著，邵東方編：《未盡的才情——從〈日記〉看顧頡剛的內心世界》，臺北聯經出版公司，2007 年版。

106. 余英時著，邵東方編：《現代危機與思想人物》，北京三聯書店，2005 年版。

107. 余英時著，邵東方編：《余英時文集》，桂林：廣西師範大學出版社，2006 年版。

108. 余英時著，邵東方編：《陳寅恪晚年詩文釋證》，臺北：東大圖書公司出版，1998 年版。

109. 余英時著，邵東方編：《中國文化史通釋》，北京三聯書店，2011 年版。

110. 葉紹鈞選注：《蘇辛詞》，北京：商務印書館，1927 年版。

111. 葉嘉瑩：《詞學新詮》，北京大學出版社，2008 年版。

112. 葉嘉瑩：《迦陵論詞叢稿》，北京大學出版社，2008 年版。

113. 葉嘉瑩：《唐宋詞論稿》，北京大學出版社，2008 年版。

114. 葉嘉瑩：《唐宋名家詞論稿》，北京大學出版社，2008 年版。

115. 姚柯夫編：《〈人間詞話〉及評論彙編》，北京：書目文獻出版社，1983 年版。

116. 袁英光，劉寅生編：《王國維全集書信》，北京：中華書局，1984 年版。

117. 宇文所安著、田曉菲譯：《他山的石頭記》，南京：江蘇人民出版社，2006 年。

118. 宇文所安著、田曉菲譯、賈晉華譯，《晚唐詩》，北京三聯書店，2011 年版。

119. 應奇、劉訓練編：《公民共和主義》，北京：東方出版社，2006 年版。

120. 子安宣邦著、陳瑋芬譯：《福澤諭吉〈文明論概略〉精讀》，清華大學出版社，2010 年版。

121. 卓清芬：《清末四大家詞學及詞作研究》，臺灣大學出版中心，2003 年版。

122. 鍾叔河主編：《周作人散文全集》，桂林：廣西師範大學出版社，2009 年版。

123. 周一良：《追憶胡適之先生》，《郊叟曝言》，北京：新世界出版社，2001 年版。

124. 周作人：《中國新文學的源流》，上海：華東師範大學出版社，1995 年版。

125. 周勳初：《餘波集》，南京大學出版社，2008 年版。

126. 周勳初：《周勳初文集》，南京：江蘇古籍出版社，2000 年版。

127. 周茜：《映夢窗凌亂碧 —— 吳文英及其詞研究》，廣州：廣東教育出版社，2006 年版

128. 鄭文焯批白鹿齋刻本《陶淵明全集》，上海圖書館古籍部藏。

129. 鄭文焯批白鹿齋刻本《大鶴山人詞話》，孫克強、楊傳慶輯校，天津：南開大學出版社，2009 年版。

130. 《整理國故運動的興起、發展與流衍》（未刊稿），臺灣政治大學歷史系研究部，2002 年。

131. 朱光潛：《詩論》，上海古籍出版社，2004 年版。

132. 朱光潛：《朱光潛全集》，合肥：安徽教育出版社 1996 年版。

133. 朱自清：《經典常談》，北京三聯出版社 1980 年版。

134. 朱自清：《朱自清全集》，南京：江蘇教育出版社，1997 年版。

135. 朱自清：《朱自清說詩》，上海古籍出版社，1998 年版。

136. 朱自清：《朱自清古典文學論文集》，上海古籍出版社，2009 年版。

137. 朱德慈：《常州詞派通論》，北京：中華書局，2006 年版。

138. 朱惠國：《中國近世詞學思想研究》，上海古籍出版社，2005 年版。

139. 張宏生：《清詞探微》，上海古籍出版社，2008 年版。

140. 張仃著、李兆忠編：《筆墨乾坤》，濟南：山東畫報出版社，2011 年版。

141. 張源：《從「人文主義」到「保守主義」——〈學衡〉中的白璧德》，北京三聯書店，2009 年版。

142. 張采田：《玉谿生年譜會箋》，上海古籍出版社，2010 年版。

143. 張采田：《玉谿生年譜會箋》（外一種），上海古籍出版社，2010 年版。

144. 章太炎：《章太炎全集》（第 3 卷），上海人民出版社，1984 年版。

145. 張采田：《章太炎：歷史的重要》，濟南：山東文藝出版社，2006 年版。

146. 張旭東：《全球化時代的文化認同》，北京大學出版社，2006 年版。

147. 鄭振鐸、傅東華編：《我與文學：文學一週年紀念刊》，上海：生活書店，1934 年版。

148. 詹安泰：《詹安泰詞學論集》，汕頭大學出版社，1997 年版。

三、外文論著

1. Shuen-Fu Lin. *The Transformation of Chinese Lyrical Tradition*. Princeton University Press.1978.

2. Quentin Skinner. *Liberty before Liberalism*. Cambridge University Press.1998.

3. Quentin Skinner. *Visions of Politics: Volume I: Regarding Method*. Cambridge University Press. 2002.

4. Peter, Burke ed. *New Perspectives on Historical Writing*. The Pennsylvania state university Press.2001.

後 記

  從論文完成到現在準備出版已經過去近五年的時間了。現在我對這篇論文裏的基本觀點的看法依舊沒有改變，但是已經不很滿足了。這主要體現在，論文中的若干觀點展現得不夠厚重，在論述上時而飄逸急迫或者一閃而過；對詞學文本的複雜性和思想性揭示得不夠。這些留待以後逐步完善。我依然珍惜這個版本，因爲它記錄了一段放鬆、奢侈的寫作歲月。我記得當時返回的一份匿名評審意見裏面有一句話：「雖有微瑕，不掩美色」。我不免冒失地將這句話記錄在這裡，不是眞的將之當做是對論文本身的讚美，而是將它當做對放鬆的寫作狀態在論文裏所體現出的某種「精氣神」的呼應。這次正式出版我要再次感謝我的導師羅鋼先生。在內容上我僅修改了一些字句，其它一仍其舊。

張耀宗

2016 年 8 月